【苏联】柳·科斯莫杰米扬斯卡娅 / 著

杨帆 / 编译

卓娅与舒拉的故事

ZHUOYA YU SHULA DE GUSHI

南京大学出版社

图书在版编目（CIP）数据

卓娅与舒拉的故事／杨帆编译. －南京：南京大学出版社，2011.6（2018.1 重印）
（青少年课外阅读系列丛书）
ISBN 978 - 7 - 305 - 08383 - 9

Ⅰ．①卓… Ⅱ．①杨… Ⅲ．①长篇小说－苏联－缩写 Ⅳ．①I512.45

中国版本图书馆 CIP 数据核字（2011）第 086415 号

出版发行 南京大学出版社
社　　址 南京市汉口路 22 号　　　　　邮　　编　210093
出版人 金鑫荣

丛书名 青少年课外阅读系列丛书
书　　名 卓娅与舒拉的故事
著　　者 〔苏联〕柳·科斯莫杰米扬斯卡娅
编　　译 杨　帆
责任编辑 张　梅　　　　　编辑热线　025 - 83207098
审读编辑 荣卫红

照　　排 南京新洲印刷有限公司
印　　刷 肥城新华印刷有限公司
开　　本 787×1092　1/16　　 印张　14　　　字数　229 千
版　　次 2011 年 6 月第 1 版　　 2018 年 1 月第 5 次印刷
ISBN 978 - 7 - 305 - 08383 - 9
定　　价 20.80 元

网　　址 http://www.njupco.com
官方微博 http://weibo.com/njupco
官方微信 njupress
销售咨询热线 025 - 66665152

前　　言

　　《卓娅与舒拉的故事》是卓娅和舒拉的母亲柳·科斯莫杰米扬斯卡娅写的一部描述卓娅和舒拉如何成长为苏联卫国战争英雄的纪传体小说。故事当中的卓娅和舒拉出生在一个农村家庭，在父母的教育之下成长为优秀青年。但在姐弟俩刚刚懂事的时候，德国法西斯便利用闪电战的战术，大举进攻他们的祖国，践踏他们神圣的领土。这一沉重的打击以及巨大的灾难残酷地降临到整个民族的每一个人身上。苏联毕竟是个不甘屈服的国家，在这血与火的锤炼面前，在国家、民族都面临生死存亡的时刻，苏维埃人民毅然决然点燃了复仇的怒火，尤其是苏维埃广大青年男女，纷纷扛起枪来奔赴前线，成为对抗德国法西斯的主力军。由于他们的英勇表现，为国家抛头颅洒热血，给予侵略者当头一棒，扼制了其日益嚣张的侵略野心。他们用青春和鲜血保卫了自己的祖国，捍卫了民族尊严，并向祖国、向人民提交了一份满意的答卷。德国法西斯入侵苏联之后，那时还在就读九年级的卓娅便离开了家，加入了游击队，走上了保卫祖国的最前线。在一次秘密行动中卓娅不幸被敌人逮捕，顽强不屈的卓娅受尽了德军对她种种非人的折磨，但她并没有泄露一丁点儿游击队的秘密。最后，惨无人道的法西斯刽子手绞死了她。弟弟舒拉自幼与卓娅情同手足，他在得知姐姐在前线牺牲的消息之后，怀着满腔的愤怒接受了坦克学校的培训，并且发誓为姐姐报仇。过了不久，舒拉驾驶着坦克奔赴前线，与战友们奋勇杀敌，在一次次的战斗中屡建功勋，先后获得了卫国战争一级金质勋章和红旗勋章。最终在 1945 年 4 月的一次战斗中不幸牺牲在了自己的岗位上。

　　卓娅和舒拉出生在 20 世纪三四十年代。那正是一个呼唤英雄以及创造英雄的年代，苏联卫国战争中涌现出的一个个优秀的青年代表，便是千千万万与法西斯抗战到底的民族英雄，卓娅和舒拉便是其中的杰出代表。他们的英雄事迹以及崇高的人格和形象令世人敬仰。他们不仅仅是苏联人民的英雄,更是世界反法西斯战争的英雄。苏联会永远记住他们,世界会永远记住他们,历史的烟尘永远都无法遮蔽他们革命英雄主义的灿烂光辉。

《卓娅与舒拉的故事》自从在我国上市以来,受到社会各界的广泛关注以及各阶层读者的热烈欢迎,尤其是广大青年学子从中汲取了丰富的营养成分。它教育着一代又一代的青年读者。它教会孩子们如何尊老爱幼,如何刻苦学习,如何发展兴趣和乐于助人。同时它又教育成年人如何哺育新生代的孩子们,培养他们正直、坚定和不屈的性格以及认真负责的做事态度。尽管如今时代早已发生了翻天覆地的变化,可是这本书的意义并没有被磨灭。卓娅和舒拉两人将祖国、人民的利益看得高于一切。两人舍弃了自己的小家,为了全苏联人民解放这个大义献出了自己宝贵的生命。他们这种人生意义正时刻感动着人们,而且激励着有志之士更加刻苦奋进,对于建设有中国特色的社会主义的改革来说有着十分重要的意义,值得我们重视。

目 录

白 杨 村

在唐波夫省北部,有一个叫做"白杨村"的村子。据老人们说,这里曾经确实存在过一片茂密的白杨树林。但是在我孩提时代的记忆当中,那片树林早已被人们忘却了。村子周围是一望无边的农田,地里种植着黑麦、燕麦和黍米。但是村子附近却被大自然修饰得沟沟壑壑,很难找到一块完整的地面。日子一长,那些沟壑变得越来越大,在村子最边缘的房子简直就像随时要从这些陡峭的坡上掉到沟里去了似的。冬天一来,未能饱腹的狼群就出没在这些沟壑中。小时候我很害怕在冬天的夜里一个人走出屋子:冰冷,一点生气都没有,到处都是白雪皑皑,一望无际,时不时还传来狼嗥的声音。有的时候真的是狼的叫声,有时却是精神过于紧张造成的错觉。

然而,每当春天一到,到处都焕然一新。草原上开满野花,铺满了辽阔的绿草。那里绽放着红色的、蓝色的、金黄色的野花,看上去好像闪烁的火星。雏菊、铃铛花、矢车菊,你完全可以成抱地采回家去。

我们所住的这个村子很大,大约住着五千人。几乎每家每户都有人外出打工挣钱,有的到唐波夫,有的到平兹,甚至还有到莫斯科去的。贫苦农家的一方小土地,养不活一个家呀。

我出生在一个和睦的大家庭。我的父亲奇奠菲·西蒙诺维奇·丘里科夫,在村公所里任文书。他虽然没受过什么教育,但却能读书识字,就算是说他博学见识广也不过分。他喜欢读书,平时和别人辩论时,总是爱引经据典。比如有一次,他对他的辩论对手说:

"我记得,我曾经读过一本讲天体的书,您的说法和书上讲的完全两样……"

我在家乡的小学读过三年书。1910 年的秋天,父亲带我去了基尔山诺夫城,报考了一所女子中学。从那时起,一晃过去了差不多四十年,可是几乎所有的事情至今仍历历在目,就像是昨天刚发生一样。

中学校舍是两层的楼房,这让我很惊讶,我从来没在我们白杨村见过这么高大的房子。我紧紧攥着父亲的手,跟着他走进学校的前厅,羞答答地停下了脚步。面前的一切都是那么新奇而陌生:宽敞的门,石板地,带有栏杆的大楼梯。有很多女孩子已经来到了这里,都有家长陪着。这些女孩子们看起来就像是这所雄伟的学校中新鲜的、富丽堂皇的装饰品一样,这让我感到非常难为情。基尔山诺夫是一座县城、商埠,在这些跟我一样来报考这所学校的女孩子中,只有很少的一部分是来自农家的。我记得有一个女孩子,一看就知道是富家子弟,脸红红的,胖胖的,她那长长的发辫用蓝色丝带系着。她用异样的眼神傲慢地打量着我,然后咬着嘴唇非常不屑地转身过去。我向父亲那边靠了靠,父亲轻轻抚摸了一下我的头,好像在说:"别怕,我的孩子,相信一切都会好起来的。"

后来我们上楼去了,在那里有学校的工作人员接待,把我们一个个地先后带进一间大房间里去。有一张长桌子摆在那个大房间的正中间,桌子对面坐着三个考试委员。我到现在还清晰地记得,我答完了所有的题目之后,就已经忘记什么是害怕了,于是便大声地朗诵了下面的诗句:

> 以后,我们要让瑞典人睁眼看看,
> 我们在这里建起的城市,
> 气死这些傲慢的邻人……

从房间出来我发现了在楼下等我的父亲。我高兴极了,飞快地向他跑过去。他也走上了楼梯来迎接我,脸上洋溢着欢乐……

从此便开始了我的中学时代。如今每当我回忆起那段时期,心里总是能泛起温暖和感激之情。阿尔卡基·别洛乌索夫在学校里是我们的数学老师,他的课讲得很好,人也很风趣。他的太太叶利萨维塔·阿法纳谢夫娜是我们的文学和俄语老师。

每当叶利萨维塔·阿法纳谢夫娜走进教室时,脸上总带着微笑,我们也顺势跟着她微笑。她每时每刻都显得那么活跃、年轻、和蔼可亲。她在讲台后面坐下,沉思地看了看全班,什么开场白都没有说,就开始朗读:

> 树林解下紫色的衣裳……

听她讲课我们一点都不觉得疲倦。她一边认真地讲解给我们听,一边陶醉于她所讲述的情景。她给我们讲解俄罗斯文学拥有感人的力量,因为它既包含鼓舞力量的思想和情感，又包含深刻的人道精神。

听着叶利萨维塔·阿法纳谢夫娜的授课，我明白了：教师是一门高尚的艺术工作。如果要成为一个真正的好教师，必须具备如下这些条件：活泼的心灵，清晰的头脑，当然，还必须十分喜欢孩子。叶利萨维塔·阿法纳谢夫娜尽管口头上从来没说过喜欢我们，可我们都知道她是喜欢我们的，不用任何解释。从她看我们的眼神中，从她有时亲切地把手放在我们的肩上的举止中，还有从她在我们任何人失败时所表现出来的伤心中，我们每个人都能够体会到她对我们付出的爱。我们也同样热爱她的一切：她的青春年华，她庄重而美丽的面容，愉快且善良的性格，以及她对自己这份工作的热爱。直到我后来长大成人，抚育自己的孩子的时候，还经常能回忆起我十分敬爱的阿法纳谢夫娜老师，每当我遇到困难的时候，我常常想道：假如她在这里的话，她肯定会告诉我应该怎样做。

另外，让我怀念基尔山诺夫中学的还有其他的一些事情：我十分爱好绘画，我的美术老师也发现了我的才能，但是我从来没有希望过自己将来能成为一位出色的画家。

有一次，美术教师谢尔盖·谢苗诺维奇·波马佐夫对我说：您在绘画方面很有天赋，但您还需要学习，而且一定要学习。

他和叶利萨维塔·阿法纳谢夫娜是一类人，自己也很热爱所从事的那门学科。我们上了他的美术课，学到了颜色、线条、比例、远近画法等知识，也了解到了构成整个美术精神的重要因素。那就是需要对生活十分热爱和学会时时刻刻理解生活，并且从每个方面表现出生活。谢尔盖·谢苗诺维奇给我们介绍了列宾、苏里柯夫、列维唐等大画家的作品。他有一本非常大的画集，很多精致的名画复制品都收录在内。从那时起，到莫斯科的特列契雅科夫美术馆去的想法便在我心里产生了……

然而，尽管我希望继续学习的愿望是那么强烈，但对于自己的境况来说也明白这是不可能的事，因为我家里穷苦，过日子过得很艰难，我的双亲需要我的帮助。完成了中学的学业，我便返回家乡去了。

新 生 活

当我还在基尔山诺夫上学的时候,就已经知道了关于十月革命的消息。说实在的,当时我对于到底发生了什么事情并不真正地了解。我只记得当时我的周围都是一种欢乐的感觉:一个使万民欢腾的盛大节日来临了。城市里,红旗迎风飘扬,到哪儿都洋溢着一片狂欢的气氛。大会上登台演说的都是一些很普通的人——士兵、工人,他们洪亮的演说中充满了热烈而果断的新字眼:布尔什维克、苏维埃、共产主义……

我刚一回到故乡,我的哥哥谢尔盖(他是我童年时代的好朋友;是年龄与我相仿的玩伴)就对我说:"柳芭,我们新生活要开始了,你明白么?这是一种全新意义上的生活。我已经不愿意再袖手旁观了,因此我决定要参加红军去。"

虽然谢尔盖只比我大两岁,可是我在他面前似乎还像一个小孩子一样无知。他懂得的事比我多很多,他可以比我更能清晰地分析时事。他的意志坚定不移,这一点我看出来了。

"哥哥,那我该干些什么呢?"我问他。

哥哥没有犹豫片刻便回答我:"教书呀!当然是教书。你知道不知道?从今往后学校也会迅速增加。你以为在白杨村今后仍然是两所学校,供五千人口上学用吗?再也不能那样了!从今以后人人都有机会上学。你看看,人民不能再过当文盲的日子了。"

我回家后两天,他就参加红军去了。我也毫不犹豫地到人民教育局去报名上任教师了,没过多久他们就把我派到索罗维延卡村当小学初级班教员。

索罗维延卡村距离白杨村三俄里,那里才是真真正正的穷乡僻壤,那些破旧的农舍,房顶全都是用麦秸盖的。

可是学校让我得到一点点安慰。那是在整个村子边缘,处在绿树掩映中的一栋老地主的房子。当时虽然入秋,树叶开始变黄,但是从远处就可看见树上的山楂,火红火红的,枝叶伸到窗前,真让人赏心悦目,于是我情不自禁地变得愉快起来。这栋房子的结构看起来十分坚固而宽敞,包含前庭、两个房间和一间厨房,其中最大的一间屋子被当做教室来用。还有一间装有铁窗的小屋是指定给我住的。我把行李中的语文课本、算题册、钢笔杆和笔尖在桌子上放好，然后便一个人向村子里走去。我打算逐个登记村子里所有的适龄男女学童。我挨家挨户地上门问询。一开始他们全对我的行为表示怀疑，后来才开始渐渐地跟我坦白地说出心里话了。

"噢，你是老师呀？你教吧，教！"一个身材很高而且很干瘦的老太婆，皱着眉头有点不耐烦地对我说道，"但你登记那些小丫头是没有用的。她们什么都不需要学。织布、纺纱，长大了出嫁，做这些事情还用得着读书识字吗？"

但是我仍然对自己的主张坚定不移。

我用我哥哥曾经对我说过的话回答道："现在时代已经改变了，与过去完全不一样了。今后每个人都会过一种新的意义上的生活，因此每个人都得需要学习才行。"

第二天，整个教室座无虚席。前一天去村子里登记过名字的三十个孩子全部来到了课堂上。

教室里最小的孩子坐在靠窗口的一行，他们是一年级的学生，二年级的学生坐在中间一行，年龄最大的孩子坐在靠里边墙的一行，他们只有四个人，都是十四岁。在我的座位的正对面，第一排坐着两个女孩子，她们长着浅色头发，脸上有些雀斑，蓝色瞳孔，连衣裳的花样都是一模一样的。两个都是姓格列别娃的女孩子，一个名字叫丽达，另一个叫玛露霞，整个班上最年幼的两个就是她们俩。那四个坐在墙边的年龄较大的男孩很端正地站起来，教室里其他的孩子们也跟着他们一起站了起来。

"您好，柳鲍娃·奇莫菲耶夫娜！""我们欢迎您！"我听到了孩子们有些纷乱的声音。

"你们好，谢谢你们！"我向他们表示致意。

这样便开始了我的第一课。此后一日复一日地这样做，一个人突然接管三个班，我感觉很吃力。在年幼的孩子们认真地学习写字、年长的孩子们做数学题的时候，我就把日夜交替的原理讲给中级班的孩子们听。然后我去看年长的孩子们的算术本子的时候，这时写喵音字母后带有软音符号的阴性名词便是我交给中级班的作业了。年幼的孩子们写字母写乏了，我就走到他们的桌子面前，他们就大声地逐字逐句地念起来：

"妈——妈!""玛——沙——吃——饭!"

我全心全意地投入到这份教师工作当中,和孩子们在一起的时候我感觉自己十分快活。时间在不知不觉中过去了。邻村有一位小学的教师,他教过三年书,那时候我觉得他是很有经验的,他来访问过我两次。他坐在教室里听我给孩子们上课,而且给我提过一些建议,每次离开时总对我说教学效果很好。他说:"孩子们喜欢您!"这是个很不错的现象。

重返故乡

我在索罗维延卡当教师当了一整个冬季。新学年开始了,我被上级调到家乡白杨村来了。说实话我真的有些舍不得离开索罗维延卡的那些孩子们,我们已经相处得十分融洽了。但是我也很高兴上级对我的这个调动,因为又能回到家里,和亲人在一起,那该多好!

回到白杨村之后,我遇见了童年时代的好朋友阿纳托利·彼得洛维奇。他是和我同一年出生的,但是与我相比他要显得比我大得多:无论是看我俩的成熟程度,还是获得的人生经验,我似乎都不如他。阿纳托利·彼得洛维奇之前在部队当兵当了一年,现在他管理着白杨村的阅览室和图书馆。戏剧小组平时就是在他管理的这间阅览室里进行排练的。村子里的一些青年、小学生和教师们准备演一出《贫非罪》,我饰演柳波芙·戈尔杰夫娜,阿纳托利·彼得洛维奇饰演柳比木·托尔佐夫。他是我们的负责人,同时也是我们这出戏的导演。他在指导我们排练的时候总是那么愉快、那么风趣。如果有人在排练的时候说错了台词,把奥斯特洛夫斯基①的话说颠倒了,或者大声怪叫,或者阴阳怪气地瞪眼、挥手,阿纳托利·彼得洛维奇就会模仿着那个人的样子做同样滑稽的动作,这样一来那个出错的人也就不好意思再出洋相了。他笑起来十分爽朗,一笑就要笑个够。我从来没有见过任何人能像他那样笑得如此酣畅淋漓。

不过在不久之后,我和阿纳托利·彼得洛维奇结了婚,并且搬到他家

———————————

① 奥斯特洛夫斯基是革命前俄国有名的剧作家,《贫非罪》是他的名剧之一。

去住了。阿纳托利·彼得洛维奇和他的母亲吉亚·费多罗夫娜、弟弟费嘉住在一起,还有一个弟弟(阿列克谢)在为红军服务。

我和阿纳托利·彼得洛维奇的感情培养得很好,我们相处得很融洽。他是一个重内涵、不随便吐露心迹的人,但他对我的情感,我可以从他的眼神中、从他的一举一动中感觉出来。我们彼此情投意合,彼此的心意不用说出就可以互相了解。当我们知道自己很快就能有孩子的时候,别提有多高兴了。"肯定是个儿子!"我们这样肯定着,我们还一起给我们未来将要出生的孩子起了名字,甚至对这个孩子的未来作过推测。

"你想想看,"阿纳托利·彼得洛维奇充满奇思妙想地说,"那可多有意思呀:让孩子第一次看火焰,看星星,看鸟儿,再带他到树林里去,到河边去,到海边去,到山上去……你知道吗? 这一切的一切他可全都是第一次看见呀!"

于是孩子出生了。

"恭喜您,柳鲍娃·彼得洛夫娜,您得了一位千金。"接生的老太太对我说,"您听,她哭出声音来了。"整个屋里萦绕着婴儿的啼哭声。我伸出了双手,他们把婴儿抱给我看:一个白脸蛋、黑头发、蓝眼睛,个子很小的女婴。在这一瞬间,我发现我似乎从来没有盼望自己要生个儿子,而我一直以来所期盼的就是这个女儿。

"我给我们的女儿起了个名字,叫卓娅吧。"阿纳托利·彼得洛维奇说。

我同意了。

今天是 1923 年 9 月 13 日。

女　儿

没养育过孩子的人们也许会认为所有的婴童都是一样的:在最初的一段时间,婴儿们什么都不懂,只会啼哭、号叫,让大人不能安宁片刻。这种想法显然是不对的,我认为我绝对有自信能在这一千个新生儿当中找出我的女儿来。我相信她拥有与众不同的脸和眼睛以及表情,她的声音也是有特点的。只要时间允许，我几乎可以一连几个小时看着她的睡态，如何在熟睡时把小手从小被窝里伸出来，不管我在她睡前把她的小手包裹得有多紧，又怎样睁开双眼从长长的睫毛下凝视前方。

除此之外，更让人感到吃惊的是，她每天都会有一些新的变化。我明白了，婴儿的成长不只是每天，而是每个小时都在发生着变化。瞅瞅这孩子，在她一个人大声啼哭时只要一听到大人的声音马上就不哭了。她已经学会寻找那些细微的声音了，一听到钟表的滴答声马上就会转过头去。她会把视线从父亲身上转移到我身上，然后又从我身上转移到奶奶身上或"费嘉叔叔"（卓娅出生之后我们就这样开玩笑地称呼阿纳托利十二岁的小弟弟）身上了。突然，女儿认得我了，我会永远记得这一天，最美好、最高兴的一天。我在摇篮上俯下身去，卓娅注意到我，揣摩了一小会儿之后，忽然笑起来。大家都说这是小卓娅无意识的笑，像这么小的孩子对谁都是一样的笑。可是我心中早已明白，此事并非如此。

卓娅个子很小。我常常给她洗澡。乡下的人们都说，勤洗澡能让婴儿成长得更快。她常待在户外，直到冬季临近，她依然露着脸在院子里熟睡。平常没事的时候我们很少抱着她。我母亲和婆婆吉亚·费多罗夫娜都劝我别一直抱着她，不然会把孩子惯坏的。我按照她们说的话做了。也许就是因为如此，夜里卓娅才能睡得很香，不需要人摇她或抱她。长大之后她也很安静。"费嘉叔叔"会间或轻轻走到摇篮旁边对她说："小卓娅，你喊叔——叔！喊呀！你再喊妈——妈！奶——奶！"

他的小小学生最开始只是对着他笑，口中呢喃地说出全是其他的声音。但是过了一段时间之后她真的会跟着说"叔叔""妈妈"了，一开始还说得不准确，以后便一点一点地说得清楚了。至今我还清晰记得，在每次喊完"妈妈""爸爸"之后总会带着一句大家都不明白的话："阿波"，这个小不点站在地上，踮起脚尖对我们说："阿波！"于是我们终于猜出这句话的意思原来是："抱抱我！"

光辉的名字

　　一个异常寒冷的冬天。连上了年纪的人也记不清曾经什么时候有过这样寒冷的冬天,但在我的印象中,这一年的一月份是冰冷而暗淡的:当我们得知弗拉基米尔·伊里奇去世的消息时,周围的一切一瞬间都变得黯然无光了。对我们来说,他不仅仅是伟大的、杰出的领袖。不,他简直就是每个人的良师益友;无论是在我们的村子里还是我的家里出现的每一件事,基本都跟他有联系。像我这样的想法和感受几乎每个村民都是一模一样的。

　　以前,我们的村子只建有两所小学,如今已经超过十所了,这是列宁同志的功劳。以前人民过着穷苦贫困的日子,如今人民站起来了,变强了,过起了富裕的日子,日新月异。这些成就,我们不感谢列宁同志感谢谁? 村子盖起了电影院;教师、医生、农技师都帮助农民解决他们遇到的各式各样的麻烦;阅览室和俱乐部里总是坐满了人。农村的飞速发展,让人民的生活充满了光明和欢乐。从前的文盲,如今也学会认字了;已经认字的人则准备继续学习更加深奥的知识。这一切的一切都是从哪里来的,是谁为我们创造了这样的新生活呢? 关于这个问题的答案,人们的回答只会有一个声音,若用一个亲近而光辉的名字来回答的话:那就是列宁。

　　但是,他突然间离开了我们……这是我们谁也不愿意接受的事实,这是令人十分郁闷的事。

　　每晚村民们都来找阿纳托利,向他倾诉相同的悲哀。

　　"这么好的人逝世了! ……伊里奇如果活着肯定可以活到一百岁,可他先走了……"斯捷潘·阔列茨老人如是说。

　　2月间,刊登有斯大林同志在第二次全苏苏维埃代表大会上的演讲词的《真理报》送到了白杨村。阿纳托利在阅览室里高声给大家朗读报纸。村民们把阅览室挤得水泄不通,斯大林的字字句句都说到人们心里去了。

　　阿纳托利读完之后,报纸被人们相互传递着浏览:每个村民都想亲眼瞅一瞅,亲手触摸一下这张印着英勇的、诚恳的宣誓词的报纸。

　　几天过后,工人斯捷潘·扎巴布林回到了村里。他年幼时曾是我们村中的一个牧童。他给我们讲述了来自全国各地的人们如何络绎不绝地不惜路途遥远去瞻仰弗拉基米尔·伊里奇的遗容。

他说:"天气太寒冷了,呼吸都快要冻上了一样,已至深夜,可是人们仍然纷至沓来,人们排的队伍看不到尽头。有的人把孩子也一起带来了,为了让他们的后代赶上这最后一次瞻仰领袖的机会。"

"可我们以后再也见不到他了,我们的卓娅也见不到他了。"阿纳托利悲情地说。

那时候我们还不知道后来列宁墓要修在克里姆林宫城墙旁边,并且民众在很多年以后都可以来瞻仰伊里奇。

我把刊登着斯大林同志宣誓的那张报纸完好地存起来了。

此时我想:"等我们的女儿长大了,也让她来看看。"

儿　子

阿纳托利·彼得洛维奇坐在桌子旁边时,喜欢让卓娅坐在自己的腿上。他一向喜欢在吃午饭的时候读些东西,女儿头靠在他的肩膀上安静地坐着,从来不妨碍他读报。

她跟以前一样,个子依然很瘦小。十一个月大时,她开始学习走路。她对人很亲切而且信赖,附近的人们都很喜欢她。有时她走到大门口,会微笑着面对路过的每一个人。要是有人对她说:"要不要到我家去玩?"她就会伸出小手非常高兴地让新朋友带去。

小卓娅两周岁时就可以清楚地说话了。她常常在"串门"回家之后说:

"我去彼得洛夫娜家玩去了。彼得洛夫娜你认识吗? 她家里住着格里亚、克沙尼亚、米莎、萨尼亚和老爷爷。那儿有牛,还有小羊。它们都在跳哪!"

卓娅没到两岁的时候,她的弟弟舒拉就出生了。这个小男婴出生的时候啼哭声音非常大。他的嗓门也很粗,只要一哭闹起来便没完没了。他比小卓娅胖得多,也要健壮得多。但是他的瞳孔却跟她一样,很明亮,一头黑色的头发。

舒拉出生之后，我们就常常对小卓娅说"你是他的姐姐""你比他大"。她吃饭的时候和大人们坐在一起，坐在一把高椅子上。她很会照顾舒拉：要是橡胶奶嘴从他的嘴里掉下来了，她就给放回嘴里；如果他醒了，屋里刚好又没有别人，她会扶着他的摇篮摇着。那时候我也常让卓娅帮我做些事情。

"卓娅，把尿布递给我。"我说，"把碗拿给我。"

"卓娅，帮我收拾收拾：把书收拾好，把椅子放回原处。"

她总是高兴地帮我做这些事情，做完之后总是问：

"还需要我做些什么呀？"

卓娅三岁时，也就是舒拉刚刚一岁的时候，她就会牵着舒拉，带着奶瓶到奶奶那里去灌牛奶了。

在我的印象中，有一次，我正忙着挤牛奶。舒拉在我旁边玩。卓娅端着碗站在对面正等着接牛奶。这时一只牛蝇在牛身上叮了一下；牛顺势尾巴一扫，正好打到了我。卓娅马上放下碗，一手拽着牛尾巴，另一只手挥舞着树枝驱赶牛蝇，嘴里念叨着：

"你凭什么打我妈妈？你不许打我妈妈！"接着她看看我，她的语气既像是疑问，又带有肯定，说："我来帮你！"

每当村子里的人们提到舒拉的时候就说：我们女老师家的那个小子看起来不分横竖，躺下和站着都是一样高。

我承认舒拉确实比别的孩子胖，但他也长得比别的孩子结实。他在一周岁半的时候，力气就要比卓娅大很多。但这并没有给卓娅照顾他带来什么影响，有时甚至会严格地教训他。卓娅从会说话的时候发音就很清晰，从来没出现过咬舌，而舒拉三岁时说话还是发不出卷舌音，对于这件事卓娅很在意。

"舒拉，你念：列舍托。"她要求他跟她着念。

"勒舍托。"舒拉重复着。

"不对！你听我说：列。"

"勒。"

"不是'勒'，是'列'！你这糊涂孩子！"

有一回卓娅实在忍不下去了，用手敲了下他的头。可这两岁的学徒比这四岁的老师更有力气：他生气地晃了晃头就把卓娅推开了。

"去你的！"他生气地喊道，"你凭什么打我？"

卓娅很惊讶地看着他，但没有哭。过了一小会儿我又听到了：

"你说：柯罗瓦支。"

舒拉顺从地重复着：

"柯洛瓦支。"

我不清楚舒拉是不是知道他是这个家里年纪最小的孩子，但是他一开始就会利用这一点"优势"。他在给自己找理由的时候总是像受了委屈一样地说"我小！"如果他想要得到什么东西，大人不满足他，他就会大声叫着"我小！"有时候他平白无故，但却自以为是地说"我小！"他非常清楚我们都爱他，他想让每个人：卓娅、我、他父亲和祖母，都围着他转。

要是他一哭，祖母就说：

"谁又欺负我们舒拉了？快来我这儿，宝贝！来看看我这有什么，我的小孙孙！"

舒拉就转悲为喜，撒娇似的凑到祖母的腿上去。

要是他有什么要求被否定了，他躺到地上大声哭闹，打滚或是可怜兮兮地呻吟着，那个样子就是在暗示你："我是可怜的小舒拉，没有人疼我，没有人爱我！"

有一回，因为舒拉想在午饭之前吃粉羹（一种酸甜可口的糊状羹，一般在饭后吃），大哭大闹起来了，我和阿纳托利·彼得洛维奇就相继出去了，把舒拉一个人留在屋里。最初，他依然哭闹个不停，还时不时地叫着"我要粉羹！""给我粉羹！"后来，明显是他决定不想再多费口舌了，就简单地叫"给我！""我要！"在他哭闹的时候，我们都已经悄悄地出去了，当他感觉到周围没有动静时，抬起头来环望一周发现没人，就不再哭了：既然屋里没人，还费这力气装哭给谁听呢！他沉思了一小会儿，就拿起小木块开始堆什么玩意儿了。等到我们一回来。他见我们都回来了，马上又做出要哭的样子，这时阿纳托利·彼得洛维奇就严肃地对他说：

"你要是还哭，我们就把你自己丢在这里，我们就不和你一起住了，明白了吗？"

舒拉不做声了。

又有一回，在他哭闹的时候，从手指缝里偷偷看我们作何反应，是否可怜他的眼泪。可是我们全都故意不理他:阿纳托利在一旁看书,我在批改学生的作业。这下可好了,舒拉就像没发生任何事情一样,悄悄地走到我旁边,爬到我的膝上。我轻轻地敲了下他的头,就把他又放回到地板上,自己仍转头继续工作,他也再不过来妨碍我了。通过这两件事一下子把他这个坏毛病给治好了:自从我们全不顺着他的性子之后,他就再也不撒娇、哭闹了。

卓娅很疼舒拉。她经常装成大人的样子,郑重地用大人的话说:"不要惯着这孩子,让他哭一会儿,没关系的!"她说这话的神态很让人想笑。但是在她一个人陪着她的小弟弟的时候,她对他一向是非常温和的。若是他摔倒了,哭了起来,她就立刻跑过去拉他的手,尽力把这个小胖子给抱起来。然后用自己的衣襟给他擦干眼泪,劝着说:

"别再哭了,你得做一个聪明的好孩子。对啦,好孩子……你拿着这个木块。来,咱俩修一条铁路,你愿意吗?……这是画报,我给你找些图画看好吗?你过来看看……"

最有意思的是:卓娅见到自己不明白的东西,总是直接坦白地承认自己不明白;而自尊心特别强的舒拉,"我不知道"这句话要从他口里说出来可是非常难的。为了避免让别人知道自己不明白某一件事,他会想出各种鬼点子。我清楚地记得,有一回阿纳托利买回来了一本学龄前读物,包含的内容很丰富,里面带有的图画既好看又十分生动:画着各式各样的动植物、物品和人。平时我们很喜欢和孩子们一起看这本书。有时候我指着书上的图画问舒拉:"你看这是什么?"要是他认识的东西,他就会马上兴奋而骄傲地说出它的名称来,然而碰到他没见过的东西时,就不会像这样了,为了避免回答问题,什么幺蛾子他都能想出来!

"你看这是什么呀?"我指着火车头问他。

舒拉长叹了口气,揣摩一会儿,然后耍了下小聪明地笑笑,说道:

"你说好啦!"

"那这又是什么呀?"

"这是小鸡儿。"他回答得很快。

"答对了。那这个呢?"

画的是他没见过的奇怪动物:骆驼。

"妈妈,"舒拉提出要求,"把这页翻过去嘛,让我看看后面有没有别的吧!"

我真想知道他到底还能想出什么借口来。

"这是什么呢?"我狡猾地指着河马问他。

"待一会儿,我吃完饭再告诉你。"舒拉回答说。之后便开始慢慢吞吞地咀嚼起来,似乎总也嚼不完一样。

于是我又指给他看一张画有女孩子的画,身穿蓝色长衣的女孩子面带微笑,并且围着白围裙,问他:

"你说这个小女孩叫什么名字,舒拉?"

舒拉聪明地笑着答道:

"你问问她就知道啦!"

点评:

故事的主人公卓娅和舒拉就这样来到了人世间,前几章主要讲到两位主人公母亲从小到大的经历,可以看出英雄的主人公的出身并无特别之处,幼年的舒拉甚至比较调皮捣蛋、耍小聪明,而卓娅从小就有沉稳的个性。文中真实地描写幼儿时的主人公,并没有刻意塑造传奇人物,非常真实动人。

外 祖 母

孩子们很高兴去外祖母玛夫拉·米海洛夫娜家里去串门。她也很乐意接待他们,给他们拿牛奶喝,给他们拿点心吃。然后她会抽出一点儿时间来,和他们做喜欢玩的游戏,他们玩的这个游戏叫做"拔萝卜"。

外祖母一边揣摩一边说道:"姥姥种了一个萝卜。她说:'萝卜呀萝卜,你长成甜甜的、实实在在的、又大又圆的大萝卜吧。'那萝卜就长成了很大的、甜甜的、结结实实的、圆圆的、金灿灿的。姥姥拔着萝卜:拔呀拔,拔呀拔,总是拔不起来(这时外祖母表演着怎样拔那个顽强的萝卜),姥姥把小外孙女卓娅叫过来了(这时卓娅就来拽着外祖母的裙子),卓娅拽着姥姥,姥姥拽着萝卜,一起拔呀拔,拔呀拔,还是拔不起来。然后卓娅又叫来了舒拉(舒拉正心急地等着去拽住卓娅),舒拉拽着卓娅,卓娅拽着姥姥,姥姥揪着萝卜,一起拔呀拔,拔呀拔(这时候孩子们脸上的表情似乎都是在等待着什么)……最后终于把萝卜拔出来了!"

就在这时,外祖母的手里突然间出现了不知道从哪儿拿起来的一个苹果,一块小点心,或者是一个真萝卜。孩子们脸上带着微笑地搂住外祖母,趴在她的身上,这时,外祖母就会把礼物给他们。

舒拉一迈进外祖母家的门槛就喊道:"姥姥,咱们玩拔萝卜呀!"

过了两年以后,又有人给他们讲起了这个故事,用早就烂熟于心的开场白说:"爷爷种了一个萝卜……"他们两人就不约而同地纠正说:"是姥姥种的,不是爷爷。是姥姥!"

我的母亲忙碌了整整一辈子,从早忙到晚。她要做好全部的家务,还要完成地里的农活,除此之外还要照顾六个孩子:要给他们穿衣,洗脸,缝缝补补和做饭。妈妈累得弯了腰,但从来不为自己着想。妈妈对待自己的儿女,以及后来的子子孙孙们,向来都是一视同仁,也都是和蔼可亲的。她从来没有正面地说:"尊敬长辈。"但是她的做法一向都是通过事件让孩子们来理解它的含义,真正能心领神会。她对卓娅和舒拉说:"我现在住的这栋房子,是上一辈的老人们盖起来的,你们看彼得洛维奇给我们的房子里砌的这个火炉有多棒呀!彼得洛维奇年纪大了,他的手艺真是棒极了。怎么可以不尊敬老人呢?"我的母亲也是个很仁慈的人,在我儿时就知道,但凡她看到无家可归的流浪人,总是叫他们到家里来,给他们吃一顿饱饭,之后再送一些旧衣服给他们。

有一回父亲弯着腰在衣橱里找了半天,问母亲道:

"咦? 我的那件蓝色衬衫到哪里去了?"

"我说了你可别生气。"母亲回答地有点难为情,"我把它送给斯切帕内奇了。"(斯切帕内奇是孤苦伶仃、身体患病的穷老头儿,母亲常去看他并尽可能地帮助他。)

父亲也表示无可奈何,只是稍稍挥了挥手。

如今,过了数年之后,我依然常常回忆她:我的母亲是一个多么吃苦耐劳、意志坚定的女性啊。

有一回,我们家养的牛被偷了。谁都知道,发生这样一件事会给一个农家带来多大的痛苦。可母亲却没有一句怨言,没流过一滴眼泪。还有一年,我记得,家里发生了火灾,我们的房子和家里所有东西都被烧光了。父亲对这件事非常消极绝望,他坐在倒在地上的树干上,垂着双手,绝望地低着头看着地。

"没关系的,他爹,我们还会赚回来的!"母亲边说边向他走去。走到他身边,站了一会儿,母亲接着说:"不要紧,我们一定会有办法的!"

我的母亲是个完全不识字的人,直到她去世也不认识半个字,但是她对追求知识却十分看重并带着敬意。由于她十分关心我们,我们才能上学成为有文化的下一代人:是她坚定不移地主张把我送去上小学,然后又送去上中学。

我们家的生活经常会遇到困难。记忆中,在最困难的时候,父亲曾决定让正在上中学四年级的哥哥谢尔盖休学。可是母亲非常反对这个主张。为了让儿子能接着上学,她绞尽脑汁:去找过校长,说了很多好话请求校长让她的儿子享受公费。

"就说你吧,他妈,虽说斗大个字不识一箩筐,不是也活得挺好吗?"父亲愁眉苦脸地说。

母亲不与他争辩,但仍对自己的意见坚定不移。俗话说得好:"读书则是光明,不读书则是黑暗。"她常常爱重复这句话。她也从自己的亲身经历中体会到,没有知识的人生活就是一片阴霾。

"将来你们上学后可要好好学习啊。"她常这么嘱咐卓娅和舒拉,"你们要成为更精明的人,懂得更多事情,这不仅仅有益于你们自身,更有益于你们周围的人。"

外祖母是一个非常会讲故事的人。她知道不少故事,也会一边一刻不停歇地做自己的事情:缝缝补补,削土豆皮,或者和面,一边从容不迫地讲故事。她像是自言自语地念道:

"一只狐狸在树林里漫不经心地闲逛着,看见树上有一只山鸡。那狐狸说:

'山鸡,山鸡,我进城去了。'

'咕——咕——咕,进城就进城呗。'

'山鸡,山鸡!我接到命令了!'

'咕——咕——咕!接到就接到了呗!'

'你们山鸡不许在树上蹲着,你们都要在草地上溜达。'

'咕——咕——咕,溜达就溜达呗。'

'山鸡,山鸡!你看那边是谁来了?'

·咕——咕——咕,庄稼汉。'

·山鸡,山鸡,你看跟着庄稼汉跑在后边的是谁?'

'咕——咕——咕,小马驹。'

'山鸡,山鸡!它的尾巴是什么样的?'

'是弯的!'

'那么,再见了!山鸡,我可没工夫再跟你闲扯了!'"

卓娅和舒拉两个人都坐在小板凳上,目不转睛地看着姥姥,听她一个接一个地讲着故事:大灰狼的故事,贪吃狗熊的故事,胆小的小兔子的故事,接着又讲那个狡猾的狐狸的故事……

姐 弟 俩

卓娅带着舒拉出去玩时,我们只允许他们在房子附近带有围栏的小花园里嬉戏,因为在屋子周围的草地上有家畜在觅食,又没人看管,很可能会伤着孩子。但如果和年长些的女孩子们(玛尼娅和塔霞)一起玩,卓娅就常常走得离家很远,去菜园子和小河边。河水很浅,但水流得很活泼,即使整天泡在河里,也不用担心淹着。

夏天,卓娅拿着捕虫网抓蝴蝶,采草地上的野花,一玩起来就是好几个小时,然后回来再去洗澡,并且她自己一个人(在五岁的时候)在河边洗她的衬衣,晒干后再穿着回家。

"妈妈,你瞅瞅我。"她望着我说,"我洗得干净吧?你不会说我吧?"

现在我似乎还能隐约见到她五岁时的样子:被太阳晒得通红的脸,闪亮的蓝眼睛。盛夏的骤雨刚刚停歇,火辣辣的阳光又再次照耀着这片土地,高空中被风吹着的几朵浮云,一会儿就消失在地平线外了。树上的水滴依然在下落,而卓娅打着赤脚,踏着水洼里暖暖的雨水向我跑来,一边笑着,一边让我看她身上那件湿透了的衣裳……

那该多好啊!坐着马车到远方的草原去(尽管车是嘎吱作响的老爷

车,拉车的马也不是什么好马,那又怎样),回来的时候坐在高高的草垛上,回到家后跟大人们一起,把有着芬芳香味的草垛铺在板棚后面,把它彻底晒干,之后在像海浪一样的草堆上蹦蹦跳跳、玩倒立,最后玩累了就在草垛上团缩起来,在这草堆上舒服地睡上一会儿。

爬树又是多有意思的事啊!努力向上爬,爬高了往下一看都有点儿害怕,要是手扶着的小树枝掉下去一节,心就一下子收缩……然后就用赤脚慢慢摸索着树枝,小心翼翼地,生怕弄坏了衣裳,然后慢慢地下来。

更有趣的是爬到板棚的房顶上或是教堂的钟楼上——这是每一个孩子都喜欢的瞭望台。感觉这时候整个村子就像放在手掌上一样,尽收眼底。向更远处望去则是空旷的田野,田野的中间分布着其他的村庄……可是还有什么在它们后面呢?还有什么在很远、很远的地方呢?……

回到家里,卓娅靠着我坐下,问道:

"妈妈,白杨村的外面是什么地方呀?"

"是一个叫'太平庄'的村庄。"

"那里还有别的什么村庄吗?"

"索罗维延卡。"

"在索罗维延卡的那边还有什么呀?"

"巴夫洛夫卡,亚历山大罗夫卡,普鲁特基。"

"还有什么地方?基尔山诺夫的那边是什么?唐波夫的那边就是莫斯科吗?"她叹了一下气,然后说,"能去那里才好呢!"每当父亲空闲时,他喜欢坐在他的膝盖上问各式各样的问题,有时会问出一些连大人也没想过的问题。她听父亲讲这个世界上各种各样的事情也是津津有味的,就像听扣人心弦的故事一样:高山,海浪,丛林,遥远的大都市和住在都市的人们。这时卓娅总会目不转睛地看着父亲讲,她半张开嘴,眼睛散发着光芒,有时甚至专注到忘记了呼吸一样。还有的时候,实在是疲倦了,就在父亲的怀里睡着了。

四岁时的舒拉是最淘气的、喜欢闹腾的孩子,这个年纪对什么也不会在乎。

"舒拉的口袋里有东西在动!"我听到卓娅吃惊的声音。

真的在动!这是怎么一回事呢?

"你口袋里装了什么东西呀?"

很简单的道理：口袋里装了满满的甲虫，它们在口袋里折腾着要爬出去，而舒拉却用手紧紧攥着袋口。甲虫们多可怜呀！

晚上，我在舒拉的口袋里什么东西都能找得到！例如弹弓、碎玻璃、小钩子、小石子、铁片，还有不许他玩弄的火柴……应有尽有。舒拉的头上经常有磕肿了起的包，脚上有刮伤和擦伤，膝盖也常磕破。对于舒拉来说，如果让他自己安静地坐在一个地方，那绝对是一种惩罚，是一种最冷酷的处罚。他从一早起，直到我呼唤他们回家吃饭睡觉的时候，总是在奔跑、打闹。很多次我看见他在雨后的院子里跑，拿棍子敲打水坑里的雨水，敲击起来的水花比他都高，像喷泉似的，把他全身都弄湿了。可他却一点都不在意这个，会继续更用力地拿着他的棍子打水，而且边敲边唱着不知道他瞎编的什么歌。我也听不清他唱的歌词都是些什么，只能听出他唱的调子是英勇的、豪放的"喔嘟，吧！邦！邦！邦！邦！"然而从这所有的一切我们都能看得出来：舒拉要对他的周围来发泄出他的快乐，他需要强调出来，太阳、树林、积满雨水的水洼等使他多么兴奋！

卓娅在舒拉的所有游戏里一直都是他的搭档，她也和舒拉一样大喊大叫，狂欢地、忘情地跳跃。但是她也会痴痴地静坐着沉思什么。这时她专注地看着，浓密的双眉稍稍皱向眉心。有时候我也会看见她坐在房子附近的倒在地上的一棵桦树树干上，用双手托着腮，两眼向前方遥望着。

"你为什么要这么坐着呀？"我问她。

"我在思考呗！"卓娅答道。

我还依稀地记得。在很久之前，有一次，我决定和阿纳托利·彼得洛维奇回娘家去探望我的双亲，带着孩子们一起去。我们一进门，奇莫菲·西蒙诺维奇外祖父就对卓娅说：

"你这个小姑娘真淘气，昨天你为什么骗我呀？"

"我骗您什么了呀？"

"昨天我问你，我的眼镜被你藏到哪里去了，你说：'我不知道。'可是，后来我找到了，眼镜在长凳子下面放着。这不是你藏的，那还会是谁？"

卓娅翻着白眼看着外祖父，一声不吭。但是，过了一会儿，到了吃饭的时间，当我们都围坐在桌边时，卓娅说：

"我不吃。既然你们不相信我，我就不吃饭。"

"嗨，都过去的事啦，坐下吧，坐下吧！"

"不，我不能坐。"

她从始至终都没有坐下。那时我看得出来，外祖父在这个刚刚五岁大的孩子面前未免有些难为情。在回家的路上，我批评了卓娅几句，可是她含着眼泪，依然重复着那句话："我没有碰过他的眼镜。我已经和他说了实话，可他就是不相信我。"看得出来，她受了非常大的委屈。

卓娅对父亲的感情比对家里任何一个人都要好。甚至在他忙碌起来没时间和她说话的时候，她和他在一起也很高兴。但她并不仅仅是在他旁边发呆，而是在打量着什么。

"你瞅瞅，爸爸各种事情都会做。"她对舒拉如是说。

的确，阿纳托利·彼得洛维奇什么事情都会做。这是大家所熟知的。他是家中的长子，早年父亲便去世了，他必须自己耕地、自己撒种、自己收庄稼。虽然已经是如此忙碌，他依然能挤出时间来为村子里的阅览室和图书馆做各种各样的工作。村子里的乡亲们全都非常爱戴他、尊重他和信赖他，常常找他商量一些家事和其他一些事情。假若需要推荐一个信得过的人到监察委员会去，检查消费合作社或信用合作社的工作，人们一定都会说："选阿纳托利·彼得洛维奇！他什么都懂，谁也捉弄不了他。"

还有一点让人们都乐意接近阿纳托利·彼得洛维奇，那就是因为他是一个非常正直和坦诚的人。如果有人来求他帮忙出个什么主意，却让他知道这个人理亏，他就十分坦诚地说："这是你做得不对，我不能帮助你……"

我常常听到各种各样的人说："阿纳托利·彼得洛维奇是一辈子都不会做亏心事的。"

他这个人很低调，他从来没有因为无所不通而自卖自夸。那些比他年长很多的人，甚至是村子里的老人，在村中很受敬仰的人，也都乐意来向他征询意见。

事实上，不管你有什么问题都可以来请教他，换而言之就是，所有的问题他都能作出解答。他以前读过很多书，而且能把读过的东西详细地描述出来。卓娅经常长时间地在阅览室听他给乡亲们读报，讲解那时候的国家大事、时事，讲解关于内战、关于列宁的事情。每次听众们都能向他提出很多问题：

"阿纳托利·彼得洛维奇，你刚讲过电器了，现在再请你讲讲拖拉机。

可能这是个更神奇的东西吧？可是这么大个机器怎么可能在我们这小小的土地上转得开呢？……还有一个问题：真的有这种机械吗？又会收割，又会打谷子，还会把打干净的谷粒装进口袋里？……"

有一次卓娅问我：

"为什么大家都这么喜欢爸爸呀？"

"那么，你猜这是为什么呢？"

卓娅没有说话。可是那天晚上，在我召唤她上床睡觉的时候，她趴在我耳朵边悄悄对我说：

"爸爸很聪明，他什么都懂。他是个良民……"

看看世界去

卓娅刚满六岁时，我和丈夫决定去趟西伯利亚。用阿纳托利·彼得洛维奇的话来说，"去开阔眼界，去认识世界。"

孩子们是第一次坐着马车去火车站，同时也是第一次看见火车。听着车厢下面车轮接连不断地带来旋转的节奏声，就好比是在漫漫旅程中聆听着一种永不停息的慷慨激昂的歌声。窗外掠过的村子，草原上成群的牛羊，川流和丛林，一片片辽阔无际的草原。

我们的旅程整整持续了一个周。路途中，我和阿纳托利·彼得洛维奇简直没法全部回答他俩提出的各种各样问题："这是什么呀？""这是用来干什么的呀？""为什么呢？"人们在旅程中往往是非常容易睡觉的，可是孩子们的所见所闻使他们过于兴奋了，因此让他们在白天睡觉根本就行不通。到了晚上舒拉终于还是累了，所以很快就睡过去了。而卓娅就不同了，到了傍晚也没办法让她离开窗子。直到车窗外面被漆黑的夜幕笼罩了玻璃后，卓娅才叹了口气，向我们转过头来。

"外面什么也看不见了……就只剩下灯光了……"她带着深深的惋惜说了这话之后，才迫不得已地赞同睡觉了。

第七天，我们抵达了叶尼塞省的康斯克市。这里是一个小镇子，房屋都是只包含一层木头的建筑,连公路边的便道都是用木头铺的。我们先把孩子们安顿到旅店,然后便到人民教育局去报到了,选择一个我们夫妇可以同时任教的一所学校所在的村子,他们把我们安排到了西特金村。于是我们决定立刻启程,不浪费这宝贵的时间。确定计划之后我们急忙赶回旅店,只见舒拉一个人坐在地板上拿着木块玩堆积木,但没看到卓娅。

"卓娅在哪儿呢,舒拉?"

"卓娅说了:'你在这里待着,我到市场上买点树脂去。这里的人全都含着树脂呢。'"

我"哎呀"一声就朝当街跑去。镇子很小,周围的森林伸手可及,女孩子要是跑到森林里去了那可怎么办呀?

我和阿纳托利·彼得洛维奇把镇子上的大街小巷全都找遍了,一个挨一个地上门到各个院里去打听,见人就问,也到市场上去找了一圈……可是到哪都找不到卓娅。

后来,阿纳托利·彼得洛维奇对我说:"你回旅店去,在那等着我,可别再让舒拉出什么岔子。我到警察局去报案。"

我回到旅店,抱起小舒拉,然后又到街上来找。我实在不能安心在屋里等着。

我和舒拉在街前站了大概半小时。突然,舒拉喊道:"爸爸! 卓娅!"

我急忙跑过去。卓娅正涨着红彤彤的脸,面带难为情和害怕的神情望着我。她手里攥着一团黑色的东西。

她说:"这是树脂。虽然它的味道不怎么好。"她若无其事地说道,就好似我们只是刚刚分开五分钟不到一样。

原来她的确一个人去了市场,买了些树脂,可是她却忘记了返回旅店的路,也不懂得怎么问路的她,就自己猜测着往回走,结果方向完全走反了,几乎已经走到了森林的边缘。好在那里有一位好心的陌生妇女("她很高,蒙着头巾")瞧见了她,就领着她去了公安局。阿纳托利·彼得洛维奇正是在公安局里找到女儿的。当时卓娅正像做客一样坐在椅子上喝茶,并冷静地回答着警察问她的问题:你叫什么名字呀,从什么地方来的,跟谁到这里来的,爸爸叫什么名字呀,妈妈叫什么名字呀,小弟弟叫什么名字呀,等等。她立刻说了她得马上回到旅店去照顾弟弟,因为他还小。

"你怎么把舒拉一个人丢下就出去了?"我责问她,"你是大孩子,你是做姐姐的,我们得指望你呀……"

卓娅和父亲站在一起。为了能看到其他人,她把头稍稍抬起,把视线从父亲的身上转到我的身上,说:

"我本来以为我能立即回来的。我也以为在这和在白杨村一样,去哪里我都能马上回来。妈妈别生气了,这样的事情再不会发生第二次了。"

"好啦。"阿纳托利·彼得洛维奇忍着浅笑说,"这是第一次,我们原谅你,可以后不经大人同意,哪儿也不要去,你看你妈妈都担心成什么样子了啊?"

西伯利亚

我们住在西特金的河岸边,屋子建在很高的河堤上。往下望去则是一条宽阔的、湍急的河流,从上面往下看的时候,就感到有些头昏眼花,感觉自己似乎会随着这湍急的河水漂走一样。森林离房子很近,没几步路就能走到。那是个什么模样的森林呀!高大的松柏,把头仰到后背也看不着树梢;茂密的枞树,落叶松,杉树。当你站在被巨掌一样的枝叶包裹的树下,简直就像是置身于变化莫测的天幕中一样。多么宁静啊!只有偶尔在脚下踩碎的枯枝才会发出一声响动,被惊吓着的鸟儿飞起后一声惊叫,然后就又回到那幽深的宁静、无边的沉静。一句话,走进这个森林里就好似进入童话般的仙境一样。

我依稀记得我们头一次在林中漫步的时候,我们是一家四口一起去的。我们很快就进到了密林的深处。舒拉好像让什么给吸引住了一样,一直默默地站在一棵两人才能围抱住的松树下。我们向前走远了,召唤了他一声,他没有回应。我们就转头向回走。我们的孩子,一个还很年幼的孩子,仍然寂寞地一个人站在原地,站在大松树下,双目圆睁,就好似在听树木的低吟一样。他完全沉溺于其中,什么也顾不上听,什么也顾不上看了。这也怪不得:在他几年短短的生活阅历中,还从没见过如此巨大的森林。在白杨村,村子里的树都是屈指可数的。

之后他跟我们在森林中漫步的时候,仍然是很反常的:很安静,不怎么说话,就像是森林给他施加了什么魔法把他给迷住了一样。

晚上,舒拉在窗前站了许久才去睡觉。

"你怎么了,舒拉? 怎么还不去睡觉?"阿纳托利·彼得洛维奇问他道。

"我在和森林说'晚安'呢。"舒拉回答道。

卓娅也同样爱上了森林。在树林里闲逛成了她超越一切的最大乐趣,她拿起采果子用的篮子,从台阶上兴致勃勃地跑出去了。

"不要走太远。"我嘱咐她说,"你听邻居们说了么? 森林里有狼,有熊!"

说实话,在森林里采集覆盆子并不是一点危险都没有:熊是出名的馋嘴,在覆盆子生长的密密的丛林中遇见熊,是常有的事。但覆盆子也的的确确是好东西:个大,多汁,像蜂蜜一样甜。采集覆盆子的人大多都提着水桶,三五成群地行进,为了防备熊的出没,通常带着一个持枪的男性。西伯利亚人还采集桑葚、野樱桃,储存能吃一整个冬天的蘑菇。这些天然特产在这个森林中十分丰富。卓娅每次出门,都是提着满满的一篮子野果,十分骄傲地回来的。

卓娅也经常跟舒拉一起去河边挑水,她也很乐意做这件事。她用小桶把水从河里打上来,在岸边站上一会儿,看着澄清的、欢腾向前的波浪。然后她还会花很长时间站在家门口或窗前眺望着河面。

有一次阿纳托利·彼得洛维奇计划教卓娅游泳。他拉着她游离了河岸,然后忽然放开她的手。卓娅沉下去,呛了一下。冒上来,又沉下去了……

我在岸上看着她,被吓得心惊肉跳。固然,阿纳托利·彼得洛维奇是不错的游泳好手,有他在她身边陪着,自然没必要担心孩子会不会被淹到,可是瞅着她喝水,看着她一而再再而三地沉到水面下,毕竟是令人心惊胆战的。我记得,她一声也没呼唤,她用尽全身力气搏击着,挣扎着,一言不发。后来父亲托起她,带她游到岸边来了。

"好样的! 再这样练习几次就学会游泳了!"父亲很有自信地说。

"害怕吗?"我一边擦干她身上的水,一边问她。

"害怕。"她坦诚地说。

"那我们还游吗?"父亲恶作剧地问她。

"去。"卓娅坚定地回答说。

冬　天

西伯利亚多降水的冬季到来了。河床已被坚冰覆盖。温度直降到零下五十七度,好在不刮风,这使得孩子们很轻易就接受了这里的严寒。

我还记得第一次降下初雪的时候他们是多么的高兴:他们废寝忘食地打雪仗,在房子附近软软的雪地上打滚,就像在草垛上一样。有一回他们堆砌了一个雪人,比卓娅高得多。要招呼他们回家吃午饭,我得费很大力气才行。他们进家的时候,两个人都满脸通红,兴奋不已,但同样也累得气喘吁吁,然后以极好的胃口冲向了牛奶粥和黑面包。

我们给孩子们买了保暖性能很好的鹿皮靴,阿纳托利·彼得洛维奇又给这姐弟俩做了很稳固的雪橇,卓娅和舒拉每天都要花上不少时间去滑雪:有时候两个孩子相互轮流着拖,有时两人同坐在雪橇上,卓娅坐在前,舒拉坐在后,他用那戴着红手套的肥硕的双手抱住姐姐,洋洋得意地从山坡上飞一般地滑下来。

我和丈夫两个人整天都为工作忙碌着。因此每天早上出家门之前我就会叮嘱卓娅:

"可别忘记了:饭在烤炉里,牛奶在锅里。你要好好照顾舒拉,不要让他胡闹。不许让他坐在饭桌上,如果掉下来摔着了的话,又该哭了。你们乖乖地玩,不要吵架呀。"

下午我们从学校下班归来的时候,卓娅来迎接我们,总是说:"我们两个都很乖,玩得很开心,而且没有吵架!"

屋子被他们两个弄得不成样子,但是看着他们兴奋而满足的脸,也就不忍心批评他们了。他们用椅子建成了一座二层小楼,把匣子和箱子都胡乱地堆在一起,外面盖着毯子,在最意想不到的地方能看到最出人意料的东西:我差一点踩在阿纳托利·彼得洛维奇平时刮胡子用的镜子上,一转身又碰到了倒立着的铁罐。这间屋子的中间平时都放着小孩子的玩具:铅铸的士兵,装在轮子上的只剩下一半鬃毛的马,只剩下一只手的洋娃娃,纸片,破布,木偶,碗和盘子混杂在其中。

"今天我们没弄坏任何一件东西,也没弄洒什么。"卓娅报告着,"只是舒拉又抓破了玛尼亚的脸,把她弄哭啦,后来我给她吃了果子酱,才不哭的。妈妈,你得告诉舒拉,让他以后不许跟别人打架啦,不然我们就都不跟他玩了。"

顽皮的舒拉也觉得理屈了,有点渺茫地看着我说:

"我保证以后绝不这样了……我只是稍微碰了她一下,但我绝不是故意的。"

漫长的冬夜,我们全家坐在桌子旁边,或者围着暖和的炉子。那些日子是多么美好啊!但是我们也不能把晚上所有的时间都拿来陪孩子们:我自己,特别是阿纳托利·彼得洛维奇,有很多需要晚上继续忙碌的工作。"忙工作"这句话的含义很早就被孩子们所了解:

妈妈在工作哪……爸爸在工作哪……

换句话说:屋子里应当保持安静,不可以问问题,不可以吵架,不可以打闹,也不可以跑跳。有时候孩子们躲在桌子下面,一连玩上几个钟头都听不到他们的任何动静。这种时候,外界也像当年在索罗维延卡的时候一样,窗外的北风包裹着雪花在松树的枝叶间狂啸,烟筒里发出一种凄凉的咆哮声,像是在申诉着什么冤屈……但是当初在索罗维延卡时我孤单一人,而现在有了阿纳托利·彼得洛维奇坐在我对面做我的精神支柱,有他在我身边可以让我全神贯注地看书,或是改学生的作业,卓娅和舒拉一边说着悄悄话,一边自娱自乐着。只要我们一家子在一起,就会变得更加温馨、更加欢乐。

过了许多年之后,我的孩子们早已上学读书了,但他们仍能常常回忆起这些夜晚,在辽远的西伯利亚度过的这些美好的夜晚。固然,我们在西特金居住的时候,舒拉的年纪还小,那时候他只有四岁半,他对那些日子的记忆虽然是快乐安逸的,但却总是扑朔迷离的。而在卓娅的印象中,这些夜晚所留下的儿时记忆却是很明朗、很清晰的。

我忙完了工作,或是暂时放下手中正在忙的工作,一般是等孩子们熟睡之后然后再继续,这时我就在火炉周围坐下,"正经的"晚会才刚刚开始。

"妈妈讲个什么故事听吧!"孩子们提出了请求。

"讲点什么呀?我讲过的所有的故事你们都能默出来了。"

"没事的,你再讲一遍吧!"

于是就这样开始了:大公鸡,圆面包,大灰狼和皇帝崽伊凡,阿辽奴西卡姐姐和伊凡弟弟,哈夫罗妈妈和土财主库兹马。——这一个个故事里的主人公,哪一个没在这漫长的冬夜里来过我们家做客呀!但是他们最喜爱的却是美丽的瓦西丽莎的故事。

"在某一个国家,某一个朝代……"我已经不知道我这是第几次来给孩子们讲起这个故事,可孩子们依旧像是第一次听一样目不转睛地盯着我。

有的时候阿纳托利·彼得洛维奇也和我一样放下手中忙碌的工作,加入其中。孩子们尤其喜爱听他讲的故事,因为他讲的常常都是让他们意想不到的事。还有的时候孩子们似乎把我们全部置之脑后了:他们围坐在房子的角落里悄悄地议论着自己的事情。突然阿纳托利·彼得洛维奇专注地倾听他们一会儿,翻开了书本,靠近火炉,坐在小板凳上,把舒拉放在一条腿上,把卓娅放在另一条腿上,开始不紧不慢地说:

"关于这个问题,我想到了这样一个故事……"

孩子们的脸上立刻流露出愉快、惊奇和饱含期盼的神情来:父亲要讲些什么给我们听呢?!

我印象中有这么一件事。孩子们经常能听到人们说到春天里发洪水的事。在这个地方春天发洪水可不能当故事听听就算了:洪水能冲垮房子,冲走牲口,几天下来附近的村庄都会成为一片汪洋。当地人对我们这些外乡人讲了不少这样的故事,发起洪水来是真的可怕。

"到那个时候我们该怎么办?"舒拉听了这个故事后问卓娅。

"我们肯定要跑出家门呀。上了船我们就能走了。要不我们就往山上跑。"

两人沉思了一会儿。

"那洪水一来岂不是把什么都淹死了……"卓娅说着这话好像觉得身边很冷,哆嗦着说,"舒拉,你害怕么?"

"那你呢?"

"我不怕。"

"那我肯定也不怕。"

舒拉站了起来,模仿着父亲的样子,在房间里缓缓地走了一圈,并且很果断地补充道:

"让洪水放马过来吧!我不害怕。我一点也不害怕!"

这时候,阿纳托利·彼得洛维奇又习惯地说出了那句话:"关于这个问题,我又想到了这样一个故事。"他于是又给孩子们讲了如下这个故事:

一群麻雀在矮树丛上休息,相互争辩着:哪一种禽兽才是最可怕的?一只尾巴秃秃的麻雀说:"黄猫比任何一种禽兽都可怕!"去年秋天一只黄猫几乎抓住了它,好在麻雀拼命地挣扎才挣脱了虎口,可是尾巴未能幸免。

另一只麻雀说道:"男孩子们更可怕,他们爬树翻鸟窝,用弹弓打我们……"第三只麻雀争论着说:"飞得高一点不是就可以躲开男孩子们了嘛!但是躲到哪儿也躲不过鹞鹰。它比其他的都可怕!"

这时一只很年幼的、嘴巴嫩黄的小麻雀,唧嘹一声(这时候阿纳托利·彼得洛维奇学着小麻雀的声音)说:"我什么都不怕!什么猫、男孩子和鹞鹰我全都不放在眼里!而且我还想吃了它们呢!"

就在它唧嘹的时候,一只黑色的大鸟从树林上方掠了过去,而且大吼了一声。一个个麻雀吓得魂飞魄散:有的急匆匆地飞跑了,有的赶紧找了片树叶藏了起来,唯独英勇的小麻雀垂着翅膀,手足无措地在草坪上乱窜一气。这时候那只大鸟一边张着长嘴啄着地上,一边走向小麻雀,不幸的小麻雀用尽浑身解数向前跑呀跑,跑呀跑,后来发现一个鼹鼠洞便钻进去了。缩成一团的老鼹鼠在洞里睡得正香。小麻雀更是被吓了一跳,但是它壮着胆子下定了决心:"好吧,要是我吃不掉它们,就让它们吃了我吧!"说着小麻雀向前一蹿,使劲在鼹鼠的脸上戳了一下。鼹鼠异常纳闷,睁一只眼闭一只眼说:"这什么情况呀?(阿纳托利·彼得洛维奇闭着一只眼,打了个哈欠,然后放低了声音学着鼹鼠说话。)哦,原来是你呀?饿了吧?我给你点谷粒儿吃吧。"

小麻雀很难为情,它对鼹鼠诉苦说:

"黑鹞鹰想吃了我!"

鼹鼠说:"嘿,这个强盗!走,咱找它说理去!"

鼹鼠爬出洞来,小麻雀在后面跟着。可它害怕极了,感觉自己很不幸,又很懊悔:当初自己为什么装大胆呀? 鼹鼠爬出了洞外,小麻雀跟在后面但只是把嘴巴伸了出去,就立刻吓得魂不守舍了:那只黑色的大鸟就在它面前,恶狠狠地瞪着它。小麻雀瞟了它一眼,马上就吓晕过去了。黑鸟嘎的一声叫,周围的麻雀就全都大笑了起来。原来它并非鹞鹰,而是一只黑大姐呀……

"乌鸦!"卓娅和舒拉异口同声地说。

"肯定是乌鸦!"阿纳托利·彼得洛维奇接着说,"鼹鼠对小麻雀说:'如何,你这自大的小豆丁儿,真该教训你一顿,看你以后还敢不敢这么自大! 算了吧,你得帮我多弄些食物和一件能穿着过冬的皮袄来。天气转凉了。'鼹鼠穿上皮袄就自得其乐地哼起小曲儿来。但是这时,小麻雀却很沮丧,它自卑得无地自容,便到树丛里藏了起来。藏到最浓密的枝叶中去了……"

"就这样吧。"阿纳托利·彼得洛维奇停顿了片刻,又说道,"你们现在喝牛奶,喝完就上床睡觉吧。"

孩子们站起来伸了个懒腰。

"我怎么感觉这是在讲我呀?"舒拉害羞地问。

"怎么是你呀? 明明讲的是麻雀。"父亲看着舒拉,浅笑着回答道。

多年以后,我碰巧在阿列克谢·托尔斯泰全集里找到了这个故事。虽然是阿纳托利·彼得洛维奇儿时在儿童读物里看过的,他却把它几乎一字不差地完全记住了。

难忘的印象

有一回卓娅突然问我说:"妈妈,布尔马金的房子为什么那么大,还养了那么多的家畜啊? 为什么他自己有这么多的东西啊? 而鲁任佐夫家里上有老下有小,可他们住的那个房子又小又破,别说牛了,连一只羊也没有呢?"

这是我和卓娅第一次谈到关于贫富问题和不平等的问题。给一个刚满六岁的孩子来解释这些问题，我认为这是非常不容易的一件事。如果给她解释清楚了这些事，就得带出其他很多她还理解不了的事。可是生活本身又逼得我们不得不再次回到这个话题上来。

记得那是1929年的事，有位富农在我们那个区里打死了七个共产党员，这个消息很快就在西特金村传遍了。七口棺材运过当街的时候，我正站在台阶上。乐队走在灵柩后面，沉重且庄严肃穆地奏着"你们在为争取自由的斗争中牺牲了"的调子。送殡的群众队伍跟在乐队后面，一眼望不到头，每个人的脸上都浮现出沮丧和激愤的神情。

我无意中朝我们房间的窗子瞟了一眼：只见卓娅面色苍白，脸紧贴着玻璃，她紧张地看着街上所发生的一切。接着她迅速向我跑来抓住我的手，紧紧地靠着我，痴痴望着远去的出殡队伍。

"他们为什么会死？富农都是什么人呀？你是共产党员吗？爸爸呢？他们不会把你们也打死吧？杀死他们的凶手抓到了吗？"

不光是卓娅，连小舒拉也不断地向我提出同样的问题。这七个共产党员的葬礼，是我们挥之不去的记忆。

还有一件记忆深刻的事。

在西特金经常有农村俱乐部组织放映电影，我常带着孩子们去那里。但是我带孩子们去俱乐部的目的不是因为能在俱乐部看电影。

每回大厅里挤满了人的时候，其中总会有个人拉长声音问道："我们来段小曲怎么样？"

于是立刻有几个人异口同声："好，来一段！"

他们唱得激动人心：激情、热血，大多是带有西伯利亚风格的曲风和内战时期的曲目。这些奔放而顺畅的调调，往往能让人想起曾经的往事，渐渐在我们眼前浮现出当年那些令人震惊的事件和英勇而坚定的人们的形象。唱歌声线都是深沉而雄厚的，这大合唱显得十分协调，当中有一个特别惹人注意的男高音青年，有时他也是一个雄壮的男低音，也许正因为是在西伯利亚土生土长的人才会这种特殊的嗓音，像海浪一样回响着。他们唱得投入且真诚，有时候真的能令听众感动地落泪。

卓娅、舒拉也一起放声。我们尤其喜爱当中的一首歌。虽然现在我已经记不全歌词了，但是曲调和最后四行歌词我依然清晰记得：

黑夜逝去,微风拂面。
晴朗的春天到来了。
在黎明温暖的阳光下,
年轻的游击队员牺牲了。

男子的低音缓缓地,悲伤地重复着:

在黎明温暖的阳光下,
年轻的游击队员牺牲了……

还　乡

又是一年过去了。初春时并没有发洪水,孩子们得知不用到山上逃命的时候,感到非常失望。他们曾幻想着洪水把所有的东西都冲走了、淹没了,他们就可以划着船,或者跑到山里去探索,满怀着期望期待着各种奇遇。

大地又重新穿上绿衣,鲜艳的野花铺满了整个草地。5 月,我收到娥丽嘉姐姐和谢尔盖哥哥从莫斯科发来的一封信。信中写道:"你们来莫斯科吧,暂时先和我们住在一起,以后再来慢慢谋划工作和房子。我们很挂念你们,很想见你们。我们一定要让你们来莫斯科。"

同时我们也非常挂念故乡和故乡的亲人。学年刚结束,我们便从西伯利亚匆匆离开了。我们临时决定先把孩子们送回白杨村的姥姥和姥爷那边去。

再一次见到了熟悉且宽阔的家乡的路,灰白的田野,村子边缘的沟壑,菜地里孤单子立的白柳,父亲的房间旁边茂盛的丁香,被啄木鸟检查过的老桦树和依旧坚挺的白杨树。这所有的一切对我来说是如此亲近而难忘。这才让我意识到,这一年时间在孩子们的生活中占有多大的分量:我们原来住的老房子,窗外的草坪,小河流和村子里的乡亲们,他们几乎全部都忘却了,所有都要重新认识。

外祖母看到了孙子和孙女，喜不自胜地说："看他们都长这么大了呀！你们这小西伯利亚人，还认得我吗？"

"认得。"他们虽然嘴上都这么回答着，但是两人都畏缩地向我身后靠得更紧。

舒拉熟悉环境非常快：我们在到达之后不久，他就和过去的小朋友们在街上一起玩了起来，似乎彼此很熟了。而卓娅却在过了很久之后仍然觉得周围很陌生，无论到哪里都离不开我。

入秋之后，当我和阿纳托利·彼得洛维奇准备去莫斯科的时候，她心有余悸地问我们："不带上我们吗？"这句话带着惶恐、焦虑和责怪。这一次分别弄得我们每个人都感觉很难过。但是在我们还没把工作和房子搞定之前，我们不敢轻易把孩子们带去莫斯科，迫不得已我们只能先分开一段时间了。

妈妈回来了

"卓娅，舒拉！你们都上哪儿去了？快来看，妈妈回来了！"我听到了谁在喜上眉梢地说。

玛夫拉·米海洛夫娜外祖母抱着我说："我们还以为等不来你了呢。你可不知道孩子们有多想念你们，尤其是卓娅，长大了，你都快认不出来了。她总是担心，怕你不来。"

"怎样，路上还平安吧？"父亲的话，也不明白是在问我，还是在问正忙着卸牲口的赶车人。

"比较顺利，就是路上稍稍淋了点儿雨，柳鲍娃·奇莫菲耶夫娜也被雨打湿了一点儿。呵，我只为能尽早把您的女儿送回家，一路上全力赶着车。奇莫菲·西蒙诺维奇，照理说你得请我喝两盅呀。"

在这个老实而又外向的赶车人卸牲口的时候，父亲已然把我的行李从车上卸下来了，而邻居家的一个男孩跑去叫卓娅和舒拉去了。这时候外祖母已经烧好了开水，正在桌子边上忙活着。乡亲们一听说奇莫

菲·西蒙诺维奇的女儿,就是那个在村子里的学校教过孩子们的老师,从莫斯科回来了,就都来聊了聊家常:

"在莫斯科生活得如何呀?您的身体还好吧?阿纳托利·彼得洛维奇怎么样了?……现在村里的人基本都在集体农庄里工作,剩余的个体农户没有多少了。"

"你们生活还好吧?"

"好。只要能动起来干活,就不愁吃不到饭!"

他们一个接一个地向我报告着新闻,我对于这些新鲜事都来不及逐个表示惊讶。这里的一切变化得实在是太多了!我刚一回到村子里,就得知了这么多新闻!以前还被乡亲们当成奇迹的拖拉机、联合收割机,如今都已经显现在乡亲们的面前。乡亲们说,这些让人感觉新鲜的机器使用的头一天,整个村子里的人全都跑出来围观它们是如何工作的。

我听着他们说:"这才叫做机器。让人打心眼里喜欢得实在!开着这些机器只花费了一天的时间就能把庄稼地里的庄稼全部收割完了,这要是放到从前,听起来就好像是被忽悠了似的!"

"你们挨个讲新闻讲个没完没了,你们也不让刚赶路回来的人歇一会儿!"父亲似乎有点妒忌地打断了他们。

"的确,你歇息吧。柳鲍娃·奇莫菲耶夫娜,我们改天再来串门,到时候咱们好好聊聊。"有人不好意思地这样回答说。

说真的,不管这些消息有多令人吃惊,我都没有多少心情仔细听。我急切地想知道的是现在我的孩子们都在哪里,他们都去哪儿了。

我走到了屋子外面。看到窗前的树,由于刚下过雨的缘故,那些茂密的枝叶还在颤动着,滴滴答答地洒着残留在枝叶上的雨水,我张望了下四周,勾起了我以前在这里生活的种种美好回忆……

我曾经居住的老房子在1917年的大火中被烧毁。因此现在居住的这间房子是新盖的,这间房子在村子里也算是数一数二的漂亮:木板包着外墙,在木板外面涂满了深紫色的油漆,窗台和台阶上都装饰着各种雕刻。我们的新房子盖在一个高坡上,门前有十多级台阶,因此显得格外高。近些年来屋子周围的树木都长大了,在槐树和丁香的绿树丛遮掩中,稍稍褪色的墙壁若隐若现。种在两旁的杨树和桦树是我最喜欢的,现在它们长高了,被雨水冲刷之后,显得格外漂亮可爱了。雨后放晴,在树叶上悬挂着的雨水在阳光的照射下显现出了彩虹一样的七色光芒。

大概是十三年以前,在我还没长大的时候,我曾亲手浇灌过这些种在房子附近的槐树和丁香,现在长得郁郁葱葱,像一道绿墙似的,让我很难辨认出它们了。而如今我也已经成家立业,有了两个孩子了……

但是,我的孩子们到底现在在哪儿呢?我终于看到他们了。一群孩子跑在路上,卓娅跑在他们的最前面,舒拉在队伍最后,勉勉强强能跟上队伍。

卓娅先看见了我。

"妈妈!妈妈终于回来了!"她一边喊着,一边朝我的方向飞奔过来。

我们紧紧地抱在了一起。

之后我转过身看了看舒拉。他正好站在稍远处的一棵小树下面,瞪着眼看着我。当我俩的目光接触的时候,他突然用那双手使劲儿地抱住那棵小树,摇晃起来,把水滴摇在了我们的身上。这时候舒拉似乎又显得惊慌失措,忽然又把手从小树上松开,张开双手抱住了我,把脸贴在我身上。

那些和他们一起玩的孩子们把我们给包围了起来。他们的面颊被阳光晒得通红的。在这些孩子里面有的孩子长着黑发,有的孩子长着银发,有的孩子脸上长着雀斑,有的孩子脸上没有雀斑,还有的孩子手脚擦破了点皮。一看就明白这是群调皮捣蛋的而且安分不下来,喜欢连蹦带跳、下水游泳、爬树的孩子。这些都是邻居家里的孩子——波德莫夫家的舒珞,菲拉托夫家的萨尼娅和瓦洛嘉,柯日利诺娃的胖姑娘淑拉和她的弟弟瓦雪克,波良斯基家的叶日克和万尼亚。他们全都很害羞地好奇地观察着我。

"今天我不能玩啦!因为妈妈回来了!"卓娅高兴地宣告说。孩子们于是一个接一个,像赶鸭子似的朝街上走去了。

我牵着卓娅和舒拉的手回到家里,去找外祖母和外祖父,他们正等着我们回家吃饭。

和自己的孩子们在一起生活的时候,人们极不容易发现在他们身上发生的变化,这些变化也不会令人感到惊讶。可是现在时隔数月的重逢,孩子们我怎么看也看不够,而且几乎每分每秒我都可以在他们身上发现与过去不同的地方。

卓娅长大了不少。她现在俨然长成了个瘦高个,稍黑的脸上一双蓝色的大眼睛闪耀着。舒拉也长高了、看上去显得瘦了,但是从他只有六岁的角度来看,他的力气是很大的:他能毫无压力地从井里提上一桶水来。在姥姥洗衣服时,能帮助姥姥把装满衣裳的盆搬到河边去。

"他是我们的大力士呢。"姥姥自豪地看着舒拉对我说道。

最开始几天孩子们总是围在我身边,一分一秒也不离开。

"下一次带我们一起走,是吗?不会再把我们丢在这了吧?"他们每天都要这样盯着我的眼睛问上十多次。

"难道你们感觉住在这里不好吗?"

"好是挺好,可是我们俩都想你呀,也想爸爸。不行,你别再把我们留在这啦!把我们带走,好吗?带走吧?"

之前的一个冬季卓娅和舒拉都患了猩红热。他们大概有三个月的时间不能出门和小伙伴们玩耍;只有外祖父和外祖母一直陪伴着他们。

这也难怪孩子们说话都捎带着成年人的语气。卓娅说话时那带着庄重和说教式的神情,谁见了都不禁发笑。

她效仿着姥姥的样子,郑重其事地,一板三眼地对附近邻家的小孩子说:"小孩子不能抽烟,很容易惹祸,你们会把整个房子都点着的!"

有一回我听到她在调教她的小女友:

"巴兰尼娅,你为什么说话要像列赞人那样:'巴清楚''木有'?你听听别人都是怎么说的:'不清楚''没有'。"

有一回舒拉无意之中打碎了一个碗,可他就是不承认。卓娅就用眼睛一直盯着他,皱紧眉头说:

"你怎么可以撒谎?不能撒谎!"虽然她八岁不到,但是说起话来带着自信,又带着庄严。

整个夏季我们都没分开过。我们一块到田野里去,到河边去,一块帮着姥姥做家务事,每天睡觉也拥在一起。可是我们彼此之间总是有说不完的话。

"我秋天要上学吗?"卓娅问,"要去莫斯科上学吗?会不会因为我学习不好让他们笑话呀！他们肯定会说，看这乡下来的孩子，学得这么差劲！你能告诉他们说我病了一整个冬天吗？千万别忘了，可一定要说呀！"

"我也想上学，"舒拉重复着，"我可不乐意一个人在家待着，我乐意和卓娅在一块。"

这一年使他们两个变得更加亲近了。按说以往他们两个互相指责的事就出现得很少，但现在就已经完全没有这种事了。他们俩之间一旦发生纠纷和冲突，都不用大人来帮忙，他们俩就会自己解决。有时他们俩会争吵一会儿，但两个人很快就会和好了，而且，他们向来是互相协助、互相认可的。

姥姥跟我说起这样一件事。

在我回白杨村前的一段时间，我的哥哥谢尔盖的妻子曾带着自己的孩子妮娜和瓦列利到家里来做客。由于那天白天天气很热，晚上也很闷，所以我们就计划让安娜带着自己的孩子晚上睡在干草堆上。卓娅和舒拉两个也跟着他们一起去了。他们躺下睡了。躺在最边上的舒拉忽然动了个歪脑筋想要吓唬一下客人，他用被子盖住了全身，连脑袋都盖上了，鼻子钻到干草堆里。夜里静悄悄的，一下子听到不知到从哪里传来的嗞嗞的声音。

"妈妈，你听，这有蛇！"妮娜惊慌地说。

"哪儿有什么蛇呀，瞎说！"

舒拉不禁扑哧一笑，过一小会儿他又发出嗞嗞的声音来了。安娜舅母一下子就弄明白了这里面的把戏，就严肃地对舒拉说：

"舒拉，你在干扰我们睡觉啊！你那么喜欢嗞嗞地叫，那你就回屋子里睡，到那叫去吧。"

舒拉一个人起身准备乖乖地回屋里去了，这时候卓娅也跟着他起来了。

"卓娅，你要到哪里去呀？你留在这睡吧。"

"不，您都把舒拉给打发走了，那么我也就不能继续留在这里了。"卓娅这样回答道。

他们俩向来都是这样：他们俩总是这样相互维系。但在舒拉的错误被卓娅指出时，他还是会对她发脾气。

"去！离我远点儿！你管不着，我就乐意这样做！"

"你不乐意就算了，我也不会强迫你！"卓娅心平气和地回答说。

点评：

　　这几章讲到卓娅和舒拉的童年生活是多么丰富多彩，孩童的天真可爱跃然纸上：卓娅的上进，既疼爱舒拉，也不娇惯舒拉的姐姐形象鲜明生动；舒拉的淘气，对姐姐的喜爱和依赖都在一件件小事上表现得淋漓尽致。

莫 斯 科

　　我们一家人8月底就来到了莫斯科。阿纳托利·彼得洛维奇提前到了车站来迎接我们。孩子们几乎是第一个从车厢里蹿出去的，然后撒腿朝着父亲的方向跑过去，但是，还没跑到他身边便停下了脚步：毕竟他们一年没见面了，怎能不感到些生疏呢！

　　阿纳托利·彼得洛维奇一向是不容易流露感情的，也不常表现出温柔。但是他明白了他们踌躇不前的真正原因，就上前去把他们俩都搂进怀里，亲切地亲了他们一番，抚摸着他们的头，就好像才分别了一天一样，对他们说：

　　"现在我带你们来参观莫斯科。让咱们瞅瞅，这是不是跟白杨村一样？"

　　我们坐上了电车——这明显是测试胆量和好奇心的一个试验。我们坐在轰隆作响、铃声不断的电车里，在莫斯科城中飞奔着，穿过高楼大厦，越过华贵的汽车和街上形形色色匆匆奔波的人群。孩子们从始至终都把鼻子紧贴在玻璃上向车窗外望着。

　　舒拉看到那么多人都在大街上，显得非常吃惊。他们都要去哪儿呀？他们住在哪儿呀？为什么会有这么多人呢？他大声叫着，毫无顾忌，把周围的乘客们都逗笑了。而卓娅却默不作声,但是她脸上的神情也像舒拉一样显得十分焦急:快,快!得赶紧把这个雄伟而令人吃惊的城市里的所有都看个遍,看个清楚看个透!

最后,我们抵达了莫斯科郊区,坐落在齐米列捷夫研究院周围的一所小房。我们爬上了房子的二层,进入一间不算大的房间:屋子里有床,桌子,不太宽敞的窗子……看吧,我们终于到家了。

头一回送自己的孩子去学校的那一天,是我认为人们一生中所经历的日子里最美好的一天。每一位母亲一定都会记得那一天。我也一样。那是1931年9月1日。那天天气明朗,万里无云。齐米列捷夫卡的树木全部都被换上了金色的秋装。落叶在脚下沙沙作响,像在诉说着一些神奇的,激励人心的语句,可能在说,这一刻,我的孩子们崭新的生活从此开始了。

我牵着孩子们的手送他们去学校上学。他们显得很端庄,神态很专注,也许还掺杂着一些怯懦。卓娅用另一只手紧抓着书包。书包里装着书本、方格和斜格的练习册、铅笔盒。舒拉好想提着那自己心爱的书包,也许是因为卓娅比他大一些,书包就让卓娅提了。十三天之后卓娅才刚刚八周岁,而舒拉刚刚六周岁。

舒拉虽然还小,但是我们仍然计划把他送去学校。他已经习惯了和姐姐在一起,这下卓娅上学去了,也不能把他自己一个人留在家里,其次我和阿纳托利·彼得洛维奇都要上班,也没有人能在家里照顾他。

我是我的孩子们的启蒙教师。那一年我正好分配去教学前班,校长就把卓娅和舒拉分到了我的班里。

我们进入教室时,教室里有三十个与卓娅和舒拉同龄的小孩子们全体起立欢迎我们。我把卓娅和舒拉安排在离黑板很近的一张课桌前坐下,然后便开始上课……

我依稀记得,在学校的最开始几天,有个男孩子总纠缠卓娅,用一只脚围着她跳,嘴巴里哼唧着"卓娅,卓娅,掉进脏水坑啦!"他得意洋洋地不断地唱着。卓娅泰然自若,默默地听着。当那男孩稍微停了下,喘气的时候,卓娅满不在乎地对他说:

"我真没料到你是个如此迷糊的人。"

那个男孩自找了个没趣,对卓娅眨眨眼睛,接着又把之前那两句损人不利己的话重复了两次,但是已经没有之前那样神气了,从此他便再也不缠着卓娅了。

有一次,卓娅做值日时,教室里有人打碎了一块玻璃。当时我完全没有要惩罚肇事人的意思。我想,要找一个一生没打破过一块玻璃的人,这绝对是不存在的,儿时谁没干过这种事。就拿我的舒拉来说,他就打破过很多玻璃。但我希望肇事者自己能主动承认错误。我决定先不进教室,在走廊里停一下,考虑着该如何跟孩子们发起交流。这时,我一下子听到了教室里卓娅的声音:

"是谁打碎的?"

我悄悄地朝教室里瞥了一眼。卓娅在椅子上站着,其余的孩子们都围着她。

"谁打破的,说?"卓娅像下指令一样重复着,"不说,我从眼睛里就能看得出来是谁。"她相当自信地补充了这句话。

教室里安静了一会儿,鼻梁塌着、脸很圆的别佳·列波夫(班里最淘气的孩子)叹了口气说:

"是我打破的……"

很明显,他彻底相信了卓娅能通过眼神察觉出别人心里暗藏着的秘密。她在说这番话的时候很有信心,似乎对自己有如此的本领毫不质疑似的。

其实原因很简单。玛夫拉·米海洛夫娜外祖母在发现她的外孙们弄坏什么东西的时候,总是这么对他们说:"这是谁弄的?来,来,看我的眼睛,我凭眼神就能知道是谁!"很显然,卓娅十分出色地领会了外祖母窥探内心秘密的巧妙方法。

……不久以后,我却不得不把卓娅和舒拉调到另一个班去了,事情是这样的:

卓娅这孩子很会抑制自己的感情,她绝不对外表现出和我的母女关系。有时候她称呼我为"柳鲍娃·奇莫菲耶夫娜",她像这样称呼我,是要表现出她是和其他孩子一样是这个班里的学生;而我对她而言也是像对班上其他孩子一样的老师。然而舒拉的态度与卓娅相比完全不同。在上课时,他会等到整个教室里完全沉静下来之后,然后突然大声地叫我:"妈妈!"而且在这时,他故意顽皮地环视周围。

舒拉的这种行为,总会引发一阵骚动:柳鲍娃·奇莫菲耶夫娜老师,怎么突然间又是妈妈! 这件事请弄得孩子们很开心,但却影响到了我正常的工作。一个月过后,无可奈何的我只能把我的孩子们调到另一个平行的班里,让另一个女教师带他们。

卓娅的心思全部都放在了学校和学习上。每天放学后,吃饱饭便马上坐下写作业。她向来不需要大人的鞭策,学习这件事对她来说比起任何一件事都要重要,而且是最令她感兴趣的事,她心里所想的完全没有学习以外的事。每个字母,每个数字,她都会非常认真地读写。她在拿起练习册和课本的时候,总是那么小心翼翼,就好像手里托着个活着的东西似的。我们给孩子们买的课本一向都是挑其中最新的。阿纳托利·彼得洛维奇认为课本对于孩子们来说很重要。

他说:"把那些已经弄脏了的、杂乱的书给孩子用,这是十分不好的,这样的书孩子们也不会爱惜它……"

每当孩子们打算开始写作业的时候,卓娅总是一板一眼地问:

"舒拉,你的手洗干净了吗?"

最初他还很不服气:

"去你的吧! 你管不着! 你离我远一点儿!"

但是后来他便妥协了。在动手拿课本之前,不用别人提醒,他就自己乖乖地去洗手了。说实话,这并不是多余的顾忌:每回舒拉和他的小伙伴们玩完回家的时候,向来是浑身上下都弄得很脏,包括两只耳朵;有时候简直令人费解他到底是如何弄得这么脏,好像是他先在土堆里打滚,然后又跑到煤堆里、石灰里、碎砖头堆里滚来滚去似的……

一般孩子们都会在饭桌上写作业。卓娅会花费很长时间来坐着看书。而按照舒拉的性子来说能坐上半小时就不错了,他总是惦记着快快完事跑出去找小伙伴们去玩。他频频瞟着门,长吁短叹的。

有一回他找来了一把木块和空火柴盒,把这些玩意费尽心思地在整张桌子中间摆出一行,把整个桌子分成两块。

"那一半是你的地方,这一半是我的地方,"他对卓娅如此宣告着,"你可不许过界到我这来！"

"那识字书本怎么办呢？墨水瓶呢？"卓娅迫不得已地问他道。

而舒拉却没被难倒：

"这个识字课本归你，那个墨水瓶归我！"

"你可别闹啦！"卓娅认真地说，同时果断地把木块从桌子上挪开。

可是舒拉总觉得一心一意地坐着写作业太乏味了，所以他每回都尝试把写作业变成游戏。这有什么办法！毕竟他还不到七周岁呀。

节　日

11月7日，孩子们天还没亮就起来了：因为父亲答应带他们去参观游行，他们早就刻不容缓地等着这一天的到来。

这天他们吃早饭吃得特别快。阿纳托利·彼得洛维奇开始刮胡子，孩子们怎么也忍不住等他刮完脸。他们尝试做些游戏来打发时间，可是总也玩不成。以至于连他们一向爱玩的最"安静"的游戏（十字拼零）也完全提不起他们的兴趣。

我们终于穿好衣服到街上去了。这天刮着风，下着雨夹雪——确实是十分令人反感的天气。我们走出门不足十步远，前方便传来了节日的乐曲、歌声、人们喜悦的声音。越接近市中心，大街上就越欢闹，喜气洋洋的情绪也越浓厚。不久后雨也停了下来，但是孩子们和成年人谁都没在意那片铺满云彩灰色的天空，注意力完全被铺天盖地的红旗和四周鲜艳的色彩吸引住了。

一望见移动过来的游行团队，卓娅和舒拉狂喜起来，直至游行结束，他们都是喜不自胜的。他们大声地朗读着每一行标语（自然读得不太流畅），他们跟随着每个游行歌咏团欢唱，跟着每个游行乐队的音乐起舞。他们并没有自己迈步向前走，而是被整个节日中那波澜壮阔的强大洪流卷着走的。他们的脸红彤彤的，眼睛闪烁着光，帽子已经滑过后脑勺去了（因为总是抬头向上看），他们连完整的一句话都说不出，只是在不断地喊叫着：

"你看,你看! 装扮得真好,看那颗红星! 看那边,看那边! 快看! 气球飞起来啦!"

当我们走近红场的时候,孩子们就安静下来了,他们不约而同地向右边望着,目不转睛地望着列宁墓。

"妈妈,那里都是谁呀?"不知为什么舒拉一边那么小声地问我,一边紧紧地揪着我的手,"在那有斯大林吗? 有伏罗希洛夫吗? 有布琼尼吗?"

红场啊! 这个地方驱动着多少遐思,多少情感啊! 当我们还在白杨村时,曾经多么希望有朝一日能亲眼看见它呀! 世界上最美的地方莫过于此! 整个世界千千万万人民的心都向往着它。一年前,在我第一次到达莫斯科的时候,就到红场来了。我阅读过很多关于它的著作,也听说过很多关于它的传说,但是我仍然想象不到它是如此朴素而伟大。如今在此举行盛典的时候,我却觉得它变成崭新的了。

我看到了克里姆林宫城墙上的垛口和钟楼,看到了在革命烈士墓前庄严肃穆的青松,也看到了雕刻在大理石碑上那永垂不朽的名字——列宁。

望不到头的人流,滚滚地流着,流着,如阵阵海浪般冲击着朴素庄严的墓壁。我感觉人类的所有信心、希望和热爱如无穷无尽的波涛一般向这里涌来,向这指引着未来的灯塔而来。

在我们前进的队伍里忽然听到有人大声地喊:

"斯大林同志万岁!"

斯大林同志微微笑了笑,他向我们招了招手,如雷贯耳般的"乌拉"声轰动着整个红场。舒拉已经不能称之为走着,而是基本是在我身边迈着舞步向前移动。卓娅也抓住着父亲的手向前蹦蹦跳跳,而且还高高地向检阅台挥着另外那只空着的手,似乎是从检阅台上确实能瞧见她一样。

我们向沿河岸边的街道走过去,太阳一下子从云层中露出了脸,河水中倒映着克里姆林宫的钟楼和古老教堂金顶,水面飘荡着金光。我们在桥的一边瞧见一个卖气球的人。阿纳托利·彼得洛维奇一口气买了三个红气球、两个绿气球,刚好配成了十分相衬的一组,非常漂亮。他给了卓娅一个气球,然后又给了舒拉一个。

"这些剩下的气球我们该怎么处理呀?"他问道。

"放了!"卓娅喊道。

阿纳托利·彼得洛维奇就边走边放，一个接一个地放开了气球的线绳。它们都缓缓地飞到天上去了。

"我们在这站一会儿，站一会儿吧！"卓娅和舒拉不约而同地喊道。

周围的成年人和孩子们都停止了步伐。我们在那个地方站了很长时间，昂着头望着我们放的那些色彩斑斓、喜气腾腾的气球如何飞往明媚的天空，看着它们逐渐变得越来越小，直至最后彻底消失在视野里了。

温馨的夜晚

在几年前我曾读过一封信，信上说写信人曾在自己儿女身上消耗了相当多的精力，关心他们，照料他们，可当他们长大成人之后，他才意识到自己没教育好他们。他回忆起这些往事，扪心自问："我错在哪了呢？"他发现了他的错误：其实是他没有关注过孩子们之间发生的纠葛；他替他的孩子们做了那些他的孩子们本能胜任的事情；交给孩子们东西的时候说："这个是给你的，然后这个是给你的。"如果当时说"这是你们两个人的"，那样就会好多了；有时候过于简单地放过了他们不诚实和欺骗的行为，又有时候因为一点小小的过错而小题大做地处罚他们。这个人在信里着重写道："很明显，是我在孩子们的利己心和逃避艰难工作的念头刚显露出来的时候，没有把握住时机。于是就因为由这样的一个个小小的失误、微小的事件最终酿成极大的罪孽：我的孩子们成人了，然而根本不是我期待的那个样子，他们狂暴、自私自利、懈怠，而且互相之间没有实际的感情。"

"我到底如何是好？"他最后问自己，"让下一步的事情由社会来完成，让团体来决策吗？可是如此一来，就意味着社会一定要消耗多余的力气来矫正我的失误，这是其一。第二，孩子本身就必须遭受磨难。第三，我把自己算到哪去了呢？我都造了什么孽呀？"

这封信曾经刊登在我们这里的一份报纸上，好像是《真理报》上。我仍记得，当时我坐着花费了很久反复品味着这些令人伤心的字句，与此同时思考着和回忆着……

阿纳托利·彼得洛维奇是一个不错的教育家。我从来没听过他对孩子们讲那些洋洋万言的说教，或者无尽无休地教训他们。不，他只是靠自己的行动，靠他自己对工作的看法，用他自己整个的做人风范来教育他们。于是我明白了：最好的教育莫过于此。

我常听见周围人们唠叨着："我没空教育孩子，我整天工作忙着呢。"我也想过：莫非真的需要我单独安排出一段时间在家里好好教育孩子吗？阿纳托利·彼得洛维奇让我明白了：每一件细小的事情都可以很好地教育孩子们，你的每一个举动、每一个眼神和说的每一句话都是教育素材。所有这一切都可以用来教导你的孩子们，甚至你怎样工作，怎样休息，怎样和朋友交流，怎样和关系不好的人交谈，你在身体健康的时候是什么样的，在生病的时候是什么样的，在伤心的时候是什么样的，在高兴的时候又是什么样的——所有这一切，你的孩子都会发现，并且他们都会在所有事情上效仿你。如果你忘记了你的孩子，忘记了他们敏锐而细心的洞察能力，时刻在你的所有行为举动中搜寻点子和楷模的眼睛，如果在你身边的孩子只是吃得饱、穿得暖，但其他时候却生活在孤立之中，那样的话什么都无助于确切地教育他：无论是价格昂贵的玩具，还是一起游乐散步，或是正经而且理性的交谈，都不能起到什么本质上的作用。你应当常常和你的孩子在一块，让他感到在做所有事情上你都陪伴着他，而且让他对这一点到任何时候都深信不疑。

我和阿纳托利·彼得洛维奇为工作奔波忙碌，跟孩子们待在一起的时间很少。我在小学任教的同时，也在师范学院学习。阿纳托利·彼得洛维奇在齐米列捷夫研究院，而且还参加了速记培训班课程，同时也在积极备战着函授工学院的入学考试——这是他长久以来的心愿。我们常常很晚才回到家，到家时发现孩子们已经睡着了。但是也正因为如此，我们在一起度过的假期和夜晚，才显得更加快乐。

我们一出现在门口，孩子们就飞快向我们冲过来，同时争先恐后地先后倾诉着一天里发生过的每一件事情。他们说得很零散且没有条理，但是说得兴奋不已，充满激情。

"阿库利娜·鲍里索夫娜家养的小狗钻到储藏室去了，把肉汤弄洒了！""我已经预习好诗歌了！""卓娅这丫头总是在挑刺！""不错，可是为什么他不写作业呀？""你们看，我们雕刻了个什么出来。你们说，漂亮吗？""我教小狗伸爪子出来啦，它几乎已经学会了……"

阿纳托利·彼得洛维奇很快就把这些孩子们说的乱七八糟的事情一件接一件弄清楚了。他问清楚了没完成习题的原因,而且还听他们朗读学会了的诗歌,问了关于小狗的事情,最后像是顺便一样,提醒说:

"舒拉弟弟,你说话要讲礼貌。'卓娅这丫头总在挑刺',这算什么话?我可受不了这样的话。"

之后我们一家人一起共进晚餐。饭后孩子们也一起帮我们收拾碗筷。最后就到了期待已久的那一刻了……

貌似又觉得,没什么可期待的吧?一切都与平常相似,天天如此。阿纳托利·彼得洛维奇写着他的速记笔记,我在为明天的课做准备,卓娅和舒拉面前放着画画用的图画本。

我们全家围坐在餐桌旁,由于灯光只照在餐桌上,让整个房间变得半明半暗。舒拉的椅子一直发出吱吱嘎嘎的声音,图画本的纸张也在沙沙作响。

卓娅画了一栋房子,房子有一个绿色的很高的房顶。烟囱冒着烟。房子周围有一棵苹果树,树上结满了成熟的苹果,每个苹果几乎都有五戈比的硬币那么大。有时候那里还有些小鸟和鲜花,而在天空中,一颗大五角星和太阳紧紧地挨在一起……在舒拉的图画本上画着马、狗、汽车和飞机,它们都向着不同的目标飞奔着。铅笔拿在舒拉的手里从不颤抖,因此让他画出来的线条很匀称,同时也很有力度。这一点我早就发现了,将来舒拉一定会画得相当出色。

我们就像这样坐着,自己做自己的事情。直到阿纳托利·彼得洛维奇说:

"好吧,现在让我们歇一会儿吧!"

也就是说,我们接下来就要一起玩什么游戏了。多米诺扑克牌是我们最常玩的:卓娅和父亲对我和舒拉。舒拉专心致志地观察着每一张被打出的牌,他心神不宁,吵闹,每当输了的时候,气得脸红扑扑的,愤愤不平,感觉随时都会哭一样。卓娅也一样着急,但她默不作声,只是双唇紧锁,或者是用另一只空闲着的手紧紧地握着拳头。

有时候我们一起玩一种叫做"上上下下"的游戏。这种游戏胜负完全不需要技巧,而靠投下骰子时的运气。如果你比较走运,你就可以坐着飞机向上飞,直到抵达目的地——彩色的塔顶;要是你实在背运,就会下落,这样你肯定就输了。这种游戏模式不需要技巧,但却令人十分着迷。孩子们要是能一直走运地向上飞,一次就能飞过木板上涂有色彩的十个方格,他们就会拍着小手,那该多高兴呀!

我自己发明了一种游戏,卓娅和舒拉十分喜欢,我们把它起名为"任你想":他们当中的每个人都可以在白纸上画任意一条锯齿形的线,或者是一条曲线,或者一个别的怪里怪气的东西,总之就是"任你想",然后我就要在这不能表示出任何含义的东西上找出画画的启发来。

舒拉在纸上画了个椭圆形类似鸡蛋的东西。我看了一眼,想了半分钟,就给它画上了鳍,尾巴,鳞和眼睛,于是出现在我们面前的就是一条……

"鱼!鱼!"孩子们兴奋地喊着。

卓娅在图纸上点了一个极其寻常的墨水点,我便把它创作成一朵很漂亮的花:长着茸毛的绿色小菊花。

孩子们长大一点了的时候,我们便把位置调了过来,我画"任你想",而让他们来想象接下来可以改造成什么样子。舒拉的创造力很强,源源不断,他可以把一个极小的怪异形状东西加工成一座桃源般的楼阁,把一些斑点加工成年长人的面容,把一条简单的曲线加工成一棵生机勃勃的大树。

这是很有趣味的,而且我认为也是有益处的游戏,它可以发展观察力和想象力。

可是我们一家人最喜欢的是阿纳托利·彼得洛维奇提起吉他并开始演奏。我甚至听不出他弹得好与坏,可我们很愿意听他独奏。在他一首首地演奏着俄罗斯歌曲的时候,我们就已经完全忘记时间的流逝了。

像这样温馨的晚上虽说不常有,但是它们为我们映照着一切业余时间的生活。每当想起那些温馨的夜晚,心中的激动便油然而生。

在这种时候,对孩子们的开导和批评,都会给他们的心里留下极其深刻的印象,而称赞和认同的话,使他们感到十分高兴。

有一回阿纳托利·彼得洛维奇说:"舒拉,你怎么自己挑了那把最舒服的椅子坐,而让妈妈坐那个靠背破了的椅子呀?"从那时起,我便再也没见到过舒拉给自己挑选好的、舒服的东西,而把差的东西推给别人了。

有一次阿纳托利·彼得洛维奇愁眉苦脸地回家来了,孩子们问他好时，他也显得很压抑的样子。

"为什么你今天把阿纽塔·斯捷潘诺娃给打了？"他问舒拉。

"这小丫头……就知道哭……"舒拉愁云满面地回答，头也不抬。

"这种事不要再让我听见。"阿纳托利·彼得洛维奇一字一顿地、很严肃地说。然后安静了片刻，才又用比较温暖的语气补充说："都快八岁的大小伙子了啦，还知道欺负女孩子！你羞不羞呀？"

但是每当父亲称赞舒拉的画画得好；称赞卓娅的作业写得工整，房子整理得很干净的时候，对于孩子们来说是多么光彩呀！

如果我们回来得晚，孩子们没等到我们回来就睡下了，他们就会把作业本打开在桌子上放好，好让我们回到家时检查他们的学习成果。虽然我们给孩子们匀出来的时间并不多，但是我们同样知道他们的一切，他们做了哪些，想了什么，什么事情让他们感兴趣，又是什么让他们激动，也知道我们没在家的时候他们之间发生了什么事情。而最关键的是不管我们在一起做什么，玩也好，学也好，做家务事也好，全部都能使我们和孩子们更亲密无间，使我们的亲情变得更深厚、更真诚。

上学路上

我们的房子坐落在老公路街。家距离学校最起码有三公里远。

我每天都第一个起床，做好早饭，招呼孩子们吃了早饭，然后我们在天还没亮起来的时候，走出家门。我们去学校的路线经过齐米列捷夫公园。那些巨大的树木耸立着，丝毫不动，就像是画在渐渐发亮的深蓝色背景上的装饰品一样，踩在脚下的雪发出吱吱嘎嘎的声响，领子上全是由呼出的热气一点一点结成的霜。

我们三人在一起走，因为阿纳托利·彼得洛维奇从家里出来要稍微晚一些。最初大家悄悄地走着，然后天色逐渐亮了起来，睡意带来的朦胧感也伴随着黑暗一起消失不见了，这时便开始了突然的、有意思的、自由自在的谈话。

有一次卓娅问我："妈妈，怎么会这样：树长得越老越好看，而人一旦变老就一点儿都不好看了呢？"

我还没来得及回答。

舒拉却强烈地驳斥说："不对！你看姥姥老了吧，难道你认为她不好看吗？她很好看呀！"

我一下子想起我的妈妈来了。不，应该说现在谁见到她也不能说好看了：她的双眼看起来那么疲惫，两颊已经凹陷了下去，满脸的皱纹……

但是舒拉好像看出了我的想法，他带着自信说道：

"我喜欢谁，谁就让我觉得好看。"

"对，就是这样。"卓娅思考了一下，也赞成舒拉的想法。

有一回，我们仨沿公路向前走着，一辆运货的汽车从后面追上我们，突然刹车停在了我们的旁边。

"你们是去学校吧？"司机从车里伸出头来，简单地问道。

"是去学校。"我在诧异中回答道。

"好，那就让两个孩子上车吧。"

我还没明白这究竟是怎么回事，卓娅和舒拉就已经窜到车上去了，汽车在他们的高呼声中前进着。

从那一次开始一直到春天，这辆车每天都会在同一时间在那条路上追上我们，并且接孩子们上车，把他们几乎一直送到学校。孩子们在转弯处下车，那司机便继续向前驶去。

我们从来没有特意等过"我们的校车"，我们很开心突然听见那个熟知的豪迈的喇叭在我们身后响起，和跟喇叭一样雄厚的嗓音："来吧，上车！"当然，这位好心的司机仅仅是跟我们同路，但是我的孩子们基本相信他是刻意来送他们上学的。这样想一想倒是挺令人高兴的！

点评：

孩子们都上学了，两个天真烂漫的小家伙过上了新的生活，白天在学校上学，晚上回到家完成自己的作业和父母进行交流，作为母亲的作者详细记录了如何对孩子们进行正确的引导，同时描写了周围友好的人们。

新　　居

　　孩子们在莫斯科居住了两年之后，阿纳托利·彼得洛维奇被分到了一间大一些而且舒适的房子，坐落在亚历山大路七号。现在的亚历山大路已经不是那么好认了：道路两旁建起了新的高楼，全都铺上了柏油的人行道和马路光洁又平坦。以前这里仅仅只有十几间乡下样式的土房子，房子后面是农田和菜园，再远一点就是一片从未开垦过的野地。我们的小楼便建立在一片空地上，真是孤苦伶仃。每当下班回家时，我刚一下电车就能远远地望见它。我们依然居住在第二层。新房子比我们之前住的房子要好多了：更暖和，更明亮，也更宽敞。

　　新房子让孩子们非常高兴。他们热爱一切新鲜的事物，搬家让他们获得了很大的快乐。他们花费了很长时间来收拾行李。卓娅细心地打包书本和剪贴画。舒拉也认真地打包好了他的家伙：玻璃片、小石子、铁钩子、小铁片、废钉子和好多我猜不出有什么用处的东西。

　　我们把新房子里一个角落留给孩子们，放了一张不大的桌子在那个角落，在墙上钉上一块格板，给他们摆放笔记和课本用。

　　舒拉一瞧见桌子，马上就兴奋起来：

　　"看好了，左边的是我的！"

　　"那右边就是我的。"卓娅愉快地同意了。于是跟以往一样，矛盾就自然地不见了。

　　我们的生活过得跟以前一样：我们每天都在努力地工作和学习。每当星期天来到时，我们就会出去"探索"莫斯科某一个新的地方，我们也许到索科利尼基鹰猎场公园，也许到莫斯科河对岸，也许乘电车沿花园路兜一圈，也许到莫愁公园去漫步。

　　阿纳托利·彼得洛维奇非常熟悉老莫斯科和新莫斯科，他给我们讲了很多关于莫斯科的事情。

　　有一回我们路过库兹温茨桥的时候，舒拉问道："这座桥在哪儿呢？"作为这个问题的答案，我们便听阿纳托利·彼得洛维奇讲了关于这座桥的很有趣的历史，说在过去很久之前确实在这有过一座桥，后来纳格林卡河又如何流到地下去了。

我们就这么了解了莫斯科的一切"墙""门",食堂胡同,桌布胡同,榴弹胡同,甲胄街,狗场等地方的来历了。

阿纳托利·彼得洛维奇给孩子们讲述了为什么曾经的普列斯尼亚现在被称做红普列斯尼亚,为何有街垒路和起义广场……他一页接一页地给孩子们讲述着首都的神奇历史,他们似乎也学会了怎样了解、爱护这座城市的过去和现在。

悲　痛

有一回在 2 月底,我们得到了马戏团的门票,我们并不像其他家庭那样经常带着孩子们去电影院或马戏团,因此每一次经历这样的场合,在孩子们印象中都像是过节一样。

孩子们迫不及待地期盼着周末的到来,但是不管怎样也没法让它提前到来。他们想象着经过训练的狗如何从一数到十,看那些长着细腿、仰着头、披着闪闪发光的护甲的马儿如何围着圈子跑,看见训练过的海豹如何从一个木桶飞跃到另一个木桶上,然后用鼻子接住训练师丢给它的球……

整整一周的交流都扯不开马戏团这个话题。但是周六当我从学校回到家里时,我看到阿纳托利·彼得洛维奇已经在家了,而且在床上躺着,我感觉很奇怪。

"你怎么回来得这么早? 怎么躺着呢?"我惊惶地问道。

"你不用担心,估计一会儿就没事了。只不过感觉有点儿不舒服。"

听他这么说还是不能让我放下心来:我看见阿纳托利·彼得洛维奇脸色苍白,而且不知为什么瞬间就变得很疲惫,就好像他已经病了很长时间,而且还病得不轻。卓娅和舒拉守在床边,惊恐地望着父亲。

"看来你们只能自己去看马戏了,我去不了了。"他尽力微笑着说。

"你不去我们也不去。"卓娅坚定地回答说。

"那我们就不去了!"舒拉响应道。

第二天,阿纳托利·彼得洛维奇的病情恶化了。肋下剧痛,开始发起高烧。他一向是相当能把握住自己的,没有听他诉说过痛苦,也没有呻吟,只是紧紧地咬着双唇。必须去看医生,但我不放心把丈夫一个人留在家里。我去拜托邻居,敲邻居的门但却没人回答,肯定是出去散步了:那天刚好是周日。我惊慌失措地回来了,不知道该如何是好。

卓娅突然说:"我去请大夫。"我还没来得及反对,她已经套上了大衣,戴好帽子。

"不可以……太远了……"阿纳托利·彼得洛维奇有些牵强地说。

"不。我去,我去……我晓得应该去哪里!让我去吧!"我们还没来得及回答卓娅,她就已经冲到楼梯下面去了。

"让她去吧!她是个聪明的孩子……一定能找到……"阿纳托利·彼得洛维奇小声地说完这些话就把头转过去了,为的是不让家人发现他由于太痛苦而变得阴霾的脸。

一小时过后,卓娅带着大夫回来了。他大体诊断了下阿纳托利·彼得洛维奇之后,简短地说:"估计是肠扭转。需要马上送到医院去,立刻动手术。"

医生留在家里陪伴病人,我跑出去叫车,半小时过后,阿纳托利·彼得洛维奇被送走了。当把他从楼上抬下楼梯的时候,他开始低吟了,但当他看见孩子们睁大双眼的惊恐表情时,马上又变得沉默了。

手术进行得很顺利,但是阿纳托利·彼得洛维奇的病情似乎并没有好转的迹象。每当我进入他的病房的时候,最让我害怕的就是看见他冷漠的面庞:我已经习惯于丈夫热爱与人笑谈、轻松欢快的个性,可是如今他一声不吭地躺在那里,只是偶尔会抬起虚弱瘦弱的手,默然地放到我的手上,无力地捏捏我的手指。

3月5日我像往常一样地去探望他。

在大厅,一个相识的大夫有些异样地瞅了我一眼,对我说:"请您稍等一下,护士马上就来,又或者是大夫。"

"我是来探望病人科斯莫杰米扬斯基的,"我本以为他没认出我来,提醒他说,"我带着探视通行证的。"

"一会儿,一会儿护士就来,请您稍等一会儿。"他重复着说。

一分钟后护士匆匆忙忙地走了出来。

"请您先休息一下。"她逃避着我的视线说道。

我马上就明白了。

"他……走了?"我说出了一句十分令人难以置信的话。

护士静静地点了点头。

失去至亲,就算他早已患病,况且就算事先也知道他得的是不治之症,失去他早已是不能避免的事实,真正失去的时候,也是令人感到沉重、悲痛的。而像这样防不胜防、冷酷无情的死亡,我不知道还有什么能比这件事情更可怕了。一个从儿时起就从没怎么得过病的人,一周之前还是那么精力充沛、开朗、欢乐,现在竟一下子变成一个不归人,变成了叫不应的、冰冷的棺木中人了。

我的孩子们和我站在一起:我一只手握着卓娅,另一只手握着舒拉。

"妈妈,你不要哭!妈妈,你不要哭!"卓娅用发红了的双眼望着父亲僵硬了的躯体,重复地说。

在一个寒冷阴霾的日子里,我们三人站在齐米列捷夫公园里等待着我的哥哥和姐姐:他们要来为我的丈夫送行。我们站在一棵像冬天一样凋零得光秃秃的大树下,阵阵刺骨的寒风拍打着我们,我们感觉到自己已经变成了孤儿寡母没有依靠的人了。

我已经记不得我的亲戚是怎么出现的,也记不得我们是如何度过的这冰冷刺骨的、凄凉的、煎熬般的一天。只是模模糊糊记得怎么走到的墓地,然后卓娅突然无望地放声痛哭,之后便是土落在棺木上的声音……

她还是个孩子

从那时开始,我的生活就已经完全发生了变化。在过去的生活中,我知道自己拥有一个可爱又亲近的人在我的周围,我随时都可以靠在他那可靠的肩膀上,我已经习惯了这份安静祥和、令我感觉温馨的自信心,我甚至都没有想象过我的生活还会有另外一副模样。而如今一下子剩下孤零零的一个我和两个孩子,他们的命运和养育他们的责任,就完全摆在我的面前了。

毕竟舒拉还没长大,他还不能彻底理解已经经历过的可怕事情。他似乎感觉父亲只是像以往一样到远方去了,总有一天会回来……

但是卓娅的思维却不像个孩子,她懂得我们的忧伤。

她几乎不怎么提起父亲。每当被她发现我在沉思时,她总会跑到我的身边,看看我的眼睛,小声地提出建议道:

"我来朗读一段书给你听好吗?"

或者她请求:

"随便给我讲点什么吧!或者讲讲你小时候的样子……"

或者只是紧紧地靠着我坐,没有只言片语,只是紧靠在我的腿上。

她想尽一切办法要让我脱离现在这样绝望的心态。

但是有时候我却听到她半夜哭泣的声音。我走过去,抚摸着她的头发,小声地问道:

"你是在想念爸爸吗?"

她总是这么回答:

"不是的,我可能是做噩梦了。"

以前我们就常常对卓娅说:"你是姐姐,照看好舒拉,也要帮助妈妈。"现在这些话又包含了新的意义:卓娅完全变成了我的小助手和朋友。

我开始在另一所学校兼职授课,因此与过去相比在家里的时间变得更少了。第二天吃的午饭头一天晚上就要准备好。第二天再让卓娅把饭热一下,照顾好舒拉和自己吃饭,整理房间。当她稍稍长大一点的时候,自己就会生炉子了。

"哎呀,卓娅会把整个房子点着的!"邻居有时候这样说,"她还不是成年人呀!"

可是我晓得,卓娅比一些成年人还要能干:每一件事她都可以准时完成,从来没出现过遗漏的现象,甚至是最索然无味的简单工作,她也会认真对待。我知道,卓娅肯定不会把未熄灭的火柴丢在地上,她也会在最合适的时间盖上炉盖,从炉子蹦出来的火炭她更不会放过。

有一次我回家很晚,头痛得厉害,累得连做饭的力气都没了。"午饭明天早上再做吧。早点儿起来就行了……"我心里念道。

我的头一碰到枕头,立刻就睡着了……第二天醒来时不仅不比平时早,反而晚了不少:为了保证准时上班,再过半个钟头就得出门。

我十分慌张地说:"太糟了!我为什么睡过头了啊!看来今天你们只

能拿干粮将就一下了。"

晚上到家后,刚一进门我便问他们:

"怎么样,都饿坏了吧?"

"我们可没饿着,反倒是吃得肚子饱饱的哩。"舒拉胜利似的在我面前跳来跳去,大声说着。

"妈妈快来吃饭吧,今天我们晚上吃煎鱼!"卓娅庄重地宣布说。

"鱼? 哪来的鱼呀?"

在炒锅里确实有一条香喷喷的、热腾腾的鱼。可这鱼是哪儿来的呀?我的吃惊让孩子们很骄傲。舒拉继续边喊边跳,卓娅也很满足,最后她向我解释这一切。

"你知道吗,我们上学去的时候常常经过的那个水池,我们发现水池上面被人凿开了个冰窟窿,我们朝冰窟窿里一看,里面有鱼。舒拉徒手去抓,但是鱼滑溜溜的。后来在学校里我们向一个女校工要了一个空盒子,用装胶皮套鞋的袋子把它装起来。在回来的路上,我们就在那个水池里捉鱼,捉了得有一个钟头……"

"本来我们可以多抓一点儿的,有个叔叔跑过来把我们赶走了,他说:'你们万一掉下去会淹死的,要不然也会冻掉手。'可我们没被冻掉呀!"舒拉凑过来说。

"我们捉了很多,"卓娅继续说,"到家之后我们就把鱼给煎了,我们俩都已经吃过了,剩下的留给你。很好吃的,对不对呀?"

那天是我和卓娅一起做的晚饭:她很仔细地削了土豆皮,淘好米,然后一直留意地看我如何向锅里下料。

后来在想起阿纳托利·彼得洛维奇刚刚去世的最初几个月的状态时,我基本已经确定了,就是在那个时期,卓娅早熟的严肃性在个性中成型了,她的这个特征,连很多不熟的人都发现了。

点评:

　　悲痛降临的时候,年纪幼小的卓娅就懂得大人的伤感,主动帮母亲分担了很多痛苦,而舒拉尚未懂事,并不知道自己失去了多么宝贵的东西。两个孩子之间,母亲主要写到了卓娅的坚强和能干,而舒拉依然是一副天真的孩童模样。

新 学 校

丈夫过世后不久,我便把孩子们转到第二○一小学上学了:我不大放心让孩子们自己去原先的那所那么远的学校上学。我之后也不在那里工作了,我转到成人院校授课了。

孩子们很自然从入学的第一天起就喜欢上了现在这个新学校,他们对这个学校的称赞简直难以言表。说起来也是,原来的那所学校不过是一栋很小的木制房子,这很容易让人联想到白杨村的那所小学。但是这所学校的教学楼高大又明亮,而且一栋新的三层楼房还在它附近修建当中,门窗又高大又气派。等到下一个学年,他们就要搬去那里了。

事事留意的卓娅,不久就对第二○一小学校长尼古拉·瓦西耶维奇·基里柯夫的能力做出了评价。

卓娅称赞道:"妈妈,你知道吗,我们以后会有一个多棒的礼堂啊!还有图书室!里面能存放多少书呀!我原先从来没见过这么多的书:图书室的四面全放满了书架,从下到上,一点儿空闲的地方也没有……满满摆了一书架。"她稍稍停顿了一下就接着补充了这句(我似乎又听到了她的姥姥在讲话——这是她的口头禅)。"尼古拉·基里柯夫校长带着我们去了工地,带我们参观。他说:我们学校以后还会建起一个十分大的花园,我们亲自来种花。妈妈,以后你就会看见我们学校是个什么样子:未来在莫斯科绝对不会有第二所学校比它还好的了!"

新学校的所有事情也让舒拉十分兴奋,然而最让他满意的是体育课。他能接二连三地讲他如何爬到双环秋千上面,如何跳过木马,又如何学会投篮。

他们对他们的新老师利吉娅·尼古拉耶夫娜·尤里耶娃一见倾心。这一点我是从他们天天如何快快乐乐地去上学,然后又如何高高兴兴地回家来,怎样一字一句地向我讲述着老师讲的话等等感觉出来的。总而言之,女老师说的话,哪怕是一句无足轻重的话,在他们内心也是拥有重大意义的。

有一次我检查着卓娅的练习册,对她说:"我感觉你空白的地方太多了。"

"不,不是的!"卓娅一下子慌张了,强烈地反对我说,"利吉娅·尼古拉耶夫娜让我们留这么多的,少一点儿都不行!"

所有事情都是如此:既然利吉娅·尼古拉耶夫娜说了,那这样听她的做了才对。我也明白,这样很好,这说明孩子们尊敬师长,同时也是因为这样,他们才会刻苦学习,并对她的要求和命令十分顺从。

卓娅和舒拉很关心他们班里发生过的事情。

有一次,舒拉充满激情地描述道:"今天鲍利卡来晚了。他说:'我的妈妈生病了。我去了药店!'既然是妈妈生病,那有什么招呀。利吉娅·尼古拉耶夫娜对他说:'回到座位上去吧。'可是当下课时,鲍利卡的妈妈却来了,她要带着他去什么地方。看上去她身体并无大碍,一点儿都没有生过病的样子。利吉娅·尼古拉耶夫娜气得立刻脸就红了起来,她对鲍利卡说:'我最讨厌别人说谎。我定的规矩就这么多:如果自己承认错误了,我就不再重罚。'"这时舒拉觉得自己转述老师的话时出了点偏差,就改口说:"呃,没撒谎,过错就少了一半。"他然后又说:"我问:'为什么承认了错误就减少一半呀?'利吉娅·尼古拉耶夫娜回答说:'如果他承认了,那就说明他能正确认识到自己的错误,那我没必要重罚他了。如果他吞吞吐吐,说谎话,那就说明他一点觉悟都没有,以后肯定还会再犯,那就应当处罚他。'"

他们班考试的总成绩要是不理想,卓娅到家之后就会一脸愁容,这种时候我在晚上就会关心她:

"你是不是考了'不及格'呀?"

"不是,"她犯愁地回答道,"我得的是'优秀',我都做出来而且做对了,可是玛尼娅却全做错了。尼娜也是一样。利吉娅·尼古拉耶夫娜说:我很惭愧,但我只能把你们评价为'不及格'……"

有一回我下班早些,孩子们都没在家。我很着急,于是我就到学校找他们去了,看到了利吉娅·尼古拉耶夫娜,我问她晓不晓得卓娅在哪。

"好像都放学回家去了。"她回答道,"但是我们最好还是去教室看看。"

我们在教室门口,透过玻璃往里面看。

卓娅和另外三个女孩子站在黑板旁边:有两个稍微比卓娅高一点,梳着相同的小辫子,第三个很矮小,长得微胖,长着鬈发。她们表情都很认真,鬈发女孩子半张着嘴。

卓娅小声而严肃地对她说:"你这是做的什么呀!把铅笔和铅笔相加,得到的还是铅笔。可是你把长度和重量相加了。这能得出什么来呀?"

就在此刻,在教室的左后面,有个白色的物体晃了一下。我转眼往里一看:舒拉正坐在最后一排,正在自娱自乐地放纸鸽子。

我离开了教室门口。我请求利吉娅·尼古拉耶夫娜一会儿让卓娅早点儿回家,并且今后不许让她放学后还留在学校里。同时晚上到家我也和卓娅说了,要她今后放学后立刻回家。

我对她说:"你看,我今天尽全力早完成工作回来,想多陪你们一会儿,可你们俩都不在家。以后放学后就请你别再留在学校白白浪费精力了。"

卓娅一声不吭地听着我说话,但是之后,吃过晚饭之后,她突然说:

"妈妈,难道帮女孩子们提高成绩是在白白浪费精力吗?"

"怎么可能是白白浪费精力呀?互相帮助是好事嘛。"

"那么为什么你说是:'不要白白浪费精力了'?"

我咬紧双唇,已经不止是多少次想着这个问题:在跟孩子们说话时必须慎重言辞才行呀!

"我只是想多和你们在一起,毕竟我很少能早回来呀。"

"可你原来也说过:工作第一。"

"对。可是给舒拉吃饱饭的事也是你应该做的呀,他可一个人饿着肚子在学校里等你的呀。"

"不,我可没饿着肚子,"舒拉插话说,"卓娅带了很棒的早饭去学校。"

第二天一早,临走的时候卓娅问我:

"今天我还想和女孩子们一起学会儿习可以吗?"

"只是别太晚了,卓娅。"

"就三十分钟!"她回答道。

我也明白:真的会是三十分钟,一分钟也不会多。

希腊神话

我很想持续和阿纳托利·彼得洛维奇一起生活时养成的一些习惯。在假期里，我们也会和他去世前一样，去莫斯科逛一逛。但是对我们来说这游玩却成为了极其痛苦的事：总能令我们想起父亲。晚上的游戏我们也玩不起来，因为父亲不在了，缺少了他那幽默和爽朗的笑声。

有一天晚上我们在外面闲逛着，在回来的路上，我们被一家珠宝店吸引住了。珠围翠绕的橱窗令人目不暇接：各式各样的宝石，红的，绿的，紫的，璀璨夺目，光芒万丈。里面有项链、胸针，还有其他一些首饰。离玻璃最近的一个大绒枕上，就摆放着一排一排的戒指，而且每个戒指上都镶有一块熠熠生辉的宝石，从每一块宝石上像磨刀砂轮或电车弓子接电线一样，放射着耀眼夺目的五颜六色的光芒。这些带着神奇光彩的宝石让孩子们流连忘返。卓娅忽然说：

"爸爸答应过讲为什么在戒指上总是镶着宝石给我们听的，可是他没给我讲成……"她忽然停顿不说了，同时紧紧地抓紧我的手，好像是求我饶恕她无意提起父亲的事。

"妈妈，你晓得在戒指上为什么镶宝石吗？"舒拉插话问道。

"我当然晓得。"

我们接着向前走，一边走我一边给孩子们讲述普罗米修斯①的故事。孩子们边走边从两边望着我，仔细听着我说的每一句话，还差点撞上了路上的行人。这个关于为造福人类而不惜承受残酷刑罚的勇士的古代神话故事立即引起了孩子们极大的兴趣和想象。

我给他们讲道："有一次赫拉克勒斯②来救普罗米修斯了。赫拉克勒斯是一个伟大而且和善的大力士，他是真真正正的大英雄。他谁都不怕，

---

① 希腊神话中的神明。他因为人类盗取天火而受到宙斯的惩罚。他被锁在悬崖上，每天都有一只恶鹰飞来啄食他的肝脏，夜间肝脏又恢复原状。赫拉克勒斯杀死了恶鹰，解救了普罗米修斯。

② 希腊神话中的大力神。

连宙斯①也不怕。他用自己的剑斩断了在悬崖上拴着普罗米修斯的锁链，救出了普罗米修斯。可是宙斯的旨意依然存在。这旨意里说普罗米修斯一生也摆脱不掉他的锁链：从此锁链的一头拴着一块石头就这么一直留在了他的手上。从那刻开始，人们为了纪念普罗米修斯，就在手指上戴镶有宝石的戒指。"

几天过后，我在图书馆里找到了希腊神话并借回来给孩子们看，并且给他们朗读。令人纳闷的是，虽然他们对普罗米修斯非常感兴趣，可是最初并不是很爱听我的朗读。看起来是因为那些很难记住名字的半神半人，在孩子们世界里是淡漠的、遥远的、不熟悉的。如果是老朋友的话就好很多了：嘴馋熊，狐狸帕特利克耶夫娜，想吃鱼却在冰窟窿被冻上尾巴的笨狼，还有一些其他的俄罗斯民间传说里的老朋友，多好呀！但希腊神话中的众位神明也逐渐开辟出了一条通往孩子们内心深处的道路：舒拉和卓娅也开始像谈起在世的人一样，谈起珀尔修斯、赫拉克勒斯、伊卡洛斯②。我记得曾经有一回卓娅对尼俄柏③表示了惋惜，舒拉则激烈地持反对意见：

"可她为什么夸大啊？"

我知道：对我的孩子们来说还有不少书中的人物将会变得珍贵而又和蔼可亲。也许正是因为如此，我才一直记得另一次简短的谈话。

有一次我又重读了一次《牛虻》，卓娅看见我在哭泣，她认真而惊奇地说："你都多大的人了，还哭……"

"那我倒要看看你怎么看这本书了。"我回答说。

"我何时才能读它呀？"

"等你到十四岁时。"

"哦，那还早着呢。"卓娅拉长声音说。

很明显，这种期限在她看来确实是太长了，基本等于遥不可及。

①　希腊神话的诸神之王。
②　这些都是希腊神话中的神。
③　希腊神话中的女神。

我们喜爱的书

现在,我晚上要是有空,我们就不玩"顶牛儿"的游戏了;我们阅读,准确些说,是我读给孩子们听。

我印象中我读得最频繁的是普希金的诗歌。这简直就是一个非常有特点的、悦耳的、奇妙和欢乐的世界。普希金的诗句很轻易就能记住,舒拉能不厌其烦地朗诵那首松鼠的诗。

> 那松鼠哼着小调,
> 一直在啃着胡桃,
> 非比寻常的胡桃,
> 包着纯金的外壳,
> 和纯绿宝石的瓤……

尽管孩子们已经记住不少了,他们依旧是一次又一次地要求:"妈妈,请你读我们听那个金鱼……或者沙皇萨尔坦的故事……"

有一次我朗读《乔玛的童年》给他们听。我们朗读到乔玛的父亲打了他一顿原因只是他折断了花那一段,孩子们特别想知道在那之后的情节,可是那天已经非常晚了,我就敷衍了一下他们,然后都睡觉去了。后来的情况是这样的,在那一周和下周日,我都没有机会能把乔玛的故事给他们读完:因为积压起来的工作实在太多了——没有判完的练习册,没有修补完的袜子。最后,卓娅终于忍不下去了,就自己拿起书本把它给读完了。

从此以后便开始了:她对于读物一下子变得十分贪婪,无论读物是什么,报纸、童话、课本,只要这些读物经过她的手,她都要读一下。好像她是在试验自己可不可以像成年人那样正常的读书一样:阅读的并不是指定在课本中的某一页,而是整本书。只是,如果我说:"你读这个还有点儿早,长大之后再读吧。"她不会坚持读,就立刻把书收起来了。

盖达尔成为了我们最欢迎的作家。他在儿童读物里擅长谈及最核心、最重点的事的才华,每每都令我折服。他和孩子们交谈时的语态,就像与成年人交流一般的深思熟虑，并不因为年龄差距而大打折扣。他明白孩子们在用最顶端的标准来对待所有这一切：果敢，他们热爱舍生取义的；情谊，他们热爱真挚真诚的；忠诚，他们热爱毫无保留的。在他著作的字句之间，闪烁着基调高尚的思想火焰。他和马雅柯夫斯基相同，喜欢利用每一行字来鼓励读者，呼吁他们献身去修建眼前在我们这个国家内部正在建设着的伟大的、全国人民的幸福，而不是改造渺小的、一个家的、一个人的幸福；呼吁和教育读者要为人民的好日子而奋斗，靠自己的双手来创建这个幸福。

每当读完盖达尔写的一本书，我们都谈论过多少话题呀！我们谈论我们有过多么正义的革命，谈论沙皇时代的学校和我们现在学校的不同点在何处，也谈论勇敢为何物和纪律又为何物。在盖达尔的笔墨渲染下，这些话便变得十分亲近且具有实在的意义，我依然记得，鲍利斯·果里科夫在负责侦察任务的时候，无视了小心谨慎的忠告，私自跑去洗澡，因此无意中害死了比自己大一些的朋友丘布克，这件事让卓娅和舒拉十分激动。

"你只要想一想，他洗着澡，丘布克就被抓了！"舒拉愤怒地说。

"丘布克还以为自己是被鲍利斯给出卖了呢！你想想日后鲍利斯得多痛苦呀！我真不能理解当你得知好友是被自己害死的时候，你往后还怎么活呀！"

我们原来读过无数遍的《远方》、《革命军事委员会》和《军事秘密》。盖达尔的新书只要一出版，我就立即想办法买一本带回家来读。我们总是感觉他和我们一样在谈论今天，甚至是现在这一刻，正激励着我们的事。

有一次卓娅问我："妈妈，盖达尔住什么地方呀？"

"好像住在莫斯科。"

"如果能见他一面就好了！"

新 大 衣

　　舒拉最乐意的是和其他男孩子们一起玩"哥萨克强盗"。他们冬天在雪地里、夏天在土堆里挖洞,点着篝火,还耀武扬威地在街上跑着、叫喊着。

　　有一次,傍晚时分,屋子前厅吓人地大响一声,然后门打开了,出现在门口的是舒拉。可他是一副什么样子啊!我和卓娅都吃惊地站了起来。站在我们面前的舒拉,浑身上下沾满泥污,跑得头发蓬松,大汗淋漓——但对这一切我们并不感到稀奇,吓人的是另外的事情:他大衣上的衣袋和纽扣都被连着布一起撕下来了,它们原来的位置上留下了一个个破烂的窟窿。

　　我周身发凉,看着他一句话也说不出来。大衣完全是新的,刚买回来的。

　　我一句话也没说,就从舒拉身上剥下大衣,开始清理它。舒拉羞愧地站着,同时在他的脸上露出一种满不在乎的表情。看他那神气好像在说:"这样又怎么啦!"他有时候就这么个脾气,在这种时候就很难说服他。我不喜欢大声嚷嚷,但是又不能平心静气地说话,所以我就不再看舒拉,只是开始默默地整理大衣。房间里一片寂静,只不过是过了十五到二十分钟,可是我觉得好像过了好几个小时。

　　"妈妈,原谅我,我再也不这样做了。"舒拉在我的后面像说绕口令似的喃喃地说。

　　"妈妈,原谅他吧!"像是回音似的,卓娅重复了这句话。

　　"好吧。"我头也不回地回答说。

　　一直到深夜我都在修补这件倒霉的大衣。

　　我醒来的时候,窗外还一片漆黑。在我的床前,站着舒拉,显然,他在等着我睁开眼睛。

　　"妈妈,原谅我吧,我再也不这样了。"他小声地、吞吞吐吐地说。虽然说的仍然是昨天那两句话,但是说话的态度却完全不一样了:这次是伤心地、真正后悔地说出来的。

　　在房间里只剩下我和卓娅的时候,我问她说:"你和舒拉谈过昨天的事了？"

"谈过了。"过了一会儿她才回答说，显然有点难为情。

"你跟他说了些什么呀？"

"我说了……我说了你一个人工作，说你多不容易……说你不光是生气了，而是操心：要是大衣完全撕破了那可怎么办哪？"

"切留斯金"号

"舒拉，你还记得爸爸讲过的谢多夫探险队的事吗？"我说。

"当然记得。"

"你还记得谢多夫在整个探险队出发前都说了什么：'怎么可以带着这种东西去北极！我们应该带来了八十条狗，现在只剩下二十条了，衣服也已穿得破破烂烂，粮食又告急了……'你还记得吗？……现在你瞧，又一只破冰船就要起航去北极探险了。船上应有尽有啊！他们各种生活必需品都带了，他们基本想到了全部，小到针线大到牛。"

"什——么？哪来的牛啊？"

"你自己瞧瞧：有二十六头活牛和四只小猪崽在船上载着；还有新鲜土豆和水果蔬菜。水手们在旅途中肯定不会饿着了。"

"也不会冻着。"卓娅靠在我的肩膀上看着报纸插嘴说道。

"你瞧瞧他们带了多少东西呀：多种多样的皮衣，有皮子做的睡袋，有煤，有汽油，还有煤油……"

"还有雪橇！"舒拉有些分散注意力地插嘴说："对了，有一种雪橇叫纳尔塔①，是吧？还有各种科学设施。多好的设备啊！……噢，多少武器呀！据说他们要狩猎白熊和海豹呢。"

我怎么都想不到"切留斯金"很快就成了我们家聊天的主要话题。像这种远征的报道报纸上并不经常有，可能也是我没看到相关的消息。只是有一回舒拉飞奔着给我带来一条新闻，这条新闻彻底在我的意料之外。

——————————
① 在北方使用狗或鹿拉动的窄长雪橇。

63

头发凌乱、心急如焚的舒拉刚一踏进家门就叫道:"妈妈,'切留斯金'那个! 船,你还记得吧? 我记得你还给我讲过一回来着。我现在有它的消息了! ……"

"怎么啦? 那个船出了什么事了吗?"

"它撞上了冰山,被冰给撞坏了!"

"那船上的船员呢?"

"全部弃船了,也就是说全部船员到冰面上来了。唯独只有一人掉进了水里……"

我完全不敢相信这是真的。可是舒拉的陈述并没有问题,这件事全国上下已经人人皆知了。2 月 13 日,("你看,怪不得人们都说:十三这个数字不幸!"舒拉惆怅地说。)北极的冰山把轮船撞坏了:左舷被冰带来的巨大的冲击力整个撞破了,仅仅过了两个小时"切留斯金"号便彻底消失在了海面上。

与此同时,在这千钧一发的两个小时内,船员们把足够两个月生活需要的食物、帐篷、睡袋以及一架飞机和无线电台统统搬运到冰面上去了。他们根据天象,确定了他们受难的地点,然后利用无线电台和秋科特沿海的北极电台取得了联络,并且同时开始架起帐篷、厨房和信号塔……

电台和报社很快又发布了另一条新闻:党和政府已经建成了"切留斯金"号船员救助委员会。全国都立即响应了这一营救工作:飞快地修好了破冰船、飞艇、飞橇,做好了随时听候命令出发营救的准备。在北方岬,在乌尔连,在普罗维杰尼亚海湾等地区,均有救援飞机正准备飞往受难地点。犬橇从乌尔连派出了,"克拉辛"号横穿大洋,绕行其他地区并向受难地点航行,"斯摩陵斯克"号和"斯大林格勒"号轮船同时也都开到了以往从没有一艘轮船在这个寒冷的季节里到过的北纬度,还把救援飞机运送到了奥留托尔斯基岬。

我认为,在那些日子里举国上下都在为"切留斯金"号船员的生命担忧,且屏住呼吸注视着他们的命运。而卓娅和舒拉则完完整整地被这个事件给吞没了。我完全可以不听广播,也用不着读报,孩子们了解事情的所有微小细节,他们可以一连好几小时激烈地、担心地议论这件事:"切留斯金"号受难人员们现在干什么呢? 他们的情绪怎么样? 他们都在想什么呢? 难道他们不害怕吗?

逃离到冰面上的共计有一百零四人，其中有两个人是小孩子。舒拉就像发飙一样地嫉妒这两个小孩子。

"他们为什么就这么幸运呀？可是他们还什么都不明白呢！一个还不到两岁，另一个女孩子穿着尿布哪。如果让我去那该有多棒啊！"

"舒拉，你仔细考虑看看！这算是哪门子幸运呀？人们都受到了如此巨大的灾祸，你却说人家这是'幸运'！"

舒拉只是挥了挥手，没有做出回答。他把报纸上一切有关于"切留斯金"号船员的每一条报道都收集了起来。他现在所画出来的画也只能是北极：冰和他幻想中的"切留斯金"号船员在冰面上居住的营地。

我们明白，令人恐惧的突发灾祸并没有使"切留斯金"号船员们感到不知所措。他们是英勇的、顽强的、真真正正的苏维埃人。谁也没有绝望，每个人都在勤奋地工作着，接着进行着科学探测。他们在冰面上给自己创办了一份报纸，并且把它命名为《我们不屈服》，真是货真价实。他们临时使用的炉子是铁桶做成的，临时用的灯是罐头盒做成的，临时用的饭勺是残存下来的木头碎片刻成的，帐篷的窗户是用玻璃瓶临时做的——他们的发明天赋、技巧和忍耐力足以战胜一切。为了开辟出飞机场所需要的平面，他们每天都用自己的后背背走多少冰啊！今天刚刚清除干净了，一宿过后到处又出现了冰堆，前一天辛勤劳动的成果，一丁点儿痕迹都没有留下。但是"切留斯金"号船员们对于他们会获救这件事情坚信不疑：在共产主义领导下的苏维埃国家里，党和斯大林同志不会坐视不管的。

就在3月（"刚好赶上妇女节！"得知这条新闻的时候，卓娅高喊着说），梁皮杰夫斯基的飞机在冰面上安全着陆了，而且还将受难的妇女和儿童优先送到陆地上的安全地带来了。"梁皮杰夫斯基可真伟大！"我一直都可以听到周围人在不停地重复这句话。

只要一提到莫洛科夫这个名字，卓娅和舒拉的脸上就会马上浮现出敬仰的神情。的确，只要回忆起这位杰出飞行员所办到的事，谁都会为之感到吃惊：为尽早将"切留斯金"号的受难船员们从冰面上营救出去，他在飞机的双翼上悬挂了空投物品时用到的降落伞所使用的篮子，他便让人进入到篮子里然后往返救援。他一天内飞行好几个来回。仅仅他一个人就从冰面上救回了三十九个人！

"如果能见他一面就好了!"舒拉憧憬地说。

政委还从堪察加和海参崴两个地方派出了营救"切留斯金"号船员的救援飞机。但是这时也有报道说,营地附近的冰面有许多地方出现了裂痕,形成了冰窟窿,出现了比以往更大的裂缝,冰块在渐渐漂移着。在飞行员把妇女和小孩救走之后的那一天半夜,他们之前居住的帐篷就倒塌了,多亏了梁皮杰夫斯基的营救飞机及时赶到才保证了他们可以大难不死!

没过多久又出现了新的灾祸:海浪冲走了厨房,破坏了海员们辛勤清理的飞机场,当时那块冰面上还停放着斯列帕涅夫的救援飞机。危险近在眼前,而且险情每时每刻都在加深加重,已经无人可以阻挡得了春天脚步的到来。舒拉彻底恨死了那些越来越暖和的日子。

"又是这个倒霉的太阳!房顶上又滴下水来了!"他愤愤地说着。

可是留在冰面上的人已经变得越来越少了,最后,在 4 月 13 日,冰面上的难民已经全部被营救成功!

"怎么样,你不是说十三这个数字是个不幸的数字吗?真的不幸吗,啊?"卓娅成功地向舒拉大喊着。

"嗨,现在总算让我放下心来了!"舒拉道出了心里话。

我坚信:被从冰面上救出来的要是换成了他们,他们也不会比现在这样更快乐多少。

两个月对船员们牵肠挂肚的期盼总算圆满结束了。要知道,每个安全地居住在陆地上的人们,都为那些困在冰面上的人们的命运而心急如焚呀。

我曾经看过许多关于北极探险的书籍。阿纳托利·彼得洛维奇对北极也非常感兴趣,他收集了很多关于北极的书,有小说,有传记。我从儿时看过的书里就了解到,如果小说里陈述的是在冰面上迷失方向的人们,一般是把他们描写成怎样的凶恶,互相猜忌,甚至怨恨,有时甚至会爆发兽性,为了首先让自己得救,为了自己的生命安全,甚至不惜葬送掉不久之前还是亲友的伙伴的性命。

我的孩子们和其他的苏维埃孩子们相同,他们的思想是不会被这种邪恶想法所侵蚀的。唯一会影响他们想法的,只有可能是:在冰面上受难的一百多个"切留斯金"号船员们度过了怎样漫长的两个月;他们的英勇和顽强,他们相互之间的关照。只有可能是这个样子,不可能会出现其他的!

6月中旬,莫斯科迎接了从"切留斯金"号回归的船员们。天色很阴霾,但是我却认为,再也没有比这更晴朗、更明媚的日子了!

孩子们一大清早就拉着我去了高尔基大街。似乎每个莫斯科人都来到了这里:在人行道上都找不到落脚的地方。飞机盘旋在空中,到处张贴着"切留斯金"号英雄船员们和救护他们的飞行员们的画报,在墙上、窗子上和商店橱窗里,人们随处都可以看到这些已然变得熟知且感觉亲切的画报。到处都是写着热烈欢迎标语的红、蓝色的绸子,再就是鲜花,数不尽的鲜花,看不完的鲜花。

突然间,在白俄罗斯车站方位一下子出现了汽车。在前一秒钟的时候你绝对无法猜得到是汽车:飞过来的花园离我们越来越近,带着车轮的绚丽大花坛在向前方移动着!它们朝着红场驶去。在成堆的鲜花、巨型的花束和玫瑰花之中勉勉强强能辨别出欢笑的、兴致勃勃的脸庞和迎接的挥手。人们从人行道上、窗户里、阳台上、屋顶上投下数不尽的鲜花,从空中抛撒而下的传单,像空中翩翩起舞的蝴蝶一样,缓缓地落到地面上,并且铺满了整条柏油马路。

"妈妈……妈妈……妈妈……"舒拉像下咒一样一直地重复着这句话。

一个身材魁梧、皮肤黝黑的壮汉把他抱了起来,然后让舒拉坐在他那健壮的、宽大的肩膀上,舒拉在壮汉的身上高兴地喊着,似乎喊得比任何一个人都洪亮。

"这样的日子多么幸福呀!"卓娅喘着气。我认为,所有的人看到现在这一幕之后肯定都是一样的感受。

年长的和年幼的

卓娅总是用大姐姐的态度和自己的小弟弟舒拉谈话,因此她也经常会这么教训舒拉:

"舒拉,系好扣子!你的扣子又跑哪去了?又被扯掉啦?就没有一会儿能给你缝完的时候。你是不是故意扯掉的呀？你以后还是自己学学缝扣子好了。"

舒拉完全由她照看着,她孜孜不倦地关心他,可是她对他却很严格。有时候如果舒拉做错了什么而惹她生气了,她就用正式场合那种口吻来称呼他"亚历山大"——这比平常叫"舒拉"听起来要严肃得多了。

"亚历山大,你的袜子又穿破啦? 赶快把袜子脱下来!"

亚历山大听话地把长筒袜子脱下来,卓娅就自己动手织补所有的破洞。

姐弟两人总是寸步不离:他们俩在同一时间睡觉,又在同一时间起床,两人一起上学,一起放学。虽然舒拉比卓娅小差不多两岁,但是他们俩的身高基本一致,而舒拉的力气明显要比卓娅大很多,他长得的确很健壮,而卓娅一向很瘦,看起来是纤弱的。说正经的,舒拉对卓娅一次次的告状,我都已经感觉有些厌烦了,但是却很少能见到他反抗,即使在吵架最猛烈的时候,他也没有想到要推她一下或者打她一下。他几乎在一切问题上都是顺从她,接近绝对服从。

在他们俩上小学四年级的时候,舒拉说了:

"现在可好啦。我再也不要和你同桌。我跟你同桌坐够了!"

卓娅泰然自若地听完了,果断地回答说:

"你肯定还是会和我坐同桌的。要不然你就会在上课时放鸽子玩,我太了解你了。"

舒拉对自己的独立性坚定不移,他们俩吵了一会儿。我并没有去干预他们。9 月 1 日当晚我问舒拉:

"舒拉,你现在和哪个男生坐一起呀?"

舒拉紧锁眉头,浅笑着回答说:"那个男生名叫卓娅,难道胳膊能拗得过大腿吗?"

我很想了解卓娅跟别的孩子们在一块的时候是个什么状态,我可以看见的只有她跟舒拉在一块,以及每逢周日跟在我们这条亚历山大大街上奔驰电掣着的孩子们在一块时的情形。

孩子们也和舒拉一样喜欢她、顺从她。在她放学回家的路上,他们大老远就从她戴着的那顶红绒帽子,以及她那矫健的步伐就能认出她来,就叫着她并且向她跑去。在他们的叫喊声里我就能听得出:"给我们朗读!

跟我们一起玩！给我们讲故事吧！"卓娅这时候就会把书包交给舒拉。这时她会显得十分高兴、活跃，由于行走和寒冷的天气，微微发黑的两颊红彤彤的，她张开双臂，想把那些向她拥过来的小孩子们全部搂在怀里。

有的时候她会把他们按身高大小排成一列，跟她如同军队一般，操练着齐步走，唱着她在白杨村时就会的歌："同志们，英勇地向前齐步走……"有时她和小孩子们一起玩打雪仗，但是，她总是以年长的举止出现：礼让，小心谨慎。舒拉一打起雪仗来其他的事情全都忘光了：捏雪球，丢了一阵，躲避对方丢过来的雪球，之后再全身心投入向前冲去，不给对方一刻的喘息时间。

这时卓娅就立刻喊道："舒拉，他们还小呀！……你停手！你不懂，跟他们不能这么玩。"

之后她又用小雪橇拉着小孩子们在雪地里滑雪玩，而且从头到尾照看着他们，给他们系好扣子，围好围脖，生怕哪个小孩子被冻着耳朵，哪一个小孩子的毡靴被灌进去了雪。

有一年在夏天，我刚刚下班回家时，只见在水池旁边有一群小孩子把她围在中间。她坐在那里，双手抱膝盖，深沉地望着水面，似乎正给孩子们小声讲什么。我向前靠了过去。

我听见她说："……太阳高高地照耀着大地，水井离得很远，天气变得越来越热了，小伊凡汗流浃背。他忽然发现了一个盛满水的山羊蹄。小伊凡就说：'阿辽奴什卡姐姐呀！我就把这蹄子里的水都喝了就能解渴了！'不可以喝，小弟弟，喝完之后你会变成山羊的。……'"

我静静地离开了，尽量不发出声响，不能扰乱了孩子们。他们全都专心致志地听着，每张脸上都显现出对那个不听劝阻的、失败了的小伊凡的可惜，而卓娅带着极其准确的表情学着玛夫拉·米海洛夫娜外祖母悲伤的语气给他们讲故事……

可是卓娅对待和她同龄的孩子们的态度又是如何的呢？

有一段时间，她曾经和邻居家的女孩子莲娜一块去上学。后来我某一天忽然发现她们上学和放学又不一块走了。

"你和莲娜吵架啦？"

"不，没吵架。只是不想和她交往罢了。"

"为什么啊？"

"你晓得吗,她总是对我说,'你来拿着我的书包',有时候我会帮她拿一下,可是之后我对她说了:'你还是自己拿着吧,我也有书包的呀。'你要明白,如果是她身体不适或是身体虚弱,我帮她拿着书包,这对我来说没什么。可是这样莫名其妙地就要我给她拿,这是干什么?"

舒拉证明说:"卓娅说得没错,莲娜是个有钱人家的大小姐。"

"那么你为什么和塔尼娅也不好了呢?"

"她总是说谎。不管她说什么,最后被证实了都是假话。现在我根本不敢信任她。既然不信任她,那么还怎样跟她做朋友呢?再说,她不公平。每次我们玩打木棒游戏的时候,她总是要赖。她总是在报数时耍花招,逃避受罚。"

"你应该提醒她,这样做不对。"

"卓娅给她讲了好多次了!"舒拉插嘴说,"班上的其他同学们也都提起过,甚至连利吉娅·尼古拉耶夫娜也说过这件事,可是谁也说不动她!"

我很担忧,我的女儿是不是对别人太过严格了,在班上是不是被同学们孤立了呢。我抽空拜访了一下利吉娅·尼古拉耶夫娜。

利吉娅·尼古拉耶夫娜细心地听过我的描述之后,深思地说:"卓娅是个很正直、很公平的女孩子。直率的她一直都是对同学们说真话,我还担心过她会惹得同学们都讨厌她哩。可是我错了,这样的事并没有发生。她很喜欢说:'我拥护正义!'同学们也了解她的确总是站在正义的一方,你晓得吗,"利吉娅·尼古拉耶夫娜笑着补充说,"最近班里有个男孩子当着全班的面高声问我:'利吉娅·尼古拉耶夫娜,您说您谁都不喜欢,那么您难道不喜欢卓娅吗?'老实说,我被他问倒了,可是之后我反问他:'你做作业的时候卓娅帮助过你吗?'他回答:'帮助过。'我又问另一个孩子:'帮助过你吗?''也帮助过我。''帮助过你吗?帮助过你吗?'结果是几乎班级里所有的同学都让卓娅帮助过。'我怎么会不喜欢她呀?'我问。他们都一致赞同我的意见……不,他们喜爱她,尊敬她,而这可不是对任何一个同龄的人都能够这么说的。"

利吉娅·尼古拉耶夫娜停顿了一会儿。

接着,她继续说:"她是一个很顽强的女孩子,只要是让她认为正确的,不管说什么做什么她也不会做出让步。孩子们都了解她:她对每一个人都是很严格的,对待自己也同样的严格,她既严格要求别人,也严格要求自己。要想和她做朋友，可不是那么容易的事情。但是和舒拉做朋友那就是另外一码事了，"利吉娅·尼古拉耶夫娜浅笑着说，"舒拉有很多朋友。顺便我也向您告个状：他总是欺负女同学，挡她们的去路，而且还总是揪她们的辫子。这个事情您可务必要和他好好谈谈。"

基 洛 夫

　　刊登在报纸版面上黑框里表示哀悼的照片是基洛夫。死的定义和这样镇定的、真诚的、有朝气的面庞是无法合并在一起，但是在这份报纸的右上角却刊登着谢尔盖·米罗诺维奇·基洛夫被党和人民的敌人杀害了的新闻。

　　这确确实实会使全体人民感到悲伤。卓娅和舒拉是头一回承受、体会如此的悲哀。这深深地打动了他们，而且将永远地铭记在心：永无止境的人流，慢慢地、沉重地向工会大厦流去，从广播里播放出来的那些热忱与悼念的话，化做悲痛全部充斥着报纸版面，与我们一起同时悼念着同一件事的人们的声音和面庞……

　　卓娅问我："妈妈，你还记得当初在白杨村里西特金打死共产党员的那件事吗？"

　　我想：她这样联想是正确的。她联想起了当年白杨村的西特金和另外七位农村共产党员的光荣就义，这样的想法是正确的。新生事物被旧的恶势力发疯一般地仇视。敌人的残留势力在那时就曾经垂死挣扎，那时他们是躲在阴暗的角落里放冷枪，而如今他们采取的是更加可耻的叛变行为，他们对最珍贵、最善良的人下黑手。他们杀害了苏维埃人民所尊重和爱戴的人，杀害了直至生命的最后一刻都要为人民的幸福而奋斗的、热忱的民权守护者和布尔什维克。

　　晚上我睁着眼在床上躺着，久久不能入睡。屋里静悄悄的，忽然我听到光着脚走路的脚步声和小声的说话声：

　　"妈妈，还没睡吗？我去你那儿行吗？"

　　"行，过来吧。"

卓娅躺在我身边,一句话也没说。安静了一会儿。

我问她:"你为什么不睡觉? 现在已经非常晚了,大约一点多钟了。"

卓娅停顿了一刻,只是紧紧地握着我的手。后来她说:

"妈妈,我想写一份入队申请书,我希望加入少先队。"

"写吧,当然应该写。"

"你觉得我会被认可吗?"

"一定会被认可的。你现在已经十一岁了。"

"那么他们会接受舒拉吗?"

"舒拉嘛,他要多等一等才可以入队。"

我们又沉静了。

"妈妈,你可以帮我写申请书吗?"

"这个最好是你自己写的。然后我再来检查是否有错误。"

她又一声不吭地躺着,心中肯定是在想着些什么,在我耳中只她的呼吸声在围绕着我。

那一天晚上她就这样紧紧靠着我睡着了。

在确定接受卓娅入队的前一天晚上,卓娅又一次因此而久久不能入睡。

我问她:"你又不睡了吗?"

"我正考虑着明天的事哪。"卓娅小声地说。

第二天(正巧我回家较早,正在桌旁判学生的作业本),她高兴地、脸上红扑扑地从学校跑回家来,立刻就回答了我还没来得及问出口的问题:

"通过了!"

谁到我们学校来了?

过了不久,有一回我下班到家,发现卓娅和舒拉两个人都显得十分兴奋。一看他们脸上的表情,我就马上明白肯定是又发生了什么非比寻常的事情,可是我都还没来得及问他们。他们却龙腾虎跃地喊开了:"你知道谁去我们学校了吗? 莫洛科夫! 莫洛科夫到我们学校了! 你知道吗,就是营救'切留斯金'号受难船员的那个莫洛科夫！他是救人最多的那个,你还记得吗?"

最后,舒拉开始比较连贯地说道:

"你知道吗,一开始他在舞台上,一切都很庄重,就是稍微有点儿不太那个……不是特别好……后来他走下舞台,我们就把他团团围住了,这下子可就好了！你知道他一般都是怎么讲话的呀? 很平常,非常平常! 你知道他都说什么了呀? 他说:有不少人都是按照这样的地址给我来信的:'寄莫斯科,北极的来客莫洛科夫。'可我根本就不是北极人啊,我家乡在依里宁斯克村,我飞去北极只是为了接那些'切留斯金'号的落难船员们。后来他又说:'你们以为能有什么不一样的,和其他人都不一样的高端飞行员吗? 可是我们都是最平常不过了的。你们看看我,莫非说我是什么特别的人吗?'确实,他就是一个完完全全的普通人,可是同时也是一个不寻常的人!"舒拉说到这突然停住了。然后他长叹一口气,补充了一句,"终于见到莫洛科夫了！"

很明显,他的夙愿在那一刻终于实现了。

神奇的地下世界

过了很长时间,我们在逛街时常常能看见身着沾满污泥的工作服、橡胶靴,头戴矿工帽的男女工人。他们是地下铁路的修建者。他们紧张地穿梭在一个个洞口之间,或者工作之余在大街中间漫步。人们对他们污浊的、不得体的制服并不十分在意,只关注到他们在疲惫之余脸上表达出来的高兴、自豪而神奇的情感。

人们怀着崇敬的心情和浓厚的兴趣,瞧着穿这种制服的头一批地下铁路修建者。这可不是说着玩的！想必不仅仅是在莫斯科,并且在白杨村,在辽远的西特金,人们每天都在关注着报纸上关于我们的地下铁路修建的新闻。在我的印象中,1935 年的春季,我们便已经得知消息:地下铁路建成了！

"妈妈,周日我们全队都要去地下铁路参观！"卓娅如是说,"你要不要和我们一起去呀?"

周日一大早,我朝窗外瞟了一眼:外面正在下雨。我当时感觉去地下铁路参观的事可能得延期了。可孩子们已经迅速地起了床,并匆匆忙忙地计划出门。很明显,孩子们根本没有打消要去的想法。

"这样的天气能成么?"我沉思着说。

"你想想看,仅仅是小雨而已!"舒拉毫不在意地说,"再下一小会儿就会停了。"

有非常多的孩子们早已集合在了电车站。我感觉这场小雨反倒让他们更兴奋了:他们叫着,闹着,兴奋地迎接我们。

在我们大家都登上电车之后,发现车里立刻就变得热闹和拥挤起来,不久就来到了野味市场。

一踏上目的地车站的大理石制地板,孩子们如同得到命令一般,立刻变得一言不发了:在这儿可一点儿都没有闲聊的时间,到底有多少东西要看啊!

我们安静地顺着宽敞的台阶向下走,但却又身不由己地停下了脚步:在我的面前显现出了真正的奇迹!一秒钟之后,我和卓娅、舒拉登上了滚动电梯的最前端。舒拉大声地感叹。电梯将要把我们送往未知的地方。电梯两边滑过具有弹性的黑色栏杆。在这顺滑的栏杆对面,另一部电梯正对着我们运动着,但不是与我们前进的方向相同的,而是向上的。人那么多,每个人都微笑着。有的人向着我们挥手,有的人向我们问好,可是我们哪会有时间关注他们,我们早已完全沉溺在自己的视野里了。

我们再一次着陆在地板上了。周围的一切是多么好看呀!外面还在下着冰冷的雨,但是在这里……

我原来曾听说过人们谈起过一个擅长说故事的老奶奶:她在自己的故乡生活了一生,而如今把她带来莫斯科,她瞧见了电车、汽车、飞机,附近的人们充满信心地以为所有这一切必定会让她吃惊。可是她却没有,她早早就把这一切当成是理所应该的了,她早早明白了童话中神奇的飞毯、千里飞鞋,等等,她认为她看见的所有这一切仅仅只是童话变成现实而已。

没有比这个故事更适合形容孩子们在地铁里的表现了。在他们的脸上所浮现出来的神情是称赞,而不是吃惊,似乎他们如今是亲眼所见他们一直以来所熟悉所喜爱的童话里的场景一般。

我们走到了站台前。忽然,月台的尽头,在这条不明亮的隧道里发出了隆隆声,而且越来越响,那里有两只火眼发着光,再过一瞬,一辆列车缓缓地在月台停靠下来了。车厢不算短、很宽敞、也很明亮,在巨型玻璃窗下,画着红线。车门开了,我们便走了进去坐下,车就开了起来。不,并不是开起来,而是飞驶而去了!

舒拉靠在车窗前,开始计算着窗外晃过去的路灯,然后他又转身向我说:

"你不需要害怕,地下铁路是不会出问题的。《少先真理报》上也提及过这件事。这里配备了自动停车机和灯光信号,人们给它起了一个别称叫做'电气守望者'……"

我晓得,他所说这一番话不只是为了慰藉我,起码也有一点慰藉自己。

这整整一天我们游览遍了每一个车站。我们在每一站都下了车。乘着全自动电梯先升上去,然后又降下来。我们怎么看都不过瘾:捷尔任斯基车站上铺满了像蜂巢一样规整的、顺滑的花色瓷砖,共青团广场宏伟的地下宫,银色的、金色的、棕色的各种颜色的大理石,全都如此奇特美妙。

"妈妈,你看! 这儿真真正正是修建了红门!"舒拉指着"红门"车站墙壁上所摆放的模型叫喊道。

我和卓娅完全被"苏维埃宫"车站那光芒万丈的柱体征服了。在顶点它们和天花板结合为一体,如同巨大的、奇特的在那绽放着的百合花。我从没想到过石头能拥有如此的柔韧性,并能向四周放射出那么多光来!

一个长着黑色眼睛和圆圆脸的男孩和我站在一起(卓娅瞧见我在听他解说时,她便告诉我这个男孩子是第一小队的小队长)。我立刻就认为他也是一个想探索这世界上每一件事物的孩子,能丝毫不差地记住每次读过的东西。

他说:"现在这里所用的大理石全部都是从全国各地运送来的。这一块是来自克里米亚的大理石,这一块是来自卡列尔的大理石。基洛夫车站的载客电梯总长六十五米,来让我们算一下,我们从上面往下降一共要用多长时间!"

他和舒拉便立刻随着电梯上去了然后又降了下来。

"来,我们再看看一次降下能载多少人来!"舒拉提议。

他纹丝不动,全神贯注,紧皱眉头,不出声地默数着,数了一会儿。

"你数了多少人呀?一百五十?我数了一百八十,那么就按一百七十人计算吧,每小时载客一万人。一万人,真不得了!如果这台阶是固定的呢?那得多么拥挤呀!你们晓得修建这部载客运输电梯外国人开价要多少钱吗?"第一小队队长没有停顿。

"我记不清是多少了,只记得价格很昂贵,折合成咱们花的卢布得有上百万金,因此我们在考虑之后决定靠自己的双手来完成建设,首先在我们的工厂里把它建造完成,你们知道都有哪些工厂参与吗?有莫斯科的弗拉基米尔·伊里奇工厂,列宁格勒的基洛夫工厂,还有戈尔洛夫卡的工厂,克拉马托尔斯克的工厂……"

我们在傍晚时分回到了家里,我们三个基本全都累得站不住了,但是脑子里填满了美好的回忆。虽然之后过去了许多天,我们仍然在回忆着神奇的地下世界。

过了不久,大家对地铁已经见怪不怪了。随处可见人们说"我去坐地铁""我们约在地铁车站见吧"。后来,每次晚上在看见地铁站进口处那盏闪耀着红光的字母"M"霓虹灯,总会令我会想起我和孩子们那一次参观地铁的日子。

夏令营的篝火

每逢暑假来临,卓娅和舒拉按常理来说都是到少年先锋队举办的夏令营去。他们从那里给我写来的那些兴致勃勃的信告知我:他们如何去林子里收集浆果,如何在水流湍急的河里游泳,如何习得射击技巧。记着有一回舒拉还给我寄来了他射击用的靶子。他骄傲地写道:"你看我学得快不快!虽然我不是把每一颗子弹都射到了靶心,但这并不要紧,最要紧的是集中程度高就可以了。你瞧瞧,它们每个之间都紧紧凑在一块了!"而在所有的来信中他都有提到:"妈妈,快来吧,来瞧瞧我们是怎么生活的。"

有一回,我周日的一大早便到他们的夏令营去了,晚上坐最后一班车到家的。孩子们不肯放我回去,他们要带我去他们的夏令营参观,让我了解他们在那里的全部事业都可以自己经营:种植着黄瓜和西红柿的畦垄,花坛,秋千和排球场。舒拉老是盼望着自己能到那个稍大一些的男孩子住的白色帐篷里去,因为年龄小的孩子只能住在屋子里,这让舒拉非常犯愁。

"舒拉一点儿都不尊重自己!"卓娅对舒拉的做法持反对意见,她对我这样说,"维佳·奥尔洛夫住哪儿,他就想住哪儿去……"

维佳·奥尔洛夫是中队长。他是个身材魁梧、精神抖擞的男孩子,我们的舒拉对他基本上可以说是非常崇拜:维佳的排球打得比夏令营里任何一个人都要好,射击也比每个人都好,他游泳也是整个夏令营最好的,他还有不少其他的优点。不仅仅是舒拉一个,还有其他二十多个孩子也都如影随形地围着维佳转。而维佳也可以给所有喜欢他的孩子找到关键的工作。"你去报告值日员,就说可以吹响午饭号了!"他说道,或者:"唉,你去清理一下小路。你瞅瞅,这里都被弄得多脏了!"或者:"你负责去给花坛浇浇水。第三小队都舍不得浇水啦,这花都蔫了。"孩子们一得知他的指示,就一个个飞快地执行他交给的任务去了。

舒拉很希望我能和他在一起待久一点,因为我们分开很长时间了。家长一个月只可以来见自己的孩子一回,而他又不舍得离开维佳——明显他是维佳的得力助手之一。

他兴奋地说:"你知道吗,维佳每次射击的时候,都可以正中红心! 有的时候会有两颗子弹射在同一个地方! 也就是他教我如何射击的。要说游泳的话,蛙泳、仰泳、自由式他全都学得非常快!"

孩子们带我去了河边,我非常乐意地瞧着他们两个都可以游得很棒了。舒拉在我的眼前竭尽全力地"表演"了一遍:一动不动地浮在水面上时间非常长,然后再用单手游,最后手拿着"手榴弹"游。说正经的,对他这个刚满十岁的小男孩来说,真的很厉害了。

之后他们组织了赛跑,卓娅夺得了一百米的第一名:她跑起来很轻快,也很愉快,就好像是严厉的裁判员和加油助威的观众群全都不存在一样,整个比赛像在游戏似的。

天色逐渐暗了下来,舒拉最兴奋的时刻来临了。

"舒拉！科斯莫杰米扬斯基！"此时从后面传来了维佳·奥尔洛夫的声音。

还没赶上我回头看，坐在我旁边的舒拉，如同被风刮跑了似的，不见了踪影。

舒拉是这里年龄最小的孩子之一，但是在夏令营里却被委任了负责营火的任务。

我们以前在白杨村生活的时候，舒拉就已经从父亲那里学会了点营火，如今他早已熟能生巧：他收集了干透的树枝，而且会十分熟练地把那些树枝整个架起来，只有一点便着了起来，而且不一会儿就会烧得很旺。平常舒拉在我们家附近的地方偶尔会点起小一些的篝火，但和马上在夏令营广场上点起来的篝火比起来实在是小巫见大巫了。

舒拉聚精会神地在工作。此时此刻他早已把我在这里的事情抛在脑后了，把周围的一切都抛在脑后了。他搬过来干树枝并且安置好，随时准备添火时用。直到太阳完全落下山去，夏令营所有的孩子们都围坐在一起的时候，他遵照着维佳的指示信号点着了一根火柴。那些堆好的细小的干树枝立即顺从地着起来了，火苗以迅雷不及掩耳之势串遍了整个黑色的干柴堆，旺盛而光辉的篝火，驱散了围绕在我们周围的黑暗，并升腾起来了。

也许我早就该回去了，到夏令营来的家长也基本上都回去了。但是卓娅却紧紧地抓着我的手，重复着说：

"请你再等一下，再稍微坐一会儿。篝火多么棒啊！待一小会儿你就看到了。从这里到车站路程很近的，而且路又直。我们整个小队都会去送你，格里沙肯定也会同意的。"

于是我便继续留在了那里。我和夏令营所有的孩子们一块围着篝火坐成一圈。我时而瞧瞧篝火，时而瞧瞧孩子们幸福的脸。孩子们的脸在桃红色火焰的照射下闪着欢乐的颜色。

"今天我们聊些什么呢？"一个孩子们称之为格里沙队长的人说。

我立刻明白了：他们的营火晚会并没有什么特别的节目，他们只是聊天，酣畅淋漓地谈天说地，因为在这样的一个安静且温和的夏夜，那深蓝而透明的夜空正悄悄地在背后机灵地聆听着，人们的双眼都被这熊熊燃烧的篝火所吸引，那火焰就如同熔化之后的黄金，忽而又转化成为数不尽的火星,舞动着,舞动着,之后便消失在这深邃夜空里了——若此时此刻不畅谈一番,难道还要再待来日吗?

格里沙提议道:"我想,今天晚上我们请娜嘉的父亲来给我们讲……"

我并没有听到格里沙最后讲到了什么,孩子们的声音把他的声音完完全全给吞没了。"对啦,对啦!来给我们讲故事吧!我们请您!"从周围传来了这样的言语。那时候我看得出孩子们很喜欢讲故事的这个人,他们似乎已经很多次听过他讲故事了,但仍然盼望着他讲故事给他们听。

卓娅立马给我解释说:"他是娜嘉·瓦西列娃的父亲。他是一个很出色的人,妈妈!他曾经在夏伯阳的师团里工作过,还曾经身临列宁演讲的现场。"

于是我便听见了一个宽厚的声音说:"你们已经都听过我讲的那么多啦,你们肯定听腻了。"

"不!我们才听不腻呢!再讲一个给我们听吧!"

娜嘉的父亲弯了下腰向篝火靠近了一点点,这时候我瞧见了他的剃掉了头发的圆圆的脑袋,黝黑的脸颊,一双大手,那双手肯定非常有力气而且很和善。一个红旗勋章佩戴在他胸前,由于日子久了显得有些暗淡。修剪之后的略发微红的胡子并没有掩盖住他那憨态可掬的微笑,在稍稍褪色的浓密的眉毛下是一双富有穿透力且活跃的眼睛。

娜嘉的父亲是资质最老的共产主义青年团的成员之一。他曾亲临列宁在青年团第三次代表大会现场上的讲演。在他描述这件事时,周围一片寂静,连落下一片树叶的声音、火中干柴被烧断的声音,全都可以清楚得听见。

"弗拉基米尔·伊里奇并没有非常正式地给我们作报告。他跟我们如同朋友一般随便谈天,他当时让我们考虑一下我们完全意料之外的事情,如今我依稀记得他还问过我们:'现在最主要的事是什么?'我坐在那里一直等待着他的答案。我们每个在场的人都认为他会说:战争!击溃对手!因为当时正值1920年。我们大家那时候有的人穿着陆军外套,有的人穿着海军外套,手里握着枪。有的人是刚刚下前线的,有的人是第二天马上就要投入战斗的,可是他突然间说:'学习!最关键的是学习!'"

从娜嘉父亲的声音中我感觉到了亲切和吃惊,就像再一次经历那久远的一分钟似的。他讲述了那时二十岁左右的年轻人,为了完成列宁提出的命令,如何进学校抱起书本学习。他又讲述了列宁如何朴实和谦逊,如何跟代表们亲切地交谈,如何用最简单不过的话来诠释最难以解答的问题。他向大家表明了什么才是最珍贵的东西,让人们的热情高涨起来,充满活力,去为最困难的事业奋斗,开阔人们的视野,让他们看见最美满的东西,并且让他们看到人类的将来——为了人类延续的大义这个未来,就应该战斗和学习……

"弗拉基米尔·伊里奇说,如今十五岁的这一代人,未来是一定会看到共产主义建设起来的,而且要用自己的双手建设这个社会,最关键的是你们之中的每个人都要常常地,无论哪一天都要做好自己分内的事情,哪怕只是件小事,十分简单的事,都必须要做好,因为它也是伟大的共产主义事业之中的一部分。"

望着自己的孩子,我不止一次地考虑过:要是他们生活在我成长起来的那个万马齐喑的黑暗年代,那么他们的日子会过得怎样呢?所有的事情都会是那么艰辛,让我来教育他们那将是一件多么艰难的事呀?可是如今不仅仅是有我这个做母亲的从始至终在教育他们,还有学校,还有少年先锋队在教育他们,他们的所见所闻包括周围所有的东西都在指导他们。谁知道这小小营火的星星之火未来会成为什么样的火焰呀?这个认得夏伯阳并且亲临列宁讲话现场的人,在这个夜晚在孩子们的内心深处里栽下了什么样的思绪的种子和什么样的意愿呢?

他沉着镇定地从以前多年的光荣事迹中想起一件事便讲一件事,后来他突然说道:

"我们来一起唱歌吧!"

孩子们就像是从梦中一下子被惊醒一样,马上变得活跃起来了,然后便争先恐后地提出建议:

"《青春》!"

"《夏伯阳之歌》!"

> 风在吼,雨在啸,
> 暗中闪电在咆哮,
> 雷鸣一直不间断……

然后他们接着又唱起了少先队早期的歌：

> 欢腾如营火，夜色如湖蓝！
> 少先队员的我们是工人的儿女。
> 灿烂的时代就要到来了。

少先队的口号："时刻准备着！"

孩子们一曲接一曲地唱了许多歌。卓娅坐在我身边靠得很紧，而且时不时用高兴的目光看看我，就好像是在问我："你不后悔在这多待一会儿吧？你看多好呀！"

快到孩子们进行晚点名时，卓娅拉着舒拉的手说："到时间了，走吧！"

坐在我周围的其他的孩子们也相互说着悄悄话，一个个安静地从营火边离开了。我也打算站起来，但是卓娅悄悄地说："不，不，你不用站起来。这仅仅只是我们这个小队而已，等一下你就可以看到还有别的什么啦。"

等过了一小会儿之后每一个孩子都去排着队点名了。我跟在他们队伍的后面走，忽然听到有人在说：

"真不错！这是谁弄的？真漂亮呀！"

在队伍之中，在旗杆下面有一颗闪烁着光芒的特大五角星。我没有立刻弄清楚这到底是如何做出来的，但过了一会儿就听到了：

"那是用萤火虫拼起来的。你看，那些萤火虫还发着绿色的荧光呢！"

各小队的小队长报告时都说："今日一切安全有序。"他们降下了营旗，军号慢慢地吹起："睡——觉，回——帐——篷，睡——觉！"

卓娅和舒拉靠近了我，两人的表情都眉飞色舞的：

"那个大五角星是我们这个小队出主意弄的。说正经的，它不是蛮好看的嘛？妈妈，你知道吗？格里沙说不让我们去送你。刚好娜嘉的父亲也要坐火车回去，你和他同路，一块走就好了。"

我与孩子们道了别，就跟着娜嘉的父亲一块去了车站。从夏令营就可以朦朦胧胧地看到车站发出的灯光，道路确实很直，也不远。

我的同路同伴说："这些孩子多好啊！我是真心愿意和他们聊天，他们很愿意专心地听我讲……"

远处向我们传来一声机车的汽笛催促着我们,我们便急忙加快了行进的步伐。

　　篝火的光芒整个冬季都照耀着孩子们。他们常常想念起夏令营,想念那些围在篝火旁谈天说地的时光,还有那个他们用萤火虫制成的五角星,等等。这些宝贵的回忆在他们的日记里和作文里表现得淋漓尽致。

　　卓娅在 1935 年以"我的暑假"为题目的一篇作文里描述道:"在篝火周围思考些事情真不错,在篝火旁边说故事也很不错,唱歌也好听。在篝火晚会之后可以更深入地知道夏令营的生活多么美妙,而且更喜欢跟同学们团结友爱。"

日　　记

　　我们在儿时谁能没写过日记呢!连刚刚九岁的舒拉都写过日记。但是在我阅读他写的日记时不管怎样都会发笑。舒拉一般都是这么写:

　　"今天八点起的床。吃饱了,喝足了,就上街去玩了。刚出门就和小别佳打了一架。"或者:"今天起来了,吃饱了,喝足了,就上街去玩了。但是今天没跟任何人打架。"每篇日记不同的地方只有结尾:"和小别佳打架了""和小维佳打架了""没和任何人打架"。日记的其他部分简直就是一个模子刻出来的一样。

　　卓娅对写日记的心态和对处理其他的事物相同,是忠诚且严格的:她常常地记,而且事与事之间也描述得很具体。我至今还保留着她的 1936 年春天和夏天写的日记。

　　我已经提到过,在放暑假期间孩子们一向是去夏令营。他们在那过着有意思的、欢乐的生活。但是我很少有机会去看他们,所以我们又和平时一样,分开了就彼此惦记。因此我们很期盼暑假能去白杨村的外祖父外祖母那里。他们很早之前就给我来信了,我们多希望一块度过一个完整的暑期呀!在 1936 年我们的愿望终于成为现实了;从春天起我们就讨论着到白杨村去的事。我如今还保存着的就是卓娅从这段时间开始用不太厚的笔记本写的日记。

5 月 1 日——欢乐而幸福的节日!

早晨,七点半钟,妈妈一大早参加游行去了。今天天气很好,微风徐徐。我早上醒来,心情不错。很快便洗漱完毕,吃过早餐之后便来到电车站围观往红场前进的游行团队去了。在街上度过了整整一天,去商店买糖,在场地里跑跳玩耍、奔跑。之后没过多久下雨了,等到妈妈到家的时候,我们的小小儿童晚会便开始了,在晚会上还发放了赠品。

5 月 3 日。今天妈妈没去上班,我很开心。在班里的默写考试中,我得了"优秀",在语文和数学方面,我也都得的是"很好"。总之,这一天过得很不错。

5 月 12 日。早晨八点左右,我去商店采购牛奶和面包了。妈妈买回来了一个书架。房子里立刻就变得整洁和美观了。书架是木制的,很漂亮。我对它一见倾心。

我的情绪最近很是奇怪,我本来想上街去玩、跑、淘气。可是在天色暗下来的时候又开始分配那些种菜的地。我被分配到了我们窗前的那块地。我把我负责的地翻了。我希望妈妈买回来各种各样的种子——花花草草和蔬菜水果的种子,到时候我的小菜园子就一定是最漂亮的了!

5 月 24 日。明天就要考试了。今天清早是暖和清新的。妈妈吩咐了我应当去商店里买些什么,然后便去上班了。我起床后,把房子里打扫得干干净净,这时妈妈却突然回来了:她今天的工作很快就完成了。我们一块去买了些牛奶,之后又买了些煤油。我们愿意在一块去买东西。正值正午,天变得更热了,除了在像树阴这样的地方之外,在任何地方都待不住。我的"少先报"最新的一期已经送来了,我这样简称《少年先锋队真理报》。

没有时间看书,但是我能挤出时间看"少先报"。今天这报上提到罗斯托夫城的"少先宫"开张了,挺好的,在最棒的楼里,总共有八十个房间——愿意去哪里,就可以去哪里。那里有小玩具电话局。在另一间屋子里,只要一按电钮,就有两辆电车在转盘上运转起来。电车虽然是玩具,但是它和真的几乎一模一样。在"少年报"上还提到在少年宫里快修好一个小型地铁了,就像莫斯科的一样,只不过是小型的。到那时，还没来过莫斯科的孩子们终于可以看见地铁了。

当然，在"少先报"上写了很多考试相关的事。上边写着："你们在答题的时候一定要冷静，相信自已，头脑清晰！"考试！考试！……我只想着考试。我已然在复习功课，准备迎接考试。关键的是不可以害怕教员和列席的监考人员，那么在考试的时候，我肯定可以得到"很好"，最差不能低于"好"。

6月11日。啊，今天要宣布我们之前的考试成绩了，而且还要发奖……

我在八点半钟起床，之后便去参加了晨练。同学们的穿着都很整洁，几乎都穿着过节时穿的衣服。教务主任开始宣布成绩了，礼堂里很安静，在用红布遮盖着的桌子上堆放着很雅致的书，那些书都是预备发给成绩优异的学生的。一下子叫到了我：俄文和算术——我的成绩是"很好"，常识和地理——这两个是"好"。舒拉的成绩也不错。主任把我叫上去，奖励给我了一本最不错的书——《克雷洛夫的寓言故事》！

6月12日。十点三十分我和同学们一起去了佐耶夫公园。等到公共汽车一来，我们便乘坐着公共汽车走了。来到公园，我们先去看了那部拍得特别好的电影，《祖国在召唤》。之后我们在公园里漫步，从山坡上朝下溜着玩，去图书馆参观。之后我们吃了甜点，吃完甜点之后我们就回来了。

6月26日。从一早开始我就不愿意做什么事。妈妈昨天晚上工作到深夜。为了不打扰她睡觉，我就和舒拉上街溜达去了。虽然外面刮着小风，但阳光却很充足。水池里的水就像是刚挤出的新鲜牛奶一样暖和，清澈，宜人。沐浴完，我们就在草地上晒着。洗澡之后我们突然想吃酸的东西，我们便往园子去了。我从那采集了些酸海棠。

在八点左右的时候，我们的表哥斯拉瓦忽然来了。他年纪比我大五岁，可我们依然是朋友。我给他看了我们学校奖励给我的《克雷洛夫的寓言》，之后又给他瞧了舒拉的画册，他夸奖那些画画得不错。

这些天我总惦记着乡下，如今终于实现了。

7月2日。昨天收拾了一天行李，而且我们一宿都没睡。凌晨四点半我们（我、舒拉、斯拉瓦和妈妈）就前往电车站了。由于妈妈不能跟我们一块去,我心里未免有些不高兴,但是与此同时又因为回乡下去而高兴。我五年都没回到乡下去了!

我们在火车上坐了一天一宿。下火车之后我们便坐着马车往白杨村(这是我们村子的名称)前进了。我们抵达的时候,斯拉瓦上去敲门,听到外祖父说:"直接进来吧,门没锁!"他原本以为是那个拖拉机驾驶员瓦夏特卡来串门了。外祖母正有些肚子疼,我们回来了令她十分高兴,肚子一下子也不疼了,她做煎饼给我们吃,给我们喝酸牛奶和鲜牛奶。后来我去河里泡澡去了,也和村子里的其他女孩子们玩了会儿,晚上在农村阅览室碰到了我以前的好朋友:玛尼娅。这一天过得别提多好了:我们开心地玩闹,并且呼吸了新鲜空气。晚上便睡在厨房里的外祖父的床上了。

7月7日。我散步,奔跑着玩耍,帮助外祖母干活。我很愿意她交给我任务。我去看管鸡,不让它们啄麦子。我一天游三次泳,还要到图书馆去。我读了不少有意思的书:果戈理的《巡按使》,斯威夫特的《格列佛游记》,屠格涅夫的《草地》,还有许多其他的书。

外祖母给我们做了香喷喷的东西吃:鸡蛋,炸雏鸡,煎饼;我们在集市买回来的黄瓜,浆果——酸浆果,樱桃。但是有时也会有令人发愁的事。有一回(忘记是哪一天)舒拉把自己的外套弄丢了,我们满世界地找也没找到。

有时候我在河边玩得太晚了,外祖母就会生气。

7月15日。在没有什么事情可做的时候就会令人感到空虚和烦恼。在这里,在乡村里,一般无事可做的时候就会感到十分空虚,因此我准备多帮帮外祖母干活。我清早起床,一下子就在我的脑子里产生了这样的念头:擦地。我就很乐意地把它擦了。之后我又拿红绸子做了个发带给自己,很漂亮,并不差于我以前戴的那条浅蓝色的发带。

今天一整天都过得很充实,就是晚上外面打雷的声音很响,还下了些小雨。夜空中闪电交加。牲畜很害怕打雷,我们的小山羊被雷声吓得从羊群中间跑出来了,外祖母花费了相当大的力气才从别人家的菜园子里把它带回来。今天我给在莫斯科的妈妈和我的好友伊拉写了封信。

7月23日。今天我遇到了我的表姐尼娜,还有她的弟弟辽利克和她的母亲穿越麦地来了。

他们的家离得不太远——在卫里莫什卡村（距离白杨村大约三十六公里）。他们能来我们每个人都很开心。

7月26日。自从尼娜来了以后，我就很愉快。我们一起玩乐，闲聊，看书，说说笑笑。外祖母拿跳棋和"罗托"牌①给我们玩，我们就激烈地玩了起来。但是今天我和尼娜发生了一点矛盾，之后我们又和好如初了，我决定了，今后再也不和她吵架了。

7月30日。我们睡在走廊里。外祖母过来叫醒我和舒拉时，我们一下子想起了今天就要和尼娜、辽利克、安尼娅舅母道别了。他们就要回卫里莫什卡去了。马车驶来了。太阳缓缓地睁开蒙胧的睡眼向逐渐苏醒的大地照射着自己的光芒。

我们相互告别之后，他们就登上马车回去了。我十分舍不得他们走。

这天白天帮外祖母干了些活：包括熨衣服、挑水，等等。

7月31日。中午，天气真热。关于这酷暑，以至于传说着这样的话：河里流着的水就要在这周日沸腾了。

炎热逐渐消退，黄昏将至。我去赶山羊，一共五头母山羊：黄金虫，黑色海盗，公爵，猫头鹰，还有一只没起名字的——就叫山羊好了。

外祖母挤完它们的奶之后，我把这些鲜奶放到地窖中，我们便躺下睡了。

8月1日。我的辫子很小。可是我在回到这里之后外祖母就开始给我编那种紧绷绷的辫子，如今它逐渐地长长了。我的外祖母是很和善的。

太阳将要下山的时候我们收到了妈妈给我们的回信，信上提到妈妈得病了，可能会来这里。一听说她得病，我就很难过。她的病假从8月15日开始，到那时她就会到乡下这里来！

8月2日。今天外祖母把我留在家里，让我当了一回小女主人了，她把火炉生上火就出去。我可闯祸了：外祖母在锅里下了面条，而且嘱咐我在里面打个鸡蛋。我本想着把盛满面条的铁罐先放在凳

---

① "罗托"是一种牌名。玩法：每个人手持一张有许多号码的牌，按照被喊到的号码，将自己牌上一样的数字遮盖起来。先盖完的人获胜。

子上，可谁知是放在火铲子上了，铁罐一下子就翻了，面条全部洒在了外面！我飞快地收拾了地板，并且重新下了面条。

在黄昏时分我们和外祖母一起去洗澡了。传言说今天外面相当炎热，河水马上就要沸腾起来。这是假的。白天的确很热，但是河水也没有沸腾起来。

8月5日。今天我帮外祖母干了很多活：我擦洗了地板、窗子、板凳，熨衣裳和用粉子浆衣服。我很想念妈妈。

8月11日。这里下雨的时候很少，庄稼可别都旱死了！在外祖母的菜园里种着黄瓜、南瓜、香瓜、白菜、烟草、西红柿和麻，在农场里生长着土豆、南瓜和西红柿，唯独没种向日葵。外祖母不晓得我们要回来，所以就没有种。天气热死啦！强烈的热浪卷起尘土就往眼睛里送。

8月13日。正准备喝茶的时候我们收到了妈妈的来信。信上说她会在周六，也就是说明晚妈妈就会来了……看到这封信时我很高兴。很高兴她能回到这里来，虽然没有多长时间，但是终究可以歇一歇了。外祖父今天去了唐波夫镇。

8月15日。一大早我就听到了有人在轻轻地敲门。我，舒拉和外祖母马上就全都起来了。这肯定是妈妈来了，我们多么高兴呀！外祖母开始烙煎饼。妈妈带了礼物给我们，奥利娅姨母没能和妈妈一起来，可是她也捎来了不少礼物。

8月17日。我和妈妈、舒拉去了菜园子，在那里收获了一个南瓜和七个小香瓜（有拳头那么大）。因此外祖母做了南瓜粥给我们吃，今天还晒了南瓜子。

傍晚我和妈妈还有舒拉一块儿洗澡去了。这里多么美好哇！和妈妈在一块更是加倍的好！

8月19日。今天外面下起了小雨。外祖母给我搜集了各式各样的布头，我计划用这些布头给自己做一床小被子。

8月22日。今天是个阴天。我和舒拉两人都跟妈妈撒开娇了，我们以后再也不让妈妈生气了。

8月24日。早上起床后，外祖母送我了一个陈旧的带着色彩的盒子，外祖父送给我了一张他的相片。这些礼物让我十分高兴。我会把它们当成纪念品保存起来的。

我好怀念莫斯科。

游　戏

这的确是一个美妙的暑假,清朗的、自由自在的夏天!

卓娅和舒拉两人已经完全长成大孩子了,可是两个人仍然和五年前我从莫斯科回来接他们过去的时候一模一样,总是紧紧地跟在我身后,形影不离,好似我冷不丁一下就会突然失踪似的,或者说是丢下他们跑了似的。

我和他们一起度过的时间,我感觉把这些全部加起来就像是很漫长但很幸福的一整天一样。幸福日子一天天过去,也记不清有过什么特殊的事情了,唯独只有一件事让我记得很清楚,就像是昨天发生过的一样。

有一个游戏也许是斯拉瓦教孩子们的,也可能是他们从《少先真理报》上发现的这个游戏的简介。他们十分喜欢这个游戏,它名叫"白棍儿"。只能在晚上,太阳下山之后,深色的东西与地面混为一色,靠眼睛只能识别出光亮和白色的物件时才适合玩这个游戏。我的孩子和邻家的孩子分成两个小组,然后他们从这些孩子中间选出一名裁判员来。裁判员(他也是掷棍者)把白棍儿尽其所能地扔得特别远,每一个参与这个游戏的人都去寻找这根白棍儿。要是谁找到了谁就第一时间跑回裁判员身边把它交给裁判员。但是送棍儿这项任务必须高明地、暗中进行,不能让对手发现。找到棍儿的人把它传递给同队的队友,那个人再传给另一个队友,目的就是为了搅乱对手的线索,让对手猜不出棍儿究竟在谁的手里。如若你可以不被对手察觉,然后把棍儿交给裁判员的话,那么这一队就获得两分。如果被对手看到了那个拿着白棍儿的队员,并且捉住他,此时两队便各得一分。游戏会持续到两队中的其中一队首先获得十分为止。

卓娅和舒拉尤其喜欢这个游戏,他们为了让我了解这个游戏有多么有意思,几乎都要把我的耳朵震聋了。斯拉瓦还补充道:"这也是很有好处的。还能让人学会互相帮助、团结友爱,不是自私自利,而是团结一心。"

舒拉常当裁判员:他的力气很大,常常会把棍儿丢得又远,又高明,不容易被发现。有一回卓娅要求投掷一回棍儿。

"这不是小姑娘干得了的!"一个男孩子说。

"小姑娘干不了的事？喏，让我试试！"

卓娅拾起棍儿来，挥了挥手，丢出去了，结果棍儿却落得很近。卓娅的脸红了，紧咬嘴唇回家去了。

斯拉瓦在游戏结束之后和舒拉一同回家的时候问她："你怎么走了？"

卓娅不吱声。

"生气了吧？多余的。你不会丢嘛，让其他一个会丢的人当裁判员好了。和大家在一起玩也不用动气的呀，恰到好处的自尊心在这时候是能发挥出作用了，如果突破了限制，那就不太好了。"

卓娅依然没有吱声，第二天晚间在她像平常一样一起来玩这个游戏。孩子们都相当欢迎她，没有一个人提昨天发生的事。

我已经把这件事给忘掉了，但是有一次斯拉瓦进屋子之后我被他招呼出去了。我们走过房角，穿过栅栏。

"柳芭姑姑，你瞧！"斯拉瓦悄悄地说。

卓娅在离我们稍远的地方背朝着我们站着。我没能立即就瞧见她正在干些什么，她抢起一个东西，然后把它丢出去了，自己跟着就又去把那个东西捡了回来。这时我明白了，她拿的是一根不太大的木棍子。我们躲在树后，卓娅发现了我们的存在，可是我们在树后安静地看了她很长时间，看卓娅不知疲倦地一次次投掷木棍，再跑去捡回来，然后再重新丢出去。一开始她只是甩着手臂。之后整个身子都跟着前后摆动着，就像她自己也会跟着棍子一起飞出去一样，她把棍子投得一次比一次远。

我和斯拉瓦偷偷地离开了，没过多久卓娅也回来了。她累得气喘吁吁，头上流着汗水。卓娅洗了下脸就去缝缀了：那时她正用那些色彩斑斓的小布头儿自己缝小被子。我和斯拉瓦相互瞅了瞅，他就噗嗤一下子笑了出来。卓娅抬起头问道：

"你在笑什么呢？"

可是斯拉瓦也没做出任何解释。

我之后又连续两天在同一时间看到卓娅丢石块，或丢木棍。大概过了十天之后，在我们将要离开此处之前不久，我听到了卓娅对集中在我们门前的孩子们说：

"来吧，咱们一起玩'白棍儿'呀！可今天我要当裁判员！"

"你还不死心哪？"舒拉疑惑地说。

卓娅一声不响，甩起棍子就投出去了，只听到附近的孩子们惊讶地叫了一声：啊呀！棍子在空中划出一条完美的抛物线，然后便落到不知哪里去了。

"你这小丫头才隔了几天变得这么厉害了呀！"外祖父在吃晚饭时说，"丢棍子这件事对你来说算什么？也不是为了什么正事，单单只是为了争那一口气。"

卓娅刚想回答，可是被外祖母抢先了：

"俗话说：'不到黄河不死心。'"然后她又笑着补充道，"这样正合我意。不服输，非得争出这口气不可，你说对不对，外孙女？"

卓娅低着头吃着菜盘子里的菜，一言不发，然后她一下子笑了起来，也同样用谚语回答道（她真不愧为外祖母的外孙女）："水深鱼肥！"

围在桌前的人都笑了。

《牛虻》

春天到了，有时会吹来清新的卷带着土地气息的和风。呼吸一下春天的空气是多么美好的事呀！我预先走出了闷热的电车，到此处已经离家不远，我步行便可以到家。

春季的到来不仅仅让我一人变得愉快很多，这个时节可以看见路上行人面带微笑，他们的眼睛更雪亮，声音也更洪亮更活跃了。

"西班牙的军队在进攻科尔多巴的战役中似乎很顺利。"我的耳朵捕捉到了人们在谈论着的事情。

"在埃斯特马都尔省……"

是啊，现在每一个人心里和嘴上谈论的都是关于西班牙的事情，我们一家也不例外。伊巴露丽常说的那句"宁可壮烈地死，也不要苟且地生"的话早已传遍了全世界，深入到了每个正直的人的心里。

每天清早，卓娅一醒过来就会跑去信箱取今天的报纸：今天西班牙的战况如何？

舒拉呢？还没到十三岁。他还不可以立刻到马德里附近去，这是目前唯一一件使他闹心的事,每天晚上他老是重复这个问题:他看到报纸上提到,有一个女孩子在英勇地为共产主义的军队战斗着;或是他听无线电广播里提到,西班牙的某一个年轻人,他的父母反对他去前线,可他最终私自跑去了。其结果他还那么的英勇! 一颗敌军的炮弹炸毁了他们的战壕,摧毁了他们的反坦克武器。可是这个年轻人(他的名字是埃姆切里奥·科尔聂贺)从战壕里蹦了出来,抄起手榴弹便迎着坦克跑了上去,并且把手榴弹朝着坦克投了过去,手榴弹十分理想地在履带下面引爆了,坦克就在原地打起转来。这时其他人又抬来一整箱手榴弹,科尔聂贺便一个又一个地投了起来。没过多久第二辆坦克歪斜着就倒了下去,再过一会儿第三辆坦克也跟着翻了过去,其余敌军的坦克部队全部往回逃跑。你看,啊! 可仔细想起来似乎又没有比坦克更可怕的东西了。

"这个科尔聂贺今年多大呀?"我问。

"十七岁。"舒拉回答道。

"那你今年多大呀?"

对我来说,提这种问题出来未免太残酷啦。舒拉沉默地叹着气。

一次,我刚刚下班往回走,耳边洪亮的声音便一下子打断了我的思考,"妈妈,怎么回来得这么晚? 我们等着急啦!"这是卓娅的声音。

"没晚吧? 我答应了七点就回来的。"

"现在都已经差十分八点了,我已经开始担心你了。"卓娅挽住我的胳膊,调整了步伐,我们便肩并肩地走起来。她在这几年长大了不少;估计不久之后她就会长得和我一样高了。我马上就会有个这么大的女儿了,顿时我又感觉似乎哪里有些不对劲似的:她穿着的裙子有些短了,那件上身的绣花衬衫也变小了;是时候该考虑换件新的了。

自从 1931 年,也就是我接孩子们来莫斯科的那年以来,我们基本没怎么分开过。我们之间,虽然离开家的时间很短,也都说明了去哪里,也说明了过多久回来。我如果答应了孩子们在八点之前结束工作回家,我就会尽全力实现这个承诺。如果我中间被什么事耽搁了,如同今天这个样子,卓娅就肯定会担心,她就会来电车站接我,等着我回来。

要是舒拉到家之后没见到姐姐,他进家后的头一个问题就是:

"卓娅在哪呢? 她去哪儿了? 怎么这么久她还不回来呀?"

卓娅也是刚一迈进家门就问:"舒拉在哪呢?"

如果我比孩子们早回来些,在没听到楼道上的那些熟识的脚步声前,我心里也会有些不适应,总觉得不对劲。在春季,有的时候我会打开窗户,站在窗前,等着他们回来……就如同我正在看着:他们回来了,几乎永远在一块,热闹地聊着天。这时我内心立刻就变得温暖了。

卓娅从我手里慢慢地接过去皮夹和书包:

"你工作一天肯定累了,我来拿吧。"

我们慢慢地沿着回家的路走着,沿途观赏着春天修饰过的奇妙的傍晚,并且相互之间陈述着一天里发生过的事。

"你看报纸了没? 西班牙的儿童都被运到阿泰克①来了,"卓娅说,"法西斯的炮弹差点就炸沉了他们乘坐的那艘船,能瞧瞧这些获救的孩子们才好哪! 你想想啊,在经过袭击和灾祸之后,一下子来到了阿泰克! 现在那个地方好吗? 冷么?"

"那里现在应该不冷,4月以来在南部地区就基本全暖和起来了。玫瑰花也绽放了。你瞧瞧你自己,你这个在莫斯科的都被太阳晒成这样了,鼻子都蜕皮啦。"

"我们已经开始在学校附近种树了。今天在户外待了大半天,所以才被晒成这个样子。你知道么? 如今每个人都应当种棵树。我也许栽的是一棵杨树,我喜欢杨花漫天飞舞。杨树的味道也不错,对不对? 很清新很清新的,还有夹杂着一丁点苦涩的味儿……喏,咱们到家啦! 快去洗脸,我现在去热饭。"

我洗脸的时候,就算不看着卓娅我也晓得她在干什么。她在生炉子准备热菜,穿着布鞋悄悄地在房间里走着,飞快且灵活地在桌上摆放餐具。房间里很整洁,有些刚刚擦完地板的清新气味。在窗台上放着一个细高的玻璃杯,杯里插着两枝红柳,那些红柳上的芽苞好似带细毛的小蜜蜂睡在上面一般。

我们家能变得那么干净和舒服这些全部是卓娅的功劳。她担起全部家务:收拾,采购食品,冬天她还生火。当然舒拉也有一部分责任:他挑水,劈柴,采购煤油。可是他很不愿意干那些零零碎碎的琐事;他和其他的男孩子们相同,只愿意干"男子"的事,他明确了扫地、逛商店这些事情

---

① 阿泰克是苏联克里米亚海边的少先队夏令营。

是不适合他的，"这些事情是每个女子应该做的事。"

啊，舒拉也回来了！

屋门没有像平时一样被推开，而是夹杂着崩坏的巨响被强行打开了，舒拉默默地站在门口：脸上红扑扑的，两只手到胳膊肘都沾满了泥，在一只眼睛的下面，很遗憾，又是一块淤青。

"去踢球啦！"他兴奋地说，"晚上好，妈妈！你洗完脸了？你坐这里。我立马也去洗脸。"

他玩了很久的水，打喷嚏，同时沉溺在足球的话题中，如同世上除足球之外再没有别的东西了似的。

"什么时候开始做德文翻译呀？"卓娅问。

"吃完饭就翻译。"

我开始吃自己剩下的中饭，孩子们吃新鲜的晚饭。现在每次聊天的话题全脱不开校园，讨论着校园未来将是什么样。听了他们的对话我也明白了：孩子们计划把他们认识的所有植物全部栽种在自己的学校的周围。

"你怎么能说棕树养不活啊？《火星杂志》上刊登着照片的：棕树，附近全是积雪。这说明它们很抗冻嘛。"

"克里米亚的冬天怎能和我们这里的冬天比。"卓娅神态自如地反对了他的意见。然后她转过头来问我："妈妈，你带什么书回来了么？"

我悄悄地从书包里拿出了《牛虻》，卓娅高兴得脸都红了起来。

她说了一句"谢谢"，马上就不由自主地、小心翼翼地随便翻了翻，可是马上又随即放在旁边了。之后她很快收拾了饭桌上的残局，刷洗了碗筷，接着便坐下写作业了。

舒拉叹息了一下，发了一会儿牢骚（难道不能明天早上做么？），然后便和她坐一起了。

卓娅先从她认为最难办的数学起步。舒拉则翻开了德文书本，把数学排在了后面，因为他认为做数学题很轻松。

半小时过后舒拉啪的一下合上了书本，并呼啦一下子拉开了椅子：

"做完啦！剩下的数学题我明天早上再做。"

卓娅连头都不回，她早已全身心沉溺在书本中了。周围堆放着的是在她还小的时候她就要我给她带过来的《牛虻》。可是我也明白：卓娅在没完成学习之前绝不可能翻阅这本书。

我说："让我瞧瞧你的翻译,舒拉。嗯……难道这个是与格吗？来,你瞅瞅这个地方。"

"哎呀,是错了。"他说。

"唉。在这应该是'u'而不是'ü'。还有 Garden（花园）是个名词呀,怎么能用小字母开头呀？我发现了三处错误。请你全部再重新做一遍吧。"

舒拉向窗外张望着叹着气:他的伙伴们还在外面的台阶上等他出去玩哪。时间并不算晚,做完再出去也可以再玩一会呀。但这摆在面前的事实是个固执的东西:三处错误,这是完全没办法狡辩的！舒拉就叹着气再次在桌子前坐下了。

深夜我迷迷糊糊地醒了过来,发现房子里有些和平常不太一样。

事情正是这样:台灯还亮着,虽然用报纸遮盖着,卓娅两只手托着腮帮子,低头看着《牛虻》。脸上、手上,似乎书页上也是,全被卓娅的泪水弄湿了。

卓娅发觉我醒过来看着她的时候,她抬起头安静地含泪微笑了起来。我们相互什么也没说,可是我俩一下子都想起了卓娅曾经为难过我的话来了:"长这么大了,还哭！"

红衣少女

春季万里无云的晴天,映衬着暗褐色的树枝和鸥椋鸟的巢。在这幅画上再也找不到其他什么东西了。可是我对着这幅画看了很久,而且在内心深处如惊涛骇浪般地涌来心情的舒畅和对未来的期盼。在这幅画中不只画了树木,天空,鸟巢;在这还蕴含着更重要的东西:情感,思绪,洞察大自然及其对大自然的理解。如果少了这些东西,是不可能完成写生的。

在另一幅画当中,奔驰着的骏马,挥着战刃的勇猛骑士们。这幅画中的每一件事物都在你追我赶的行动当中……再一幅风景画是我们所熟知的齐米列捷夫公园内的那个周围生长着灌木的水池子。这一张画的是白杨村,在河岸边的草地上长着很高很新鲜的草,还有我们的欢快的小溪微波徐徐……

孩子们都出去了,家里只剩下我一个人,我把一本厚厚的舒拉的画册放在腿上翻看着。

舒拉画画的功力一年比一年好了。我们经常带他去特列嘉柯夫美术馆参观:我希望他能学到的不仅仅是绘画技巧,而且还需要熟悉和明白那些著名的写生作品。

我清楚地记得我们第一次到特列嘉柯夫美术馆参观的时候。我们慢慢地从一个厅进入另一厅。我给孩子们讲述那些曾激励了画家们的历史背景和传说。孩子们聆听着,并且不知疲倦地提问题。他们认为在这里看过的每一件作品都很好,都让他们为之惊叹。让卓娅惊讶的是乌鲁布列夫的画,女巫师的双眼一直在注视着她,她无论躲到哪里都是相同的。一对忧郁的、机敏的黑眼睛,全神贯注地把我们送了出来。

后来我们进入了谢罗夫画厅。舒拉靠近了《女孩和桃》就站在原地不动了。两颊稍稍发红的黑发女孩正思索地打量着我们。她的双手静静地放在白色的桌布上。在她身后的窗外,隐隐约约地能看到枝繁叶茂的大园子,有一棵活了近百年的菩提树生长在那里。几条布满野草的小路不知会通到何方仙境去。我们安静地在那站了很久,欣赏着这幅画。最后我缓缓地拍了一下舒拉的肩,并且小声说:

"咱们往前走吧。"

"再稍等一小会儿。"他回答得也很小声。

他有时就是这个样子:要是有什么东西深深地和富有活力地震撼了他,他就像被冻住了一样,动不起来了。在他儿时在西伯利亚生活的时候,四岁大的舒拉第一次进入真真正正的森林时就是如此,现在依然没变。我和儿子肩并肩地站着,看着画中那个沉静的、思索的、身穿桃红色衣服的女孩子,我在想:到底是哪里打动了舒拉呢? 他画出来的画一向是满载着活跃和喧闹的(如果可以说毛笔和铅笔也可以描绘出喧闹的话):奔驰着的马,飞速行驶着的列车,在天空中飞翔着的飞机。而且舒拉这个孩子本身也是一个比较淘气的孩子,他是一个热衷于足球的孩子,是那种爱好连跑带跳、喧喧闹闹的孩子。谢罗夫的这幅画着女孩子的画里到底有什么东西吸引着他呢? 在这幅画里很明显仅仅只存在一动不动的安静。为什么他只在这一幅画面前如此安静地纹丝不动？我以前从没见过他能像这样安静过……

那天后来我们就没再去看别的作品。我们一起回家了。舒拉在路上一直问我：谢罗夫是哪个年代的人？他什么时候开始绘画的？又是谁教他画画的呢？列宾吗？是画了那幅《查波洛什人》的画家吗？

这是很长时间前的事，那会儿舒拉才十周岁。由那时起，我们去特列嘉柯夫美术馆参观了许多次，同时我们也看到了不少谢罗夫的其他作品，也看到了苏里柯夫的作品：在别辽卓夫村中的忧郁的敏什柯夫，强势的苏瓦洛夫，莫罗佐娃夫人，还有列维唐的可人的风景画。总之，在那儿的每一幅画我们都看了。可也正是在看到了谢罗夫的女孩子作品之后，在舒拉画的画里也渐渐出现了风景画，而且他也是在那个时候初次尝试着画卓娅。

"请你稍稍坐一会儿，"他不习惯地和谐地要求姐姐坐下，"我尝试一下把你画下来。"

卓娅在那里安静地坐了很久，而且很耐心，几乎一动都不动。这是一幅用不太娴熟的手绘成的最早期的画像，总会有一些相像的角落。虽然只能看到一点点不太显著的特征，但是从画中展现出的卓娅的眼睛，那注视着的、严格的、深思着的眼睛……

翻阅着舒拉的画册，我在想：他长大之后究竟会成为一个什么样的人呢？

舒拉无可厚非地是一个很不错的数学家，他秉承了父亲的关于技术方面的爱好，他的手是灵活机敏的，动手能力又强：几乎什么都会做，无论他做什么，都可以做得很棒。他的愿望是成为一名工程师，我对此并不感觉十分奇怪。他自己的零用钱全部花在买杂志《科学与技术》上了，他不仅仅要把每一期都看完，并且还常常地照着杂志上说明的方法制作各式各样的东西。

无论舒拉做什么，总是热忱地、全身心投入地做。有一回，我去他们的学校里瞧他们自己栽培的园子去了。工作正进行得如火如荼：他们在耕地，栽种灌木和树苗，孩子们的欢呼雀跃响彻每个角落。卓娅累得脸发红，头发凌乱了，她放下铁锹歇一会儿，在远处朝我挥了挥手。舒拉和另一个比他个头魁梧些的男生在搬运土。用这样简陋的筐能装起这么多的一堆土,实在是令人感觉不可思议的事!

"小心点儿,舒拉,别累坏了!"一位身材很高、浅色头发的姑娘,第一眼看上去一定会认为她是一位运动员,她在他身后喊道。

我也听到舒拉稍稍放慢些脚步,高兴地回答说:

"才不会呢! 我外公对我说过:凭着良心干活不会让人感觉累。活计会让偷懒的人累弯腰,也会让勤劳的人越来越强壮!"

那天,在晚餐的时候,舒拉既像是说笑,又像是专心地说:

"妈妈,我毕业之后去齐米列捷夫卡①如何? 我在研究园子,耕地种地。你感觉怎么样?"

另外,舒拉想成为一个专业运动员。冬天他和卓娅一块滑冰、滑雪,他们夏天一起在齐米列捷夫的池子里游泳。舒拉很强壮:十三岁的孩子看着跟十五岁似的。他冬天用雪擦拭身体,春天比所有人都早地开始游泳,可在深秋时节,在最英勇的游泳家面对着水打冷战时,他才停下游泳。足球方面更没有什么可多说的:为了足球,舒拉可以忘掉所有,废寝忘食。

可是终究……终究舒拉貌似想成为一个画家的愿望最为真切。最近每一刻空闲的时候他都会花费在画画上。他从图书馆中借回来,同时也要求我得给他带回列宾、谢罗夫、苏里柯夫、列维唐等作家的传记。

他憧憬地说:"你晓得么,列宾九岁的时候便开始画画了,他的一生一天也没停歇过! 你只要仔细一想,啊! 天天都在画! 他的左手患着病,拿不住调色板的时候,他便把调色板绑在身上,仍然坚持工作。我真佩服他。"

翻看着舒拉的画本,我看到了公园里我们一家人最喜欢的长椅,以及离我们家很近的山楂树,在夏季酷热难耐的晚上舒拉喜欢躺在那些山楂树下。这是我们窗前的台阶,也就是他喜欢和小伙伴们玩完游戏之后在那里休息的地方。这是那片草地,也就是他们的球场。

现在的舒拉只是一味描绘西班牙:前所未有的蓝天,橄榄树的银色枝头,火红的山和被太阳晒得焦黑了、被战壕贯穿了、被炸弹炸飞了、被共和国战士的鲜血染红了的土地。在冬天特列嘉柯夫美术馆展出苏里柯夫画

---

① 齐米列捷夫卡是莫斯科郊区的农业研究院。

作时,舒拉去了那里好几次,我看也许是为了参观西班牙的水彩画:他如今更加喜爱苏里柯夫,好像是因为苏里柯夫曾经在西班牙旅行过,曾经看到过和描绘过那片处在远方的土地。

这又是什么呀？一个带有很多窗户的楼房的正前面,我好像在哪里见过。对了,这不是二○一学校嘛！附近是将来的园子:桦树、枫树、橡树还有棕树！

打　赌

卓娅和舒拉已经长成大孩子了。可有时,我却依然感觉他们俩还是没长大！

有一天晚上我睡过去得很快,可是在我熟睡的时候我感觉像有人推了我一下似的,突然醒了,我似乎听到有人拿小石头往窗户上丢似的,这是雨水如同打鼓似的敲击着窗户上的玻璃。我坐了起来,瞧见舒拉也坐在床上。

“卓娅去哪了呀？”我们俩异口同声。

卓娅的床上不见人。可就在此时,就像回答了我们的问题一样,在楼道上有放低的笑声和说话声,紧接着我们的房门便悄悄地被打开了,出现在门口的是卓娅和伊拉。伊拉是住在附近一所小房里的年龄和卓娅一样大的女孩子。

“你们到哪去了？你们从哪回来的呀？”

卓娅慢慢地脱下外套,并且把它挂了起来,之后又开始使劲向下脱那双湿透了的便鞋。

“你们究竟去哪儿了？”舒拉不禁发问。

伊拉已经被刺激到那种程度,虽然依然在笑,可是两颊还流下了泪珠。她开始解释。

晚间十点过后,卓娅跑过去敲她家的窗户。伊拉走出门来,卓娅向她描述说,她和其他女孩们打赌了,她们打赌说卓娅肯定不敢在现在这样的夜黑风高的夜晚里横穿整个齐米列捷夫公园，卓娅说："我怎么可能害怕。"于是她们便这么打了个赌：女孩们坐着电车来到了齐米列捷夫研究院车站，卓娅横越公园步行走到那里。卓娅说："我会在树上留下记号。"女孩子们说："就算你不做记号我们也全都信任你。"可是在最后一刻女孩子们害怕了，她们想说服卓娅取消打赌：外边又黑又冷，并且下起了小雨。

"可这么一弄反倒让她变得兴奋起来，"伊拉哭笑不得地描述着，"她就徒步进去了，我们都是乘着电车去的。我们一等再等她依旧不来。最后我们瞧见她出来了，她还在笑呢！"

我惊奇地瞧着卓娅。她依然安静地守在炉子边烤干她湿透了的袜子。

我说："你晓得么，我真没想到你能干出这种事来。都这么大了还那么……"

"迷糊？"卓娅含笑替我说完了。

"是，你谅解我这种话，可是这种事也确实不太明智！"

"要是我这么干的，那就肯定要……"舒拉不由自主地说。

伊拉紧接着告起状说："她还打算步行走回来呢！我们花了很大的力气才说服她和我们一起乘车回来。"

我一下子想起来说："伊拉也把衣服脱下来吧！快烤烤火吧，你也湿透啦！"

"不，我得先回家。妈妈在家里估计也会生气呀……"伊拉坦率地说。

当只剩下我们三个人的时候，我们停顿了一会儿。可是卓娅却兴奋地笑着，但却没说话，而是静静地在火炉旁烤火取暖。

舒拉终于开口了："好吧，这下打赌你胜利了。可是你赢到什么了？"

"哎，我还没有想到这方面呢！"卓娅答道，"我们仅仅只是打赌了，至于打赌赌什么，我们可没约定过。"在她脸上浮现出了天真烂漫的懊恼来。

舒拉喊道："你呀！哪怕惦记我一点也好。你就说，要是我赢了，你们就直接给舒拉买一个新足球也好嘛。没那个心，完全没惦念你亲弟弟的心！"他无奈地摇了摇头。然后他正经地补充道："但毕竟我都没想到是你干出来的这事。你怎么能想用这种办法证明你很勇敢呀？就算是我也知道这么做不对。"

"难道你以为我不晓得么？"卓娅反问道，"只是我非常想吓唬一下那些女孩子们。虽然在公园里徒步走着的是我,可最担惊受怕的却是她们!"

她笑了起来,我跟舒拉也不禁跟着她笑了。

丹娘·索罗玛哈

我很早以前便和孩子们一起处理家里的收支问题。

我记得,在 1937 年我们在储蓄所开了个银行账户,郑重其事地向账户内存入了最早的七十五卢布。每回我们在月底节省出多余的生活费时,基本全由卓娅把钱存到储蓄所去,有时甚至在节省下来的钱不多,仅仅只剩下十五到二十卢布时,也一样会存起来。

如今我们产生了一项新的额外支出,在银行里 159872 号存款账户,苏联人民把捐献给西班牙共和国妇女和儿童的钱全部汇存在这一账户名下。

我们本来想这么做。这个建议并不是我先想到的,而是由舒拉先提出的。他说:

"我和卓娅两个人可以减少一些在早点上的开销。"

我说:"不可以,早点的钱我们不能改。但是可以少看几次足球,而且这样做也很有好处。"

然后我们做出了一份生活必需品的清单:卓娅没有手套,舒拉的鞋子又穿坏了,我的橡胶鞋也坏了。除此之外,舒拉绘画需要的颜料也已经用完了,卓娅需要刺绣用的丝线。这时也许会有争论,孩子们向来号召先买我需要的必需品。

我们最值得炫耀的一项支出是买书。

进了书店,首先翻弄了一下那些堆放在柜台上的书,然后再从稍远的地方踮起脚尖站着,偏着头瞧着那些放在书架上紧紧挨在一起的书,翻看,再翻看,商量……在最后拿着一份包装好的,重量不轻的一大包书回到家。那是多么快乐的一件事呀!我们在书架子(它放在屋角,在卓娅的床头处)上摆上新书的那天,在我们的家里就像过节一样,我们不下几次地谈起那新买回来的书。新书我们轮流着看,有时在周日下午朗诵。

我们一起看过的书中,其中有一本叫《国内战争中的女性》的书,它是一本人物传略汇编。我清楚地记得,我正在缝补袜子,舒拉在画画,卓娅翻开了书正打算看。舒拉突然说:

"你最好别从一开始念。"

"那我怎么念呀?"卓娅很纳闷。

"这么着吧,你随便翻开一页,翻到哪儿我们就从那儿开始读。"

我不晓得他为什么想要这么做,可是我们就这么说定了。打开的那页刚好是《丹娘·索罗玛哈传略》。

我记得很清楚,那是由三个笔记本汇集起来的一些片断。第一个是乡村女老师丹娘·索罗玛哈的哥哥评述她,然后是一个男生评述她,在最后评述她的是她的小妹妹。

哥哥描述的是丹娘的儿时,讲述她是如何成长的,又是如何学习和爱好读书。在这有着这么一段,读到这段的时候卓娅稍稍停顿了下,然后看了看我,这是写关于丹娘阅读《牛虻》的那一段故事。丹娘在夜深之时看完了那本书,之后便对哥哥说:"你以为我不晓得我为何而生吗?我认为为了人民可以生活得更好,我可以把我的鲜血一滴滴地奉献出去。"

中学毕业后,丹娘去了一个库班的村子担任教员。在革命即将开始之际,她参与了布尔什维克的地下党。在内战期间她立志参军加入了赤卫军。

1918 年 11 月白军闯入了柯兹民斯克村,丹娘刚好因为伤寒在这村里养病。他们把患病的女孩子关进监狱,对她严刑拷打,逼她说出其他的同志。

格里沙·波罗文柯写的是关于他和其他那些曾经在丹娘那里上过课的学生如何跑进监狱,他们盼望着自己可以看见老师,然后给予她帮助。可当他们看见丹娘时,只见她被打得体无完肤,浑身是血,然后又被强行拖到院子里,放置在靠墙的地方。但让这些孩子们吃惊的是她那张从容不迫的脸:在那脸上没有惶恐,没有求情,而且没有那种遭受了酷刑而感觉疼痛的神情。她的眼睛瞪得很大,仔细地观察着聚集来的人群。

她突然举起了一只手清楚地大声说道:

"你们可以尽情地打我,你们也可以直接打死我,可苏维埃没有死,苏维埃依旧还存在。他们迟早会回来的。"

警察巡官拿枪管朝着丹娘打一下,直接打破了她的肩膀,喝醉了的哥萨克们全部拥上来打她踢她,用枪把子打她。刽子手巡官对她喊道:"我会让你求饶的!"丹娘擦了下脸上流淌着的血回答说:"你不需要等,我一个字也不会告诉你们。"

卓娅继续读,之后讲述的都是白匪如何天天对丹娘严刑拷打。由于丹娘没屈服,没求饶,而是英勇地面对着敌人的刽子手们,白匪们就如此对待她……

卓娅放下了书走到窗前久久没有回头。她很少会哭,因为她不想让人们看到她在流泪。

舒拉早已放下了手中的画册和颜料,他在此刻抱起书来继续朗读。拉亚·索罗玛哈讲述了姐姐的死。

"关于她临刑时的情景我晓得这些事:

11 月 7 日黎明哥萨克们全都拥进了监狱。

他们用枪托驱赶那些监狱里的人们。丹娘在门口转过头来向着那些留在监狱里的其他人说:

'同志们,永别了!'她的洪亮的从容的声音,早已在房间萦绕。'你的鲜血并不会白白地流下!苏维埃就要来到了!'

在一个寒风刺骨的早晨,白匪们在农场后面杀害了十八名同志。丹娘是这些同志中的最后一个。

她坚信着自己的信念,从始至终没向刽子手们低头。"

我还记得:在那天晚上被丹娘惊人的意志和她纯粹的形象所感动得痛哭流涕的,不仅仅是卓娅一个人。

第一次挣钱

有一天下午我的哥哥来探望我们了。在喝过下午茶而且和这两个不时想念着他的孩子们闲聊了一小会儿之后,他一下子沉默了下来,伸手把他带来的那个塞得满满的皮包取了过来,又意味深长地打量了一下我们。

我们立刻就明白了,这里肯定有什么十分重要的东西。

卓娅就问:"你包包里装着什么呀,谢尔盖舅舅?"

他没有立即就回答,他独自得意洋洋地对她挤眉弄眼,不紧不慢地打开皮包,然后从里面取出了一摞图案并且翻看着它们。我们都很有耐性地等待着。

后来谢尔盖终究还是说了:"就是以上这些图案,我需要把它们复制下来。你的绘画这门课程的学习成绩如何,舒拉?"

"他的成绩是'优秀'。"卓娅回答道。

"那么,舒拉,你来做这份工作吧。这是个好差事,是男子汉该干的事,你应该帮着家里。我给你带来了绘图工具,这份工具是我自己用过的,有些旧,当我还在大学念书时,它便开始为我服务了。如今它依旧很好用,没有问题。墨,我想,你应该有吧?"

"连誊写纸都有。"卓娅插嘴说道。

"那么这样的话就更好了!你过来些,我给你讲讲应该怎么做。其实这项工作并不困难,可是它要求高准确度和认真仔细,马虎涂鸦可不行。"

卓娅在舅父旁边坐下了。舒拉从始至终都在炉边站着,并没有要动的意思,也没吱声。谢尔盖瞄了他一眼,便继续低头看着图案开始说明。

我和我哥哥两人一下子就了解这是怎么回事了。原来舒拉的性格里有一个特征一直让我忐忑不安,那就是他十分固执。例如,舒拉喜欢音乐,而且他的听觉很好,他弹父亲的吉他已经很长时间了。可有时他却不能听一次就完全记住某一谱子。要是你对他说:"你弹错了,不是那么弹,应该这么弹。"舒拉听了之后就会很镇定地回答说:"可我感觉这样更好。"并继续按自己的意愿弹。他懂得我说的是正确的,在下一次他便改了回来,可就是当时不改。他有很顽固的习性:所有问题,不管是大是小,他都自主决定,任何人都别想给他出主意。他认为他自己是个成年人。他是男人,他自己明白一切,也可以领悟一切!

很明显是舒拉以为舅父提出的建议侵犯了他的独立性和全心全意保护着的自主性。当谢尔盖说明应该如何做的时候,舒拉在稍远的地方专注地听着,但是一声不吭。谢尔盖也没再往他在的那边看。

哥哥临走时,在大门口,并不是专门对着某人说:

"一周之后我就需要这些图案。"

在他离开之后，卓娅便翻开了物理学的书本。我和平常一样，判着学生的作业。舒拉则开始看一本小书。屋子里安静了一会儿，卓娅站了起来，伸了个懒腰，摇晃了下头（这是她的习惯——用敏捷的动作掀起常常落在额头和右眉毛上的一绺黑发）。我明白她已经做完作业了。

"该动手开工啦，"她说，"我们基本上可以用两个晚上的时间弄完它。不是么，妈妈?"她把图案摊放在了桌子上。

舒拉合上了书，瞭了姐姐一眼，不乐意地说：

"你去接着读你的《大学》吧（那段时间卓娅正在读高尔基的自传三部曲），我的水平比你高。用不着你，我自己就能做完。"

可是卓娅没听进去。他们两人用哥哥带来的图案把整个桌子都要占满了，我只得把我的本子往桌边挪挪。孩子们不久就进入工作状态了。

卓娅此时此刻就如同平常在缝缝补补、做饭或收拾屋子一样，总之就像是在做着一种人不需要集中全部的注意力，而仅仅只需要动手和眼精确地工作似的，然后她便小声地唱了起来：

> 草原上的麦子，绿色的草，
> 宝石绿般的青草被风吹动了。
> 虽然雷鸣早已过去很久，
> 那些往事却没被忘掉，
> 它依然还在……

舒拉一开始安静地听着，后来他也小声地和她一起唱了起来，再过一会儿两人的歌声变得更大了……两人的声音已经相互融合在了一起，很清澈，很和谐。

他们唱了讲述一个在与强盗们英勇搏斗中献身了的哥萨克姑娘的歌，然后卓娅又开始唱我们全家都喜欢的另外一首歌，这首歌以前阿纳托利·彼得洛维奇也唱过：

> 广阔的第聂伯在哭诉，
> 狂风愤怒地卷起落叶，
> 它把参天的枝叶卷进了深谷，

掀起可怕的惊涛骇浪……

　　他们就这么一边唱歌,一边画图,我也半听不听地边听他们唱边批改作业,不能保证能听清歌词之中都有些什么,大概仅仅是歌曲调调和他们唱歌时的感情就让我感觉心里舒服得多。

　　一周之后舒拉把做完了的成果拿给了舅父,并且取了一叠新的图案美滋滋地回来了。

　　"他说:好! 一周之后给钱。你听到了吗,妈妈? 我和卓娅挣钱啦!"

　　"谢尔盖舅舅就没再提别的什么吗?"我问。

　　舒拉盯着我看了看,笑了起来:

　　"他还说了:'这样才对嘛,舒拉老弟!'"

　　又过了一周,一大早我睡醒的时候看到在床旁边的凳子上摆放着两双袜子和一条很漂亮的绸白领子。这一定是孩子们用他们的第一桶金给我买回来的礼物,其余的钱都装在了信封里一起存放着。

　　如今,在下班回来的时候,我常常能走到楼道中就能听到我的孩子们在唱歌,此时我就明白了:他们一定又沉溺在制图工作的喜悦之中了。

薇拉·谢尔盖叶夫娜

　　在外人看来,我们的日子就像一直也没有任何亮点地枯燥地过着。今天的状况和昨天的相同:学校、工作。也许有时会去剧院或听一听音乐会,然后接着依旧是学习,读书,时间很少的休息,这就是所有了。但这实际上还没能包含得了一切。

　　在一个没成年的年轻人过的日子中,每过一个小时都是十分关键的。在他的面前会不停地出现新的状况。他需要独立思索,他不能不假思索地随便接受任何一种存在于现状的东西。这所有的一切他都要重新思考和重新决策:什么才是好,什么才是坏? 什么是高尚、高贵,什么是卑劣、鄙贱? 什么才是真真正正的友情、忠诚、正直? 什么又是我赖以生存的目的? 我活着是否一点儿意义都没有? 生活中的每一分、每一秒都会在年轻人的内心深处不断地出现新的疑问,迫使他们寻求和思考问题的答案;每一件琐事,他都会十分机敏地和深切地感受着。

书本早已不仅仅是用来协助休息和解闷的道具了。不,它是我们的良师益友。卓娅在儿时曾经这么说过:"凡是书中提到的,那一定都是真谛。"但如今她却会花费很久的时间来反复思考每一本书,她在和书辩驳,读书时探索处理那些让她冲动的疑问的答案。

看完《丹娘·索罗玛哈传略》之后,我们一起又看了那个一生都忘不掉的、让一个少年读完之后都不得不产生深刻体会的那部讲保尔·柯察金的小说,那本讲述他的光辉事迹和美好人生的小说。它在我的孩子们的观念里留下了十分深刻的印象。

每读一本新书对他们来说都是一桩不小的事件。对于书中所陈述的所有,孩子们全部都把它们当成了鲜活的例子在现实生活辩论着;关于书中的主角他们就经常投入激烈的争辩当中,似爱似非难。

如果可以偶遇一本包含着才智的、包含着能力的、刚正个性的好书,对年轻人来说是具有重大意义的。因为若你偶遇了一个新人,也许他就可以改变你将来前进的道路,你人生的整个旅途。

学校在孩子们的生活中一向是非常重要的一部分。

他们尊敬自己的老师,他们说到教务处主任伊凡·阿列克谢维奇·亚泽夫的时候,特别表示尊敬。

"他是一个不错的人,又是一个正直的老师。"卓娅这样反复提到过很多次,"他是一个多棒的园林艺术家呀!大家都称呼他为米丘林。"

每当舒拉讲起数学课的经历时候那基本全都是愉快的,他提到尼柯莱·瓦希里耶维奇如何教会他们独立思考、研究,并说他无论何时都斥责那些不假思索或死记公式的人。

舒拉常常这样说:"哎,他可不喜欢死盯课本和鹦鹉学舌一样的人!可是要是让他看出来谁是真真正正地明白了,那可就是另当别论啦。虽然有时会出一些差错,可是他只是鼓励着我们说:'没事的,你别着急,再仔细想想。'确实,听到这些话脑子一下子就转起来了!"

卓娅和舒拉总是以十分热爱的口吻来评论他们的班主任叶卡特琳娜·米海依洛夫娜:

"她那样朴实、谦逊!她每次都在校长的面前为我们辩护。"

说正经的,我已经不仅仅是一次听说了,要是在班级里有的孩子闯了祸,犯了错,第一个站出来维护他的人一定是叶卡特琳娜·米海依洛夫娜。

她是教德文的老师。她给学生们上课时一向都很低调,可是在她讲课的时候班里的同学一定很安静。她对学生很仁慈,但是在班级里的这些孩子们当中没有一个会有粗心大意地对待她教授的那门功课的念头。她很喜欢孩子们,孩子们也以爱来报答她,这个状况可以保证在她上课时不会发生任何纪律问题,学生在她那一门功课的成绩方面也完全没有问题。

可是自薇拉·谢尔盖叶夫娜担任他们的班上的俄语和文学老师以来,在卓娅和舒拉的生活中就进入了一个新的层次。

卓娅和舒拉说话向来都要加以权衡,甚至在表现自己的思想感情时也会非常小心谨慎。随着他们一天天长大,他们的性格上的这一特征,就更加显著了,他们如同怕火一般地害怕自己说出不着边际的话。他们两个人全都不轻易表现出爱、温馨、欢乐、暴露和厌恶。对于孩子们这方面的感情,以至于他们的思绪,我根据他们的神情,根据他们的默不作声,或是根据卓娅在悲伤或焦急的时候怎么在屋子里反复地从一个角落踱到另一个角落,倒是能理解得不少。

有一天(卓娅十二岁时),有个男孩子在大街上,在我们的窗户下面虐待着一条小狗,他用石头打它,又拽它的尾巴,之后又拿一条吃剩下的肥肠放在它面前,在它刚要张嘴叨住这一美餐的时候,他立刻又把手上的肥肠撤了回去。这一切,卓娅在窗户里面全都看得清清楚楚,虽然那时已入深秋,她连大衣都没来得及穿上,就直接跑出去了。看那时候她脸上的表情,我真害怕她直接上去大喊着叱责那男孩子,甚至挥起拳头去打他。可是她并没嚷嚷,并且也没抢拳头。

"别闹啦!你太不正经了,你是个坏孩子。"卓娅走到台阶上如是说。

她并没有大嗓门地喊出来,但是却带着无尽蔑视的神情,以至于那个男孩子战战兢兢的一声不吭就狼狈不堪地晃着身子溜走了……

要是卓娅说哪个人:"他是个好人。"那确实就足够了。我就了解了,卓娅很尊重那个被她这样评价的人。

但是关于薇拉·谢尔盖叶夫娜，卓娅和舒拉却毫不避讳自己对她的钦佩之情。

　　"你要是晓得她是什么样的人哪！"卓娅重复着说。

　　"什么样的呀？她怎么能这样合你的意呀？"

　　"我简直说不出……不，我会说。你晓得吗？每当她走进了教室。开始上课，我们全都明白：她并不是因为工作安排才来给我们上课的。她本人的意愿是认为她所讲的内容很关键且富含趣味性。也看得出，她并不需要我们记下她讲过的所有内容，她仅仅只是希望我们能够独立思考以及理解。同学们说，她把文学作品中的主角交给我们，让我们来'剖析'。说真的，在她问：'你们这个主角怎么样？喜欢么？为什么？你们认为他应当如何做呢？'我们甚至等不到她把话说完，整个教室里的人就都来回答她的问题了：一会儿这个站起来，一会儿另一个又站起来……我们相互辩论、愤懑，在每个人都发表了自己的意见之后，她自己便开始讲话了。她那样平缓地、声音不大地讲，如同教室里完全没有三十人，而是仅仅只有三人一样。谁准确，谁差错，立刻就都明了了。我们多么希望她能把她讲述的东西都读出来呀！听过她的叙述之后再一次提起那本书便完全不同了，可以发现之前完完全全没发现到的东西。或者，我们如今是真正了解莫斯科了，仅仅因为这一点我们就应该向她道谢。她在上第一堂课时就问过我们：'你们去过托尔斯泰博物馆吗？去过奥斯坦基诺吗？'然后她便很生气地说：'嘿，就你们说自己是莫斯科人哪！'可是现在我们跟着她什么地方都一起去过了，参观过了所有的博物馆！每一回她都要我们反思一下那些新看见的东西。"

　　"说真的，她这个人真不错！"舒拉帮着她说。

　　他说这样附加情感的话依然显得有些拘谨，而且为遮住他的羞涩，或者说是为了让他的话听起来显得更加肯定，他每次称赞这位女老师的时候都是用成年人的语气来说，虽然他的声音还没有成型。但是从他的眼神和脸的表情当中则会清晰确切地表现出："她是个好人，非常好的人！"

　　可是，唯有在他们开始学习车尔尼雪夫斯基作品时，我才真真正正地了解到是什么唤醒了孩子们对文学、对作家、对历史的兴趣。

高 标 准

"您的女儿在读专科吗?"有一天我提着卓娅写的清单到图书馆里去借书的时候,一位女馆员这样问我。

书单子一向都是很长的,其中包含的图书种类也不少。就为准备写个关于巴黎公社的报告,卓娅什么书没读过啊!既有高深的历史著作,又有舶来品——法国诗人鲍狄埃和克列曼的作品。

她到底读了多少写 1812 年卫国战争的著作呀!卓娅甚至做着梦还在想着库图佐夫和巴格拉齐昂的名字和那些对战斗的描述,并且痴迷地背诵着《战争与和平》中的篇章。她在写关于伊里亚·木罗米次的报告时,给我开出了一张非常长的结束清单,有些书都是极其少见的,为了寻找这些书我踏破了各个图书馆的大门。

卓娅认真地钻研,寻找最深奥的参考书,研究事物的本体,把所有的精力都用在了需要研究的课题上,所有这一切我都不觉得奇怪。但是她似乎以前还从来没想这样把全身心都投入在研究一件事情上。遇见车尔尼雪夫斯基,这是卓娅人生中最关键的事件之一。

薇拉·谢尔盖叶夫娜把车尔尼雪夫斯基的传记介绍给了孩子们,放了学,回到家里,卓娅就果断地说:

"我想了解关于他的所有。你懂了吗,妈妈?在我的学校里仅仅只有一本《怎么办?》,麻烦你得问问,你们学校的图书馆里还有别的什么关于他的作品。我想要得到完整的传记、信札和与他同时代人的回忆录。我想了解他的一生。"

这仅仅是开头的几句话,可是我便不能再袖手旁观了。平时寡言少语的卓娅一下子变成了开朗的人了。很明显她想要把她的每一个思想,每一处发现,把她在思考读过的作品时所迸发出的每一个火星,都要拿来和我辩论。

一天,她给我瞧一本比较旧的车尔尼雪夫斯基的传记,说:"你瞧,这里在说他在大学期间除了学习并没有关心其他的事。可是,你再瞧瞧他在当时托他的表兄翻译的拉丁文的诗:'让公正夺取胜利吧,不然就毁灭这个世界吧!'难道这些全部都是巧合么?还有他写给裴频的信里提到:

'为自己的祖国和人民谋取永远的光辉和幸福,还有什么可以比这个更高尚的,更让人所热衷的事呢?'妈妈,我原本不想再来打扰你了,可是你再稍微听一些吧。这是日记里写到:'为了自己的理想夺得胜利,为了自由、平等、友好和幸福,为了消灭贫穷和犯罪,我丝毫不会吝惜生命!假设我确定我的理想是公正的,那么那一定会取得胜利,那么我并不会以我不能看见它们取得胜利的实现为遗憾,只要我坚定这个信念,哪怕我为此而死去,也会让我觉得非常甜蜜而不苦涩。'……你想想,既然如此,怎能说他除了学习之外不关心其他的事呢?"

自从卓娅开始读《怎么办?》之后便再也放不下了。她那样用心地读这本书,甚至在她懂事以来头一回忘记了在我到家之前给我热好午饭。她差点儿没看见我回到屋里来,她只是一瞬间抬起了头,用淡漠的眼睛瞧了瞧我,好似没认出是谁一样,之后便立刻又低下头一心一意地读书去了。我没去打搅她,于是自己生好了煤油炉子,把汤菜摆放在炉子上,然后又提起水桶往脸盆中倒水。此时卓娅才恍然大悟,她一下子蹦起来就把我手里的水桶给夺走了:

"你这是干什么,妈妈!让我来做!"

晚饭之后,舒拉睡着了,之后我也躺下睡了。醒来时,睁着眼躺了不一会儿,之后我就又睡了。之后便在深夜里醒来的时候,我发现卓娅仍然在读书。于是我便起来,轻轻地从她手里把书拿了过来,并且合上了它,放到了书架上,卓娅用歉意和祈求的目光看了看我。

我就对她说道:"开着灯我睡不好,明天可还要早起呢。"我晓得唯有这样才能够说服她。

一大早舒拉又不禁开始挑逗起姐姐来:

"你晓得么,妈妈,昨天她从学校一回来就直接钻到书里去了,双眼里只有读书,其他的什么都看不见,听不到。我估计她都快像拉贺米托夫那样顶着钉子睡觉了!"

卓娅当时并没有吱声,可是她下午放学时从学校借回了一本书,在那本书里曾经印证了季米特洛夫提到的拉贺米托夫的话,说俄罗斯作家的文学作品中的主角拉贺米托夫,在某一段时间也曾经是参与革命运动的年轻人,是保加利亚工人(指季米特洛夫本人)的好模范。季米特洛夫在年轻时代曾经如何努力让自己变成拉贺米托夫那样信念坚定的和受过训炼的人,也如同他那个样子把自己的个人生活贡献给伟大的事业——为解放被压迫的劳动者的斗争。

卓娅写了以"车尔尼雪夫斯基的生活"为题目的作文。她又一次不断地反复读起了参考书,不厌其烦地搜索新的资料,而且有的时候她竟然搜集到不少我也不曾了解的事情。

对于车尔尼雪夫斯基的被剥夺了公民权和伪斩示众这件事,卓娅描述得很简明扼要,但却很生动形象。她用极少的语言描述出了忧郁的、落雨的清晨和断头台,一个黑色的柱子被安置在台上面,并且柱子上吊挂着锁链和一块黑色牌子,上边白白的大字写着:"国事犯",这块木牌就被牢牢地吊挂在了车尔尼雪夫斯基的脖颈之上了。

在那之后便是长达三个月的艰苦疲劳的长途跋涉,最后抵达了极其偏僻的放逐区域喀达亚。沙皇政府妄想让这支"违禁学说的璀璨光辉"在那里泯灭掉。

卓娅从另外一本书里发现的一张用黑墨描绘出来的画,更精确地说,是一个被流放的政治犯的手绘素描:画中呈现的是车尔尼雪夫斯基在放逐区曾经居住过的一间小房子。舒拉也不得不被卷入卓娅所沉溺的事之中了,他在他的本子上复写了这张素描,而且他还可以准确地发现并表达出这位作者画中想要表达的主要内容:笼罩着凄惨的边疆的苦闷,一丁点儿生机都不存在的大地,沼泽,荒沙,瘦小的矮树林,以及不少坟头上的十字架,这所有的一切似乎全被这阴霾的郁闷的天所压迫着,而那间小房子也如同承受着沉重的压迫一般,在它的墙壁内部很明显没有温馨、舒畅、快乐……

年复一年地,在孤寂中度过着漫长的、悲痛的、阴沉的时光。在这样的环境中,车尔尼雪夫斯基为他的妻儿写的信就显得是多么令人难以置信,在信里充满了温馨、明亮、亲情和爱。这些信要穿过黑夜,穿过雪地,在路途上耽搁好几个月。

冗长的七年就这么过去了。车尔尼雪夫斯基总算看到了即将恢复自由的曙光了。在这一刻他给妻子奥丽嘉·索克拉托夫娜写来一封怎样的信哪!

我最亲爱的挚友,我的快乐女神,我的心中唯一的爱和灵魂……

我在我们的结婚纪念日给你写来这封信。亲爱的,十分感谢你,因为我的生活有了你的存在而变得更加灿烂夺目……8月10日我就要刑满释放了,今后我对于你和孩子们来说就再也不是不可靠的人了。我想在入秋时也许会在伊尔库茨克,或伊尔库茨克周围安顿一下,到那时我就和以前一样工作了。所有这一切马上都要从现在的状况中得到改善了。由今秋开始……

　　他的每一句话都意味着他不久之后就可以与家人团圆和有望重逢。可是这并没有实现,他反倒又被流放到维吕斯克去了。那期间又是遥远的无休止的十三年孤寂生活。在那个地区严酷的寒冬长达半年之久,周围漫天尽是池沼和冰天雪地。这是最艰辛的服刑时期,并且他也丝毫没有被释放的希望。前途一片渺茫,只有孤独、黑夜和雪……

　　那时文尼柯夫上校就去了他那里,并且向他转告政府的意愿,如果他能写悔过书请求赦免他的罪行,立刻就可以让他恢复自由,重返故乡。

　　车尔尼雪夫斯基却回答道:"我应该请求政府赦免我犯下什么罪过呀?这的确是一个问题。我认为我被流放仅仅只是因为我的头脑和宪兵队长舒瓦洛夫的头脑结构不太一样,这个可以作为请求赦罪的理由么?谢谢您长途跋涉为我而来……但是拒绝写悔过书……"

　　时间又继续慢慢地流逝。生命日复一日,年复一年地过去。

　　他的智慧是机灵的、铿锵有力的,他渴望着工作和创新,并且如此擅长于预知将来!他的手是曾经撰写过呼吁全俄罗斯农民站起来反抗政府压迫统治的慷慨激昂的檄文的手。他的声音也曾呼吁赫尔岑,让他的《警钟》不传报喜音,而是呼吁俄罗斯拾起武器来反抗压迫统治。他把自己的一生只献给一件事,他人生中的目标只有一个——让那些受压迫人民重获自由。他曾经对自己的未婚妻说过:"我不是不向往自由,但是我选择可能会失去自由的道路是不无道理的。"可是这个人居然被判了刑。对他来说,不许工作便是最冷酷的刑罚。他连在朋友去世之前握一下他的手,仅仅和他说一句永别,都做不到。

　　涅克拉索夫就要不行了,这个消息对车尔尼雪夫斯基来说无疑是个残酷的打击。他写信给裴频说道:"如若在你收到这封信时涅克拉索夫还活着,你一定要替我转告给他,我曾了解到他是个好人而喜爱他,他对我的深情厚谊我表示感激,并且亲吻他,我坚信:他的光辉事迹会永垂不朽,他是我了解的所有俄罗斯诗人中最具才能、最高尚的诗人,俄罗斯对他的情感会持续到永远。我为他哭泣……"

这封信经过了漫长的三个月到达了裴频的手中,传到的时候,赶上了涅克拉索夫还在人世。临终前的涅克拉索夫恳求说:"请代我转告车尔尼雪夫斯基吧,我很感激他。现在我已经得到些许安慰了:他的话对我来说,比任何一个人的话都珍贵……"

二十年服刑和流放完毕之后,车尔尼雪夫斯基最终踏上了返乡的旅程。他匆匆忙忙,日以继夜,在这艰难的旅途中一刻也不停歇。最终,他抵达阿斯特拉罕。可是这对他来说无疑又是一个严酷的打击,车尔尼雪夫斯基丧失了一切工作的可能性:怎会有人在刊物上刊登"政治犯"的文章呢? 于是他又变得无所事事,附近满是沉默和空虚……

车尔尼雪夫斯基在逝世之前,曾和柯罗连科见过一次面。柯罗连科回忆起当时的情景说:"车尔尼雪夫斯基一向不允许任何人可怜他,他一向会相当好地克制自己,如果他需要忍耐苦楚(他不得不忍受难以忍受的痛苦),他每一次都会独自一人英勇地接受,不会告知其他任何人自己所受的苦楚。"

卓娅将自己的作文朗读给我们听。我和舒拉双双由衷地说:"真棒!"

舒拉在房间里揣摩着,又补充一句:"你知道吗? 我以后肯定要画一张特别大的画儿,那张画的名字就叫车尔尼雪夫斯基的假斩示众。"

卓娅不久就说道:"可赫尔岑就是这样叙述的,你要晓得,他写的是:难道就没有人为在羞耻柱前的车尔尼雪夫斯基画一幅画吗? 他说过这张画就会揭露……他怎么说来着? ……就会揭露把人民的意志吊挂在羞耻柱上羞辱的无知的恶人真正的嘴脸。"

舒拉刚待她的话讲完便跟着说:"我如今全看到了,我看到了那个姑娘投鲜花给他,我也看到了对他吼出'永别了!'的那位军官。我甚至还看到了车尔尼雪夫斯基本人……你要明白,就是在刽子手在他脖颈上的把剑碎裂了的那一刻。他们迫使车尔尼雪夫斯基跪下了,可他脸上的神情,你懂啊,立刻就明了了,他不妥协,并且永远也不会妥协!"第二天我刚一进家门舒拉就喊道:

"妈妈,薇拉·谢尔盖叶夫娜把卓娅叫起来考试了! 你想想看。问的问题刚刚好是车尔尼雪夫斯基的平生和活动！"

"那么她答得如何呢？"

"优秀！优秀！整个班里人，也包括我在内，都在聆听着，虽然我也像她一样很熟悉这些历史了哇！薇拉·谢尔盖叶夫娜非常满意。"

卓娅的作文评价一样是"优秀"。

"那是理所应该的分数啊！"我说。

"这还用说么！"舒拉回应了我的话。

大体看来，好像是作文获得了"优秀"便是卓娅完成的预期工作。可是事实并不是这样。晓得了车尔尼雪夫斯基，知道了他的宿命与他的作品，这一切对卓娅来说都具有相当大的意义。他的平生成为了她的言行举止和思绪的最高度量。这是她的文学和作文课的一次真真正正的总结。

化学的成绩是"优秀"

虽然卓娅的学习成绩很优异，但是有一些科目对她来说学得有些费劲。她在写数学和物理学作业的时候常常得做到夜深，可是她还一直不答应让舒拉来帮助她。有不少次是如此：舒拉的功课很早就已经做完了，可是卓娅依旧趴在桌子上。

"你在写什么哪？"

"代数。这个题不太好做。"

"来，让我给你瞧瞧。"

"不麻烦啦，我再想想吧。"

过去了半个小时，然后过去了一个钟头。

舒拉生气地说："我要睡觉去！答案我放在这了。你看着，我放在这了。"

卓娅并没有理睬他，舒拉遗憾地挥了挥手就去睡了。卓娅恐怕仍然要学很久。在困意上头的时候，她立即用冷水洗下脸，洗完之后照旧坐在桌旁。代数作业的答案触手可得，可是卓娅连看都不看。

第二天她的数学作业获得了"优秀"的成绩，这件事情并不让班里的其他人感到吃惊。可我和舒拉却明白她为了得到这些"优秀"所付出的是什么。

舒拉天资聪慧,对每一件新鲜事物都理解得很快,但是预习新知识时却经常粗心大意。有的时候他的成绩仅仅只得到了"中"。而每回"中"的评价都让卓娅痛心的水平远远超越弟弟本身。

"这些是你的职责,你知道吗?你没有权利不忠诚地对待自己的职务!"

舒拉先紧皱眉头垂头丧气地听她说教,之后他就忍不住了:

"你以为我不明白这些道理么?"

"如果你真明白,你就得用行动来证明!你不是刚看了两三页书就把它丢到一边了吗?既然你已经做了,你就该有始有终地做好它!等到那个时候你再说:明白。我讨厌这种敷衍了事的行为。那样真令人厌恶!"

"卓娅,你怎么这么愁眉不展的呀?"

"我的化学成绩得了个'优秀'。"卓娅稍有些失落地回答道。

我的脸上马上便浮现出了十分惊讶的神情,估计要是被舒拉见了以至又会忍不住哈哈大笑起来。

"成绩'优秀'倒让你为难了吗?"我问她。我实在有些不敢相信自己的所见所闻。

因为卓娅没吭声,舒拉便开始说道:"我直接把整件事都跟你说明了吧,你知道吗,她认为自己的化学成绩还不够'优秀'。"

在舒拉的语气里明显表现出不赞同。

卓娅双手托着脑袋,一堆不快乐的、黯淡无光的眼神从舒拉的身上又转到了我的身上来。

"本来就是的,"她说,"这个'优秀'的成绩让我一丁点儿都高兴不起来。我走来走去,左思右想,最后我靠近薇拉·亚历山大罗夫娜对她说:这一门课程我学得还不够'优秀'。可她抬头瞧瞧我便说:既然您这样说,那么就代表您以后一定可以学好这门课程。这次我先给您'优秀'评价就算是先'预付'给你吧。"

"她肯定是以为你是有意装模作样!"舒拉愤懑地说。

"不,她并没有这么想!"卓娅挺起胸来,但是她的脸上马上便红了。

很明显舒拉的话刺到了卓娅的软肋,我就支持着她说:"如果薇拉·亚历山大罗夫娜是公平和机敏的人,要是她真真正正多少了解一些自己教的学生,她就不应该这样想卓娅。"

那天晚上,在卓娅因为一些事情出门之后,舒拉又重新谈到了卓娅化学评分的问题。

"妈妈,今天我不是平白无故地说卓娅。"他十分正经地开始说。他靠着窗户站在窗前,两臂支撑着窗台的边缘,紧皱眉头,在双眉中间出现了愤懑的皱纹。

我不知其所以然地等着他的下文。

"你考虑一下,妈妈,有时候卓娅的做法真让人捉摸不透。就拿这个评分来说吧。班里不管是谁得到'优秀'的评价都只是单纯地高兴,没有一个人会再讨论这个评价是或不是应得的。化学老师打了分出来,不就完了么。不,卓娅也太过于严谨了!或许,你再看看,之前伯里卡·佛敏阔夫写的那篇作文。写得不错,很有才华。可他也晓得自己有什么毛病,他的文字里一向有不少文法上的错误。因此他在结尾写道:'我真的是不太喜欢一点点文法错误都没有的俄罗斯语言。'大家都笑了起来,可唯独卓娅指责了他。她说,这是他的指责,他的责任,在这里一点点开玩笑的余地都没有……"舒拉气愤地继续说道,"我生她的气是因为她原本也知道开玩笑啊,她也不讨厌说说笑笑啊,但在学校里,我认为,估计任何人都不会知道她是个会开玩笑的人吧。只要有人一搞鬼,嗯,就是调皮呀,"他瞅了眼我的眼神,就马上更正了,"但也不怎么严峻,仅仅只是一丁点儿,卓娅立马就开始训人。还有,还是昨天,你肯定想不到教室里吵闹得多么欢啊!凑巧那一节课是默写,一个女孩子凑过来只是想问问卓娅'经过'的'经'字怎么写,可是卓娅死活就是不告诉她。你瞧瞧,顽固不顽固啊!现在整个班里的人全部分成两派,眼瞅着就要打起来了,一部分人说卓娅不是好同学,还有另外一部分说卓娅是坚持原则的……"

"那么你说了什么呢?"

"我保持中立什么也没说。可你要明白,要我是她的话,我任何时候都不会拒绝同学的。"

我们两人都安静了一小会儿。

我便说了:"你听好,舒拉,在卓娅数学学得并不好,可是在你已经完成的时候,她让你帮过她的忙吗?"

"没,从来没有。"

"你还记得她那次解答难算的代数题,一直解到凌晨四点多,可毕竟是她自己做出来了啊?"

"我记得。"

"我认为像这样严格认真地对待自己的人,同样有权利严格地对待其他人。我明白,孩子们这么想:给人小提示,这是义不容辞的。想当初在我们的学校里这同样也是规矩呀。但是,这是旧的、不成方圆的规矩。因此我不能尊重那些依靠别人提示来完善自己的人。我尊敬卓娅,因为她会勇敢地直截了当地说出来。"

"这话当然是对的,有些同学也这么说过,说卓娅是一个正直的人,心里想着什么,便说什么。比如说别佳就这样说:'要是我不理解,她任何时候都可以给我作出明确的解释,从没拒绝过我,可是在考试过程中私下协助,那不是诚信。'但是,虽说如此,毕竟……"

"毕竟什么?"

"毕竟这也不是对待同学的办法啊!"

"你知道,舒拉,如果卓娅不去帮助同学,并且拒绝解释,这才真的不是对待同学的态度呢。可是在考试期间拒绝暗中协助,我认为这才应该是她对待同学的态度。这是坦诚的,耿直的态度。"

看来我的话并没劝服舒拉。他仍然在窗前站了许久,不读书。但是却翻着书,我知道,他在和自己较劲哪。

舒拉所说的话里面仍然有一些事情让我感觉不安。

卓娅原本是一个活泼开朗的女孩子。她乐意看戏,如果她没和我们在一起,而独自去观赏了什么戏,她总是带神情地细心地给我们描述,使我和舒拉一起听了也好像看了那出戏一样。从她常常体现出的严格当中,常常能流露出她父亲的幽默来,那时我们便回想起了各种各样的可笑的事,整个夜晚都在笑声中愉快地度过。有时卓娅正用着平常说话的口气说着,可是说着说着一下子就把声音和神情改变了……在这时她自己一向不笑,可是我和舒拉只要一认出她模仿的那个人,就真要笑到流泪了。

比如卓娅稍稍弯着腰,收了收嘴唇,说话正式地,时断时续地:

"我呀,我亲爱的,让我告诉你们吧,你们可不要怪我呀……你们年轻人,你们不信,可是,如果有猫在前面横穿马路,那肯定是有灾……"

在我们的面前一下子呈现出过去邻居家那个活生生的老太太的形象。

"对,对,这是阿库里娜·伯里索夫娜!"舒拉喊道。

或是,卓娅皱了皱眉,苛刻、生气地说:

"怎么乱七八糟的? 立即停下! 否则我就要采取措施了!"

我们笑着,并认出了这是白杨村小学的门卫。

我感觉幽默脱离她的时候非常少,她总会讲一些让人笑起来的话,而她自己却不笑。

卓娅非常好客。当谢尔盖舅舅,或是我的嫂嫂娥丽嘉,或是我的同事们来家里做客时,卓娅向来都奉承款待,必要客人品尝一下她做的吃的,她经常因为客人没空坐得太久而失望。我觉得她和成年人在一块的时候十分轻松愉快。

可在上学的时候,与同学们之间,卓娅常常孤僻得像个不擅长和人相处的人,就是此事让我不安。

有一次我问:"为什么你不和别的孩子交朋友啊?"

卓娅反驳道:"你不就是我的朋友吗? 舒拉不也是吗? 我和伊拉的关系也不错。"她消停了一会儿又笑着添加道,"反倒是舒拉,班里一大半人都是他的哥们儿。但是我不会那么做。"

独处的时候

"卓娅,写什么呢?"

"我随便写写。"

这就是说:卓娅在记日记。

一个布皮、方格纸的不薄的日记本。卓娅有的时候就会把它取来,记下一些事。

舒拉要求说:"让我瞧瞧!"

卓娅摇了摇头。

"算了吧,你!连自己的亲弟弟都不许看么?"

舒拉气愤的严肃的声音虽然是玩笑,可是在这个玩笑里却无心透露出了真正的委屈。

卓娅回答说:"亲弟弟来瞧瞧,看完就得笑啦,我晓得呀!"然后她悄悄地对我说:"你也可以看。"

这是一本非常古怪的日记,这本日记和卓娅十二岁时候写的日记一点儿都不一样。

她在这并没记述着哪些事情。有时候她只是写着几句话,有时候写一些从书上看到的话,有的时候是一些诗句。但还有一些人说的话在后面,在一些诗句的后面,我可以得知我的女儿想了些什么,显然她是被某种力量所打动了。

我在中间发现了这样一段:

"友谊,这就是所有,所有都相同!拥有相同的思绪,相同的志向,同甘共苦。书中有的时候写道,唯有个性相对的人才会成为好友,我认为这是不对的。这样说出来不太好,我看相同的地方越多越好。我倒盼望着能有一个这样的朋友,我可以把我的所有都托付给他。我和伊拉交朋友,但我总感觉她比我小,虽说我们一样大。"

在她的本子里也有记录着马雅柯夫斯基的句子:

但是对于我——

人们,

还有那些被欺负了的,——

你们对于我比什么都重要和亲近。

还有尼古拉·奥斯特洛夫斯基的话:

"人生最宝贵的东西是生命。人的生命只有一次。人的一生应当这样来度过:当他回忆往事时,不因虚度年华而后悔,也不因碌碌无为而愧疚。这样,在临死的时候,他就能够说:我已把我自己的整个生命和全部精力,都献给了世界上最壮丽的事业——为人类的解放而奋斗。"

还有这样的话(我不知道是属于卓娅的,还是她在什么地方读过的):

"谁不自命不凡,他就比他自己想的那样强得多。"

还有:

"尊重自己,但勿估价过高。不要把自己封在自己的壳里,不要有偏见。不要抱怨人们不尊敬你,不重视你。更多的修养,就有更多的信心。"

我带着古怪的和复杂的心情合上了她的日记本。这些篇页依然呈现出了卓娅其实还很幼稚的,还没有完全定型的,正在独自一人摸索着的思想,如同一个人寻觅着前进的道路一般,一开始走在正确的小径上,然后走岔了路,迷了途,最终又重归正途。这是一面清澈的大镜子,在这里反射着冷静的原则和内心深处的每一行动。

当时我便当机立断,今后不再翻看卓娅的日记了。让她独处自省,审视自己,检讨自己,在远离别人耳目(也包括母亲)的前提下多多思考一些问题,这对她的成长来说是有好处的。

我对卓娅说:"感谢你这么信任我,日记是属于你的,别人都无需读它。"

点评:

母亲逐一记录了两个孩子如何成长的历程,他们如何进入新的学校,如何和同学相处,如何学习,他们听寓言故事,读书、绘画,关心社会大事和新闻——"切留斯金"号,参观新鲜的社会事物——地铁,丰富的假期生活——参加夏令营,舒拉参观美术博物馆和卓娅跟女孩子们打赌这样琐碎零星的小事都完全记录下来了,精彩的生活给孩子带来了健全的人格。

导师的教诲

1938 年的夏天,卓娅计划申请加入共产主义青年团。那时,她一遍遍地阅读着手里那本章程,力求把它整个给背下来。舒拉瞧见姐姐就凑过去考她,考考她是否记下了全部内容。

就是在这个时候,有一件事让我记忆深刻。

一天,舒拉凑来对我说道:"妈妈,你来看,这报纸面都发黄,太旧啦!啊!——"他惊讶地说,"这还是 1924 年的报纸呢!妈妈,你瞧!"

这张《真理报》题头上明确印着 1924 年 1 月 30 日。我拿着报纸沉默不语,往事却清晰地呈现在我的脑子当中:2 月的一天,寒风砭骨,在村庄的阅览室里坐满了人,阿纳托利·彼得洛维奇在一片庄严宁静的气氛中,开始给村民们大声朗读着斯大林的宣言。

我问舒拉:"你从哪里找到的这张报纸?"

"妈妈,你忘了,你不是说过可以在爸爸的箱子里放本子的吗?我一开启箱子就瞧见了这张报纸了。于是我便把它拿出来了,嗯,就是它啰……"

"是啊,那时候我刻意将这份报纸保存好,我想,等以后卓娅长大了,好让她看看。那个时候卓娅还不到半岁呢。"

"照这么说,那这份报纸就是我的啰!"卓娅很高兴。她小心翼翼地把这张留下岁月的痕迹而且已经旧得发脆的报纸平铺在桌子上,然后便认真地看了起来。

舒拉在旁边插话道:"你直接大声读出来吧!"

于是屋子里便马上萦绕起很长时间以前就清晰记得的那些语句:

"我国被资产阶级国家重重包围,像一座巍然耸立的高峰。尽管不断地被惊涛骇浪冲击着,时时刻刻受到沉没和击垮的威胁,但这陡峭的高峰却一动不动,它何以有这般强大的力量呢?"

卓娅很早便熟知了这些话。但在她重新温习这番话时,好像产生了与以前大不相同的感觉:报纸焦黄的颜色是那早已悄然逝去时光的见证,这更使她机敏地获取到这些文字的强大力量。

卓娅逐字逐句地读道:"列宁同志,我们仅向您宣誓,我们一定会让您的远大理想化作光辉的现实!"

她第二天又从图书馆借到了斯大林同志的作品,那是他曾经在克里姆林军校学员毕业仪式上的报告。那时我对卓娅能够如此勤恳地阅读斯大林的作品,感到非常高兴。导师就像这样渐渐深入地渗透进一个十五岁女孩子的内心深处当中。斯大林同志简洁而公平的阐述和他所举出的事实确凿的例子,简明扼要,可以让所有人接受,他的任何一句话都可以送到即便是理论水平不足的那些最小的听众的心坎里。

由这张颜色早已变得焦黄的报纸牵引出了卓娅所阅读过的一张借书清单。我现在感觉想逐一说明这一长串书名非常难。斯大林同志于第十八次党代会上发表的报告,和第八次苏维埃特别代表会上作出的关于修改宪法草案的报告,卓娅都认真阅读过了,她十分急切地想要弄清楚这一切。她说："是啊,我现在全都了解了,我可以自己独立认真地解析这些难题了,弄清楚了这些,我认为这些书是多么亲近!"她原来给我看过的,那时候她记录在日记本上的一席话。这是巴比塞笔下的《斯大林》中的警句:

"在绛红色帷幕上,有一个和马克思、列宁并肩的侧面像——他为天下大众的事情操心劳力,他创造着现在和将来……他是你们每一个人的朋友。他废寝忘食地为所有的人工作,把最好的命运带给你。他是一个有着学者的思维、工人的脸庞、战士的装束的人。"

新　　人

秋季来临,学校已经开学。这时候舒拉对我说道:"妈妈,我明白了,现在每个同学对卓娅很恭敬。尤其是那些准备入共青团的同学总是去找她,请求她道:请给我讲讲,请给我讲讲,请告诉我这是什么意思嘛,请你解释一下。同时,团支部对她的评价也完全异乎寻常,说她为人诚恳,品学兼优,忠实,值得信赖……各种各样的修饰词汇全都用上了。讨论发展新团员的大会开得也很盛大。卓娅第一个站起来报告自传,接着由大家逐个向她发问。之后会议便开始研讨她的入团申请。参加会晤的同志都一致认为卓娅忠厚正直,并且说她是个好同志,可以及时完成领导布置给她的任务,又能专心致志帮助落后的同学。"

我印象中卓娅写自传的时候很发愁,因为所有自传她都只写了一点点。她不断反思:"从娘肚子里出生,长大一些后就上了学,念书……我都做了什么了,我怎么感觉我什么都没做啊!这自传哪有东西可写的。"

那天舒拉内心的澎湃,一点也不少于卓娅。我也记不得他什么时候还像这样激动过了。他在区委的门口等候着卓娅出来,因为当天下午需要开会讨论不少人入团,卓娅是接近最后才被叫了进去,因此她出来得比较晚。舒拉后来说:"那天真让我等得有些不耐烦了!"

事实上,我同样也相当着急。眼睛就一直没离开过窗外,一直在看着他们到底回来了没有。可逐渐地太阳落下了地平线,不久,窗外便一片黑暗,外面什么都看不到了。我急着走到屋外,向着孩子们回来的方向渐渐走了过去,刚走三两步,我就看到他们两个气喘吁吁地、高兴地、直冲冲地向我怀里扑了过来。

"讨论通过了!讨论通过了!所有的问题都回答出来了。"他们俩争先恐后地向我作报告。回到家,我发现卓娅的脸红彤彤的,双眼闪烁着愉悦的光。她立刻开始给我描述回答提问的相关情形。

"区委书记是个很年轻的人,一副愉悦的样子。他问了我一连串的问题。首先问了共青团是什么样的组织?接着问西班牙事件又是怎么回事,然后问我晓得的马克思的著作有哪些。我说我只看过他的那本《共产党宣言》的著作。之后他说:'你认为共青团章程里面哪些内容才是最关键的?'我考虑了一下便回答道:'最关键的就是每一位团员必须每时每刻都准备着为祖国贡献出自己的一切力量,哪怕必要时贡献出自己的生命。'我认为这是最关键的东西了。他接着说道:'很好,好好学习,然后时刻准备好去完成团组织交付给你的任务吧。'我认为这也是理所当然的,就说:'是呀,这是显而易见的呀。'就在那个时候,他突然伸手拉开了窗帘,指着夜空问我:'你看那里有什么?'我觉得有些古怪,回答道:'那里什么也没有啊!'他说:'你再好好看看,那里有不少星星啊!看见了吗?可是一开始你并没有注意到它们,它们不也是显而易见的吗?你应该记住一条:生活中遇到的所有大的好的事物,它们都是由不起眼的细小事物组成的,而且你必须要牢记这点!'他这些话说得很不错吧?"

"好!"我和舒拉异口同声。卓娅继续说下去:"后来,他又问我:'你阅读过列宁在共青团第三次全国代表大会上的那篇报告吗?''当然!'我答道:'你记得全吗?''我可以完全背出来。''如果你可以背出来,那请你说出你对于这篇报告印象最深的地方是什么。'我立刻脱口而出:'今天刚刚十四五岁,但一二十年后,就会在共产主义社会中迅速成长起来的这一代人,应该这样来树立自己的学习目标,这就是使他们不论在哪一个乡村,哪一座城市里,每天都能投身实践中,担负起公益劳动中的某种任务,哪怕是最微小的、最平凡的任务。'"

我说:"卓娅,你记得你第一次听到列宁在共青团第三次全国代表大会上讲的话是哪天吗?"我之所以这么提问她,是因为我猜她已经忘记了。可是我错了。卓娅竟直接脱口而出:

"是夏天，妈妈，是在夏令营的晚上大家围在篝火旁边讲的，你忘了吗?"

之后我们一起喝茶，卓娅却一直沉浸于入团的种种回忆当中。临睡前，她对我说:

"妈妈，我现在感觉我自己似乎改变了——变成了一个新人⋯⋯"

我带着慰藉的微笑着对她说:"那么卓娅，就让我们相互之间重新认识下吧。"从卓娅的眼神中流露出的表情来看，我明白了卓娅并不喜欢在这个时候开玩笑，于是郑重其事地说:"卓娅，我可以理解你。"

"始终如一"

如今回忆起卓娅、舒拉和他们的同学们受教育的历程当中，我看见了高尚的事业是怎样扬起他们青春的风帆，是那么生龙活虎和奇妙无比。正像赫尔岑所说的:"什么也比不上被极大地鼓动起来的为全人类谋幸福的热情那样使青春更加灿烂辉煌。"就是如此，这个世界上发生的所有大事，都和他们密切相关，他们把这些事情全部当成了自己本身的事情。

如今苏联正忙于巩固和建设，孩子们和我们的祖国一块成长。他们并不是旁观者，他们积极置身于周围正在进行的一切事情之中。比如刚刚建成的工厂，苏联学者们描绘的对未来的憧憬，人民艺术家在国际大赛中的优越成绩，这些当中的每一件事都成为了他们生活中的成分之一，都被他们视为与他们每个人的宿命都休戚相关的事。所有这一切对卓娅和舒拉来说也同样至关重要，非常贴近他们的日常生活。他们聚精会神地应对所有发生的新鲜事物，无论是在学校还是在家里，都在激烈地谈论着已经发生了的事情，而且再三地对它们进行一遍遍地思考，于是他们就从这积极的浓厚的环境中获得了教育和激励。

卓娅不只是纯粹地记住了区委书记所说过的那些话，而是通过仔细的理解之后被她深深地烙进了脑子里。书记在那一天——她变成新人那天所说的一字一句，似乎都成为了她生活上的准则和行动纲领。

正确而忠诚地执行自己的任务，是卓娅最让人感到惊讶和佩服之处，她全心全意地实施着上级派给她的每一个任务。她现在好像已经领悟到了，她现在所完成的每个细小的工作就是当年弗拉基米尔·伊里奇所说的那伟大共同事业之中的一小部分。

入团之后没过多久，卓娅就被评选为小组长。她立即起草了一份交给团员的任务布置表。"每一个人都应当去完成一项完整的社会工作，否则，还能叫哪门子团员呀！"为了把这个活动开展得更加行之有效，她私下调查了每个团员的兴趣爱好，和他们喜欢做什么工作。她在与他们交流的时候，她曾准确地说明："这样就可以把工作完成得更完美。"在开展活动之前，班里的每一个同学谁会什么，谁可以做什么，她早已胸有成竹。工作布置表时间安排得不短，内容写得细致而全面，譬如某人负责学习，某人负责体育，某人负责墙报……总之每个人都不可能无事可做。

那时卓娅和几个共青团员被安排到老彼得洛夫大道边上的一家房屋里教文盲妇女识字。

我对卓娅说："你真认真考虑过这件事吗？这事可不容易啊，难度不小。而且路途也不近，中途取消也不太好。""你在说什么呢！'取消！'我们既然扛起了这份担子，我们便不会放弃……"卓娅说话的时候，脸都憋红了。

第一个空闲的下午，卓娅便去了老彼得洛夫大道。回来之后她说她要教的那个学生是一丁点儿都不会读、不会写的中年妇女，不过她却非常想学会识字。卓娅对我说："你看，她都写不出自己的名字来！她家务很多，还要顺带照顾孩子，但是我依然坚信她可以学会。她也非常高兴地欢迎我，叫我做干女儿……"

卓娅去读了我的一本识字教学法，一直读到凌晨。她每周都要按时去两次学生家里完成教学计划，风雨无阻，不顾艰辛。

舒拉说："就算是发生了地震，她也一样会去的。就算是发生了火灾，她也会说，不能坑了她的学生里吉亚·伊凡诺夫娜。"舒拉的言外之意有时不免带有抱怨和挖苦的意思，但他却常常去接授课归来的卓娅。因为秋天的时候气候并不好，秋雨连绵，卓娅走昏暗又泥泞的道路回家实在让我们放不下心来。舒拉倒是很愿意去接送他的姐姐，也许是想让他的姐姐认为她的弟弟是可以支撑和维护她的人，是她生活的靠山，是整个家里面唯一的一个男子汉吧！

现在舒拉比卓娅高得多，显得强壮很多了。"你们看这边！"他很喜欢指着自己发达的肌肉一再炫耀似的说。

"真的，妈妈，你摸摸看，他这肌肉简直硬得像铁块一般！"卓娅也很自豪和高兴地说。

有一次，我带回了三张音乐学院大厅音乐会的入场券。这场音乐会的主题是柴可夫斯基的第五交响乐。卓娅十分喜爱这支交响乐曲，这支交响乐她听过不只一遍，可是如她所说每欣赏一遍都如同欣赏一支新的乐曲一般，常听常新。有一回，她对我说："越熟悉的音乐，越拥有感人的力量，这种体会，我已是经历数次了。"

音乐会的入场券令卓娅高兴了好一阵，可一下子她好像又有了什么心事忧郁了一下，接着像恍然想起了一件被她抛在脑后的什么事，习惯性地将食指放在嘴里微微地咬了起来。

"妈妈，这场音乐会是在周四呀！"她遗憾地说，"周四不是还要去里吉亚·伊凡诺夫娜那儿吗，那么我就不去听音乐会了啊！"

"你在胡说什么呢！"一旁的舒拉有些冲动了，"你少去一次天又塌不下来！"

"你这是说的什么话！不可以就是不可以，绝对不能让她白白等我一回。"

"那我就去告诉她，不让她等了。"舒拉说。

"不行，我不可以那样做！我要始终如一地做好这件事。既然答应了人家就不能说还找什么原因不去做的，她在等我去上课，而我却去听音乐？这怎么行！"

于是卓娅周四未能出席柴可夫斯基音乐欣赏会。

"好强的性格！实在太好强了！"舒拉不停地重复着，但就在他带着抱怨甚至带有气愤的批评声里，同时也伴随着他对姐姐由衷的钦敬。

新年祝词

1939 年的新年将至。

卓娅从学校回来便开始诉说她们班上的女孩子们正忙着相互致新年贺词的景象。她们要把写着对新一年的美好祝福的纸页烧掉,之后在除夕夜的最后一刻当克里姆林宫大钟到达十二点的时候,将烧完的纸灰吃到肚里。

"这真是异想天开呀!"舒拉大笑起来。

"吃,我估计咽不下去,"卓娅也笑了,"估计那个味道也肯定不怎么样,但是该念的还是得念。"

于是她从口袋里拿出一个包得挺严实的一个小纸包,打开纸包在里面发现一张写着字的纸条,她瞧着纸条并且大声地念道:"好卓娅,你别那么声色俱厉地批评别人。不要把所有都看得过分严重,应知道基本上每一个人都是自私自利的、阿谀奉承的、虚伪的,还有不少人是不值得信任的,他们的话你完全可以不用理睬。以上就是我的新年祝词。"

越念下去,卓娅就越紧皱眉头,念完之后她一下子把纸条摔到地上。

"要是这样去看待别人,那么我们现在这么活着还能有什么意义呢!"她确定无误地判断这份祝词不对劲。

卓娅一心准备着,要去出席新年的化装舞会。每个女孩子都打算穿上苏联富有民族特色的服装。我们为卓娅早已谋划很久了,看她到底化装成哪个民族的姑娘最好呢。

"就化装成乌克兰人吧,眼睛、眉毛都蛮像的,跟黑眉毛的乌克兰姑娘相比有多少不同之处啊?再加上绣花短袄、长裙子,要我看只缺少飘带与项珠儿了。"

后来,舒拉私下跟我说:"妈妈,给姐姐换双新鞋吧。我们班上的那些小姑娘基本全穿上了带跟儿的鞋了。虽然说跟儿不是很高,可也……"

我告诉他:"那是半高跟鞋。"

"对了。但是卓娅的穿着和男孩子有什么区别!"

"舒拉,这个月不可以了。"

"那就别给我买新衬衫啦。我穿着现在这件就足够了,帽子也不用换。"

"可是你的帽子早该换了。"

"可是,妈妈,我是男孩子呀。卓娅是女孩,而且卓娅早就是大姑娘了,这些对她来说更加重要!"

是呀,这些对卓娅来说的确很重要。曾想起,有一回我刚刚从外面进家,就看到了卓娅穿着我的衣服照着镜子,听到我的脚步声之后她飞快地转过身来。

"你看我漂亮吗?妈妈。"她问我,脸上显得稍稍有些害羞。

她平常很喜欢穿着我的衣服瞧瞧是不是合适,一件哪怕非常一般的新衣服都会让她感到十分高兴。她向来不会主动要求给自己买些什么,她一直都满足于我亲手为她制作出来的衣服。舒拉的观点很正确:这对她来说确实比较重要。

我们攒下了足够的钱,经过全家人一番激烈的讨论之后,终于让卓娅去买回了人生中第一双真正属于她的半高跟黑皮鞋。

新年化装舞会需要的衣服我们已经准备齐全了,而且项珠、飘带都不差。舒拉的衬衫也洗得干干净净,并且熨平,然后我给他佩了一条新领带。我把孩子们装扮得十分美观,一个个快快乐乐地去了学校。我站在窗前欣慰地望着他们离去的身影。

那是一个十分明亮和平静的夜晚,窗外,绒毛似的雪花飘飘洒洒。我知道我的孩子们穿过这恬静且布满雪花的夜空以后,马上就会全身心地投入那美丽而激情的青春狂欢之中。我真诚地盼望着即将向他们走来的这个新年,将是多么光辉灿烂,洋溢着希望和幸福……

直到天亮前,卓娅和舒拉才从学校回来。学校里举办了大型的音乐化装舞会,舒拉向我汇报:"舞直到跳到晕为止。"

"妈妈,你知道么,我们相互通信,有个人,老是给卓娅写信,夸她的眼睛多么多么漂亮。真的,真的!之后他诗兴大发,干脆直接吟起诗来,你听……"舒拉摆好姿势,忍住笑意,大声朗诵起来:

> "你妩媚的明眸我难以描绘,
> 我只知它令我停止了心跳!
> 你灵魂的深邃窈窕啊,

长长的睫毛下闪耀着光芒！”

我们三人顿时捧腹大笑。

冬季即将来临，我们了解到给卓娅的新年祝福的那个说人全部自私自利的、虚伪的、不可信任的姑娘，没有负责教妇女识字了。

“她对小组长讲：‘路那么远，学校这边施加的压力又大，我不能兼顾，你换个人去吧。’”卓娅对我陈述这些话的时候，她的眼神由于气愤变得那么郁闷：

“我真是理解不了这个人！你瞧瞧，本来应该是她负责的任务，现在却又把它不计后果地甩掉！她怎么不过脑子想一想，这样一来让大家的利益都受到了破坏，被害的何止她一个。这是哪门子共青团员呀！要是什么时候再遇到那位妇女哩，她还敢抬头看她吗？再说她又怎么对得起全班同学呢？”

整个冬季，卓娅没有缺过一次课。但在某个星期四她的确头疼得十分严重，为了不缺课，她硬是带病接着去上学，放学后依然坚持着去授课。

卓娅的学生学习的情况，我和舒拉每时每刻都了解得很详细。

“里吉亚·伊凡诺夫娜已经背下来了所有字母……”

“里吉亚·伊凡诺夫娜已经学会了一个音节接一个音节地发音了……”

“里吉亚·伊凡诺夫娜读起书来已经很流利了！”

“里吉亚·伊凡诺夫娜字也写得不错了。你还记着吗，她以前都写不出自己的名字呀。”最后卓娅向我们宣告她的胜利。

当天晚上，卓娅躺下了，她对我说：

“这一个星期以来我一直在想：最近都发生了哪些好事啊？于是我就马上就想到：里吉亚·伊凡诺夫娜能认字了。如今我才明白了为什么你会去当教师。这的确是件好事！”

病　魔

　　出乎所有人的意料,1940 年的秋季对我们一家人来说竟意味着一段悲痛的岁月……

　　那一天,卓娅正忙着擦地板。在她刚把拖布泡进水桶,低下头去的瞬间,她忽然就失去了知觉。我下班到家,发现她昏迷不醒地昏倒在地板上。舒拉差不多和我是同一时间进的家门,他马上跑出去叫来了救护车,把昏迷不醒的卓娅立即送到了伯特金医院,经过医生的初步诊断报告:是"脑膜炎"。

　　一块小石头足以激起万层浪,艰辛的日子降临到我们的头上。

　　在那些漫长的昼昼夜夜里,我和舒拉都在想一个问题:卓娅能顺利活下来吗？在她生命危急的时刻,卓娅的那位主治医生,总带着一种忧虑不安的表情和我交流,我心想,真怕是救不活了。

　　每天舒拉都要去不少次医院,一向快活外向的他神情一下子变得越来越烦闷起来。

　　卓娅的病情很严重。医生给她做了脊髓抽取手术,毋庸置疑这种手术既复杂又会令病人痛苦难言。有一回在这种手术过后,我和舒拉去医院探望她,护士谨慎地把我们打量了好一会儿之后说:

　　"过一会儿。"

　　我立马全身都凉了。

　　我忙问:"她怎么啦?"我想着我的声音肯定是布满恐惧,如果不是这样,医生怎会在这个时间出现在我跟前说:

　　"您这是怎么啦,怎么啦？一切都很稳定啊！只是我特别想见一见您,并没有别的什么意思,我只是想要告知您一切治疗都进行得十分顺利,用这个好消息安慰一下您。小姑娘忍耐力很强,她既不叫喊,也不呻吟,非常英勇,能坚毅地接受一切。"医生这时观察了一下舒拉,憨厚地问他:"你和你姐姐是一样的对吧?"

　　那天是头一回让我进到卓娅的病房里探病。她平平地在病床上躺着,抬不起头来。我紧靠着她坐下并且紧握住着她的手,不禁流下了泪水,自己却没有察觉到。

卓娅很吃力地小声地说道："妈妈,别哭了,你瞧瞧我这不是已经好一些了吗?"

的确,卓娅的状况在一天天地向好的方向发展,我和舒拉也放松了不少,似乎在这漫长的昼昼夜夜里压抑在我们心上的苦楚一下子得到了解脱。但与此同时,我们也感受到了前所未有的极大的倦意。在卓娅卧病在床的日子里,我们的疲倦是近些年来从没遇见过的。很长时间以来重压在我们肩上的巨大的担子好像是一下子就消失不见了,但我们现在还没有多少气力挺起胸膛,长叹一口气。

几天过去了,卓娅想要我们带点书来让她读。没过多长时间,医生当真同意了给她带书的这个请求。能读书了,那时卓娅十分真切地感觉到自己是如此的幸福。卓娅虽说可以阅读了,但是说话依旧很费力,而且容易累。

那个时候,我给她拿去医院的书有盖达尔的《蓝碗》和《鼓手的命运》。

"这是个多么美妙生动形象的故事呀!看上去那里面没什么特殊的地方,可就是放不下这本书!"卓娅对我倾诉着她读《蓝碗》的感受。

她的身体恢复得比较慢。一开始是医生只让她坐起来,过了很久之后才允许她下地行走。

她成了这间病房里所有病人的好朋友。有个中年妇女躺在离她很近的病床上,一天这位妇女对我说:

"要是哪年您女儿康复了要离开这儿了,我们大家都会舍不得她,她亲切地对待每一个人,即使是患病最严重的人,她也会去激励他与病魔作斗争。"

卓娅的主治医生也曾经不少次地戏言道:

"您让卓娅当我的女儿吧!柳鲍娃·奇莫菲耶夫娜。"

护士们也都很喜欢卓娅,她们总会带一些好看的图书来给她。医生呢,亲自为她送报纸。当她的病情好一些的时候,就会在房间里读报给其他病友听。

舒拉和卓娅姐弟俩很久没见过面了。当一天舒拉被允许进入卓娅的病房时,卓娅一看到弟弟立马就坐起来了,两颊马上变得绯红。和平时的感觉一样,进入了一群不熟悉的人当中,舒拉的表情也一下子变得不知所措,他瞄了卓娅周围的人一眼,脸红彤彤的,头上还冒出了汗,他急忙拿出手帕去擦拭,此时他在病房中间站着,有点惊慌失措。

卓娅叫着他:"来,过来呀,坐这边儿吧。跟我聊聊学校的情况吧,别不好意思。"然后她悄悄地告诉他:"没人盯着你。"

舒拉尽全力让自己镇定下来。这时卓娅迫切地问:"快说啊,学校里的情况如何了?"舒拉此时就从胸前的兜兜里掏出一本表面印着列宁像的小本本。卓娅在 1939 年 2 月也领到过相同的一个小本本。

卓娅一看到它便喊了起来:"团员证!"声音里满载着欢喜,"你也入团了?"

"就是为了给你一个惊喜,所以在此之前我都没告诉你。我知道你肯定会为我高兴的。"

舒拉说着,把置身其中的这个生疏的环境完全忘却了,于是乎把开会研讨他入团申请时的一些问题,跟姐姐娓娓道来,除此之外还有区委会和区委书记与他的交谈:"你是卓娅的弟弟?你的姐姐给我留下了很不错的印象,可别忘了替我向她问好!"

姐弟情深

舒拉在卓娅患病期间,外出招揽了很多绘图的工作。他经常工作到深夜,有时他在上学之前的清晨那一丁点儿时间,他也会充分利用拿来制图。工作暂时结束之后,他领取了报酬,可他这次并没像他以往做的那样立刻给我。我并没有问他,因为我实在是太了解他了,他早晚会向我倾诉他留下这笔钱的用处。果不其然,舒拉在到医院去接卓娅的头一天就对我坦白说:

"妈妈,我私自留下这些钱是想给姐姐做件新衣服。原本打算给卓娅挑一件比较像样的料子,可后来我感觉还是让她自己挑选好一些。让她买她自己喜欢的样式。"

到了医院,卓娅迎着我们走了过来。她脸色依旧憔悴煞白,但是眼睛却闪闪发亮。她上来抱了抱我和舒拉,舒拉立即环视了一下附近,带着几分惊恐的表情,好像生怕被人看见一样。卓娅在一旁敦促着:"走吧,走吧,我想立刻就回家!"久居病房的人害怕再让人给带回去。

我们走一段儿便歇上一会儿,缓慢地行进着,很怕把卓娅累坏了。卓娅一边走一边贪婪地环视着周围的景色。久居病房的患者看到一切都会认为是新鲜的事物。

她不时地抬头瞧瞧太阳,太阳闪耀着夺目的阳光,她眯着双眼,脸上浮现着浅笑的涟漪,脚踩在积雪上发出悦耳的声响,悬挂霜花的树木在道路两旁立着,空中好像有令人喜悦的晃眼的火花在闪烁。卓娅高兴得两颊略微发红。

回到家中,她慢慢地在室内走了一圈,所有东西对她而言都是如此亲切,她轻抚着自己的枕头、曾经使用过的桌子、用来装衣服的立柜,翻弄着书籍,对这些曾经使用的生活"伴侣"似乎需要重头打量、熟悉一番。

"这是送给你做新衣服的。"此时舒拉神情稳重似乎又有些害羞地靠近卓娅,同时递给她他手中的钱。

"谢谢你。"卓娅盛情地答道。

唯独这次她不和平时一样一提到给她买新衣服她便开始抱怨和反对,她的脸庞显示出一种纯正的巨大的喜悦。

"你现在应该马上躺下!你太累了。"舒拉的话夹带着命令一样地说道。卓娅也就立刻服从地躺下,思绪当中充满了愉悦。

为了卓娅可以早日康复,我曾尝试过让她去疗养院疗养一段时间。在忙活着给她领取去疗养院的疗养证的那几天里,卓娅一直在家里试图恢复她的正常学习生活,并没回到学校接受紧张的课程。

一天,我小心谨慎地对她说:"从目前的状况来说,还没到你刻苦的时候啊,我很希望你能留级一年。"

"那绝对不行!"卓娅急忙连摇了摇头,显得很固执。"等我疗养归来就要像野兽一般地刻苦用功,"因为谈话时脱口而出地说了一句舒拉的常用语,她笑了起来,"夏天我也要抓紧时间学习,一定要倍加努力追上去,要不然,就很可能比年小的弟弟毕业得晚。这可不行啊,绝对不行!"

卓娅是起死回生的女孩,因此比常人更加热爱生活。

她老是开心地不断地唱歌:对镜打扮时唱,打扫房间时唱,缝补衣物时唱,尤其喜欢唱贝多芬的《克列尔辛的小曲》:

笛声高飞,战鼓频催。

我心爱的人带领着前进的列队。

他全副武装,

将联队的千军万马指挥。

呵,我们的心在燃,

我们的血在沸!

呵,我也要去为祖国而战!

如果我能有一副甲胄头盔。

我将时时把他们追随,

看,敌人正在我们进攻下崩溃。

当一名勇敢的战士,

是多么光荣幸福,大壮军威!

卓娅响亮的歌声里,流露着她对生活的热爱,对无拘无束呼吸的向往。即使是像《山峰》这样忧郁的曲目,她唱起来也犹如含蓄着喜悦,弥漫着希望:

道路按下尘土,

树叶不再飞扬……

请你稍加等待。

养精蓄锐再上!

舒拉最近总是叫姐姐坐在窗台旁边,他正忙着给她画像。"你知道吗?"一次他沉思着道,"书上说过,苏里柯夫从儿时起就很喜爱关注别人的面容:双眼放在什么位置,如何构图面部的轮廓。他还做过这样的沉思:为何要这样安置才是最好看的?后来他想出了结论:面部一切的轮廓仅当彼此协调,相互和谐时,美感才会油然而生。你晓得么,一个人哪怕他的鼻孔是向上翻着的,颧骨是突出的,但要是它们相互之间相处都很协调的时候,那么,这张面孔也一定是漂亮的、好看的呢。"

卓娅不禁笑了起来:"你不是想要说我长了个翻鼻孔的鼻子吗?"

"才不是哩,我只是想说,你脸上的各个部分是协调的,彼此搭配得匀称自然,你瞧那额头,双眼,还有那嘴……"舒拉说话时,貌似有些害羞,一种不自然的温馨在他声音里显现出来。

作家盖达尔

　　不久后,卓娅便去了疗养院。疗养院坐落在美丽的索廓礼尼克公园里面,离我们的家很近,在最近的一个休息日,我就去探望她。

　　女儿一瞧见我便迎着我跑了上来,"妈妈!你知道谁还在这里疗养吗?"还没赶上我问候一声卓娅就向我喊了起来。

　　"是谁呀?"

　　"盖达尔!盖达尔!那个作家盖达尔!你看,说曹操曹操就到。"

　　跟随着她的手势,我看到一位瘦高个儿,肩膀很宽,长着一副平易近人、又略带几分稚气面孔的人,从公园那边向我们走了过来。

　　"阿尔喀基·彼得罗维奇!我向您引见一下,这位是我的妈妈。"卓娅向他喊道。

　　我和他握了握手,他的手强健有力,在他前面,我瞻仰了他那快乐而满载着笑意的双眼。我马上便认为,他其实正是我一直幻想中的《蓝碗》和《铁木儿》的作者的样子。

　　"很久以前,我和我的孩子们就阅读过了您的作品,"我开始和他说话,"那时,卓娅总是问我:写书的这个叔叔是个什么样的人,住在哪儿呢,可不可以见到他呢?"

　　"我是个最普通的人,居住在莫斯科,如今在索廓礼尼克做疗养,想见我其实很容易,卓娅不就是每天都能和我见面吗?"盖达尔微笑着像在一一回答卓娅儿时的提问。

　　没过多久,他有事被人叫到,他对着我们微笑了一下便走了。

　　卓娅带我一前一后地走在人们刚刚在雪上踩出的小径上,她说:"妈妈,你晓得我们认识时的情景吗?有一天我在园子里散步,突然之间看见一位身材魁梧的叔叔一个人在堆雪人,本来我并没有意识到是他,他自己也并不是在随便地堆,而是真的像小孩子那样专心致志很钟情地在堆,过了一会儿,他又走得远远地回头瞧一瞧,好像是在品评和欣赏他的'作品'一样……我当时不晓得从哪里来的那股勇气,直直地走到他面前说:'我认识您,您就是那位作家盖达尔。我读过您所写的所有作品。'他回答说:'我也认识您,也晓得您读过我写的所有的书:基谢辽夫的代数学,索可罗夫的物理学,还有雷伯金的三角学!'"

我为他的风趣而笑了起来。卓娅继续说:

"我们再向前走走,你能够在很近的地方看到他建造的整个堡垒。"

的确像个堡垒呢:在公园的幽深的地段,一字排开站着七个雪人。排在最前头的是一个当仁不让的雪人"巨人",由此排开的雪人越来越小,最小的一个雪人正坐在冰雪做成的帐篷中,在它前面的台子上,摆放着不少松果和鸟类的羽毛。

卓娅看了看笑了起来:"这些是敌人的碉堡,你瞧瞧,盖达尔用雪球当炮弹,正在向着它们发动攻击呢,大家也全部前来助战呢。"

"你也加入了吗?"

"当然加入! 有这么热闹的乐趣,想不来都不行啊,妈妈,你晓得吗,"说到这里,卓娅一下子打断了之前的话题,"我总在思索着,一个能写出这么优秀的作品的人,他自己也一定非常完美。如今我确实确信无疑了。"

盖达尔与卓娅成了不错的朋友。他们一块滑冰,一块滑雪,晚上一块唱歌,一块讨论阅读过的书,卓娅给他朗诵过自己喜爱的诗句。在我和盖达尔的再一次见面时,他无不称赞地说:"您的女儿十分擅长朗诵歌德的作品。"

后来,卓娅带着疑惑的表情对我说起:"妈妈,你晓得他听了我朗诵歌德的作品之后说了些什么吗? 他说:'落到地上来,落到地上来!'这些话都是什么意思呀?"

在即将从疗养院离开的时候,卓娅对我说过:

"妈妈,你晓得吗,我昨天向他请教了。我问:'阿尔喀基·彼得罗维奇,如何理解幸福啊! 可是有一点必须要提,那就是请您一定不要像回答秋克和盖克的问题那样回答我,说关于幸福嘛,一个人有一个人的观点,大家不是已经拥有了一个伟大的共同的幸福么?'彼得罗维奇认真地想了想,然后说:'即使有这样一种幸福,很多人真正地为它而生,为它奉献生命。但这种幸福还未曾很快地降临人间。'我当时说:'只要总有一天可以到来就可以了呀!'他说:'那是必须的。'"

几天后我就到疗养院来接卓娅回去,盖达尔前来送我们。当我们走到栅栏门口时,他和我们握手道别,并且送了一本书给卓娅。"这个送给你留作纪念吧,是我写的书。"他对卓娅附上这句时,脸上的神态显得很严肃。

书的封皮上，印着两个正在打架的男孩：一个瘦个子的孩子穿着天蓝色服装；另一个胖个子的孩子穿着灰色衣裳。他们便是秋克和盖克。卓娅非常高兴地接过书，但道谢的时候却又免不了有些腼腆。

我们走到门外，盖达尔向我们挥了挥手，并且一直站在那儿望着我们逐渐离开的身影。当我最后一次回头时，才发现他沿路缓缓地回去了。

卓娅一下子停下了脚步：

"妈妈，他也许写了些什么给我吧！"

我们放慢了步伐，卓娅充满期待踌躇不定似的翻开了书，扉页上清楚地写着我们所熟悉的一段话：

"幸福是什么？任何一个人都会有自己的看法。然而每个人基本上都清晰和明白：人应当耿直地活着，辛勤地工作，并且挚爱这个名为苏联的祖国，保卫她广阔而幸福的国土。"

"这是他在回复我以前问他的问题。"卓娅小声说道。

从疗养院回来没多久，卓娅便去上学了。关于我劝她留级一年的话，她反正是听不进去了。

学 友 们

有一次，卓娅若有所感地对我说："你晓得吗，妈妈，同学们都十分高兴我可以重返学校上课，他们对我实在是出奇的好……每个人都那么小心谨慎的，在我的病痊愈之后好像变成了一块易碎的玻璃，一碰就碎……"停顿了一下，她又补充上一句："的确，我能看到大家都那么衷心地欢迎我，心里真的高兴极了。"

一天，一位女孩子送卓娅回到家来，她的脸，圆圆的，两颊绯红，身体十分健康。常人称这样的女孩子为"熟透的苹果"。她便是卓娅的同班同学，叫卡嘉·安德列娃。

她和我握了握手，并且笑着说："您好！"

卓娅对我说："卡嘉是自告奋勇来帮助我做数学补习的。"

"为什么不让舒拉帮你补习,还要麻烦卡嘉呀!"

"您不了解呀,柳鲍娃·奇莫菲耶夫娜,"卡嘉正经地说,"舒拉的教学经验不足,而且卓娅耽误的课时又不少,必须一步一步地把这些学过的知识给她作详细的讲解,像舒拉那么教是肯定不行的。……我听过他的讲解:这道题应该这样,这样,三两句话就算讲完了。"

舒拉有些不服输:"既然我没那么强的教人能力,自然就……"

"你还是稍微消停点儿吧,不要斗气了!"卓娅打断他说下去。接着又说道:"舒拉的确做不出详细的教学,卡嘉教得真好……"

卡嘉的讲解确实很得体很透彻,速度适中,在明确卓娅已经熟练掌握学到的内容之前,坚决不往下讲。有一天我听见卓娅对她说:

"你竟然花费了这么长的时间在我身上……"

当时就遭到卡嘉的激烈驳斥:

"你怎么可以这么说,我给你补习,等于我自己也重新复习了一次,巩固了学到的知识,这不是件两全其美的事情吗?"

卓娅听了一段时间有些倦意,卡嘉观察到了,就放下书说道:"我稍微有点儿乏了,我们聊聊天吧。"

她们有时会到街上散一会儿步,然后再回来继续用功。

"你以后是不是打算当个老师呀?"一次舒拉不无挖苦意味地说。

"确实不错。"卡嘉的回答却很严肃。

除了卡嘉,伊娜也常常来探望我们,还有其他一帮男孩子:瓦尼亚·诺先柯夫,言谈谦和,性格矜持;别佳·西蒙诺夫,足球狂热者,性格外向,喜欢争论;敖列格·巴拉索夫,一位天庭饱满长相不错的男孩,老是显得超乎常人的开朗愉快;还有尤拉·布娄多,那是一个长得很高、面部表情稍带讥笑的同班男生。那时,我们的屋子总能被他们的欢声笑语所充满,只要女孩们一放下课本,屋子内顿时就变得热闹起来。

"你们晓得吗?现在主演安娜·卡列尼娜的不仅仅是塔拉索娃一个人了,除她以外还有耶兰斯卡亚也在演呢。"伊娜向大家汇报演出动态。她们立刻便开始了激烈的讨论,焦点是围绕在谁演安娜能更精确地表达原著的灵魂,可以更加深入地表现出托尔斯泰。

有一天,一直憧憬着做飞行员的敖列格到我家来串门,他是刚刚才看完关于齐卡洛夫的电影然后立马从电影院赶过来的,在他的脑子里满载着这部影片所呈现出的内容。

他重复着说:"这样才像个人呢,他不仅仅是一个不普通的飞行员,还是一个很神奇的人,而且为人又那么幽默。你们晓得吗? 1937 年在他飞越北极,抵达美国的时候,本地的记者采访他问道:'齐卡洛夫先生,你的生活很富足吗?'他答道:'当然,我有一亿七千万,还不富足么?'这让美国人十分的惊讶:'一亿七千万!? 是美元还是卢布?''是一亿七千万的人口,他们全部都为我劳作,就如同我为他们劳作一般。'齐卡洛夫从容冷静地回答他们。"

孩子们听到后全都捧腹大笑。

有一天,瓦尼亚朗诵了一首名为《将军》的诗篇,这首诗是赞扬在西班牙战场上战死沙场的将军马泰·扎尔克的。

我清楚地记得,那是一个夜晚,瓦尼亚坐在桌前,眼睛凝视着前方,陷入遐想,其他有的人坐在床上,还有的人坐在窗台上听他朗诵:

> 这是一个寒冷的山中的夜晚,
> 日夜侦察的他早已变得疲倦,
> 在跳动营火黄色的火焰上,
> 烤他那冰凉的手掌。
>
> 咖啡在壶中沸响,
> 疲倦的士兵已进入梦乡。
> 阿拉贡的桂树叶有些沉重,
> 在他头上沙沙作响。
>
> 将军突然感到,
> 这就是祖国——匈牙利的菩提。
> 那青绿油亮的叶片,
> 在他头上颤动展现……

瓦尼亚朗诵的声调很一般,一点儿也不激情澎湃,但是在场的所有人,从这浓缩着情感的诗句中都感觉到那颗神圣的心在激情跳动。瓦尼

亚的此刻眼光也变得异常的坚毅、刚强，有些焦虑，好像这位青年正在凝
视着夜色昏暗中的阿拉贡一样，带着他深深的肃穆和感慨的自豪。

　　很久以前他就告别了匈牙利，
　　但无论他走到哪里，
　　头顶永远是匈牙利的蓝天，
　　脚下永远是匈牙利的土地。

　　匈牙利的红旗，
　　在战场上召唤他努力。
　　无论他战斗在何方，
　　处处都是为了祖国匈牙利。

　　近来从莫斯科传来消息，
　　并从多人口中听得仔细，
　　在乌厄斯加战役中，
　　他被一块德国弹片拦击。

　　但我绝不能相信他的死，
　　他还应继续前进战斗不止，
　　应该在生前，
　　回到祖国的布达佩斯。

　　在西班牙的天空，
　　那时候还看得见德国的飞禽，
　　无论关于他死的书信或传闻，
　　全是假的，我们不要相信。

　　他还在，正在乌厄斯加战场，
　　疲惫的士兵们正进入梦乡，
　　阿拉贡的桂树叶有些沉重，

在他头上飒飒作响。

将军忽然感到，
这是祖国匈牙利的菩提，
它那碧绿油亮的叶片，
在他头上声声展现。

　　瓦尼亚默默无言，大家也都纹丝不动，没人说一句话。过去，我们为西班牙担忧过，在那些岁月里，"马德里""瓜达拉哈拉""乌厄斯加"，等等，每个地名都那么令人熟悉，如同是自己国家的名字一样，并且所有来自前线的讯息，都会使我们的呼吸急促。如今，犹如一阵暖流又将那时的这种紧张气息带到我们的面前，灼烧着我们的脸。

　　"啊——棒极了！"舒拉长长地吁了一口气。

　　很快的，各方面都出现了积极的反映。

　　"这是谁的诗呀？刊登在什么刊物上？"

　　"这是 1939 年创作的呢，是我近来在一本杂志上发现的。的确不错吧？"

　　"我们这就把它抄下来吧？"孩子们一块提议说。

　　瓦尼亚说："西班牙……在那之后没多长时间，巴黎沦陷了，这一次又是对我相同的沉重打击。"

　　"不错，我清晰地记着那一天……是在夏季，在送来新一期的报纸上刊登着：巴黎陷落。这是件多么可怕、可耻的事呀！……"卓娅继续说。

　　瓦尼亚又小声说道："我也记得那一天。法西斯们居然在巴黎街头大耍威风。德国人无情地把巴黎碾压在他们的铁蹄之下。这是曾经有过巴黎公社的巴黎啊，确实让人不敢相信，难以想象！"

　　别佳·西蒙诺夫声音很小但很厚重有力："我非常渴望能到那里去战斗！为巴黎奉献出我的最后一滴血！坚定不移地像我们的勇士在西班牙前线那样。"没有一个人对他的言辞表示惊讶。

　　舒拉叹了口气："我也原本有过这种想法：最初是想到西班牙去战斗，但是后来计划去芬兰打白匪，可是我一次又一次都没能把握住机会……"

　　听他们在交谈，我就心想：我的孩子们一直都在成长着呀！他们未来会成为什么样的人呢……

我和卓娅、舒拉的同学们就在那个冬季里变得相互熟悉了，并从他们身上辨别出了自己孩子的特点和性格。我想过，早该如此。家庭、学校全部都不是封闭起来的罐头。不管是在学校还是在家庭，孩子们都能真真切切地感受到令全国人民激动、担忧和高兴的事情，四周发生的每一件事都是用来教育孩子们的好素材。

如同以前有多少劳动者，埋没了多少优秀的发明家，而如今只要在实践中显现出才能的人均可出名。比如有位纺织女工就发明了一种新兴的做工方法，布匹的产量相比以往提高了数倍，而且美观又耐用，于是她马上便成为了全国纺织女工的模范，激励着她们进步。又比如说有一位驾驶拖拉机的女司机，因为她在劳动中表现出了独特的才能和优异的成绩，所以前一天还平凡如初，今天就成为全国人民都景仰的人民英雄。又比如说有一本小说，叫做《铁木儿和他的伙伴》，是最近出版的一本少儿读物，提倡正义、团结友爱，以及怎样关心朋友和尊重他人等。还有一部名为《巴黎的霞光》的新电影，主要是赞颂波兰爱国志士顿布罗夫斯基的：他曾勇敢地为法国人民和祖国人民的幸福生活，加入了巴黎的街垒战。这些书籍和影片，还有我们每一天发生在生活中的那些满载着优秀、正义、善良、勇敢的事物，都变成了我们的孩子们贪婪汲取的精神食粮。

我还发现我们的祖国对于我的孩子们和他们的小伙伴们毋庸置疑是无比珍重的东西，但全世界对于他们来说也是不可以被忽略的。对他们来说，法国并不是贝当和赖代尔的国度，而是司汤达和巴尔扎克的祖国，巴黎公社成员们的祖国；伟大的莎士比亚是英国人的先驱；杰克·伦敦、林肯、华盛顿、马克·吐温这些优秀的人物是美国人的先驱。即使他们早已了解德国法西斯对世界发动了极度疯狂的丧尽天良的侵略战争，侵略了法国，残害了捷克斯洛伐克、挪威，但对于他们来说，真实的德国并不是希特勒和戈培尔的，而是创作了那些伟大著作的海涅、贝多芬、歌德的祖国，是养育了伟大的马克思的国家，是战斗了一辈子的优秀的革命家台尔曼的祖国。孩子们接纳了热爱祖国的教育，同时也应当尊重别国的人民，和全球一切民族所发明的卓越文化和精神与物质的美好东西。

孩子们从自己周围美妙的事物中所接纳的教育，学校所教给他们的思维、品德和知识，全部在他们内心深处孕育着真正的人道主义精神，仁慈思想,渴望着创造而不是如何去破坏,向往着建设而不是摧毁。他们一定会有远大的前程,对此我深信不疑,相信他们未来都会幸福美满,他们的生活都会如同锦绣般绚丽和彩霞般灿烂。

春风送绿

时光一天天地流逝,卓娅已逐渐恢复健康,现在她已经健壮很多了,也不那么容易疲惫了,这对我们来说是十分重要的。她经过补课,成绩也逐渐追赶上了同学们,同时也是因为同学们全都向她伸出了援助之手。卓娅向来对于来自同学们的好话和友爱的话都极其敏感,因此她对同学们给予的帮助十分重视。

记得有一天她对我说:

"你晓得吗,我一向热爱我的学校,可如今……"她吞吞吐吐,不说话了,一种难以言表的对学校的挚爱之情全部展现在这短短的沉默之中。

过了一会儿,她又说道:

"你知道吗?尼娜·斯莫良诺娃似乎已成了我的朋友。"

"尼娜?你说的是哪个尼娜呀?"

"她和我不是同班的,是我同一年级的另一个班的。我们志同道合。她是个既坦诚又严格的人……我是一次很偶然的机会在图书馆和她讨论书和同学时熟悉起来的。我们在每一件事情上的看法基本一致,我以后一定会将她介绍给你好吧?"

说这话之后没过几天,我在大街上碰到了薇拉·谢尔盖叶夫娜。

"如何?我女儿在您那里如何?"我向她打探道。

"我这门课她没过多久便追上来了。这并不令人惊奇,她看过那么多的书……她的身体早已恢复健康,并且长得很强壮。我们都在为她高兴呢。我常常能见到她和同学们在一块,好像感觉她和尼娜成了不错的朋友。她们俩为人都很直率,生活态度,不管是对学习还是对人都非常严格,她们俩相似的地方还真是不少哩。"

我们边谈边走,悄无声息间便把薇拉·谢尔盖叶夫娜送到了学校。

我在回去的路上想："她的确很擅长了解孩子们,对孩子们之间出现的各种情形都了如指掌……"

光阴飞逝,不久,在人们还没有察觉到的时候,妩媚地穿着绿衣的春天就已经缓缓地到来了。我记不清那时九年级"甲"班到底犯了什么错,只清楚地记得他们全班学生都一块去向校长认错,并且请求校长不额外处罚他们,而是把校园中最难整治的一个部分交给他们,让他们来执行绿化的任务。

最终校长同意了这个提议,而且确实一丁点儿也没留情:把最难修整的地块交给了他们。那里刚刚修建完成了学校新盖的三层楼房。周围留下了不少建筑的砖头瓦砾、木屑等杂物。

那天卓娅和舒拉回来得都很晚。他俩争着向我汇报他们这一天的劳动成果。

用抬筐和铁锹配备起来的九年级"甲"班,一上手就优先着手打扫和平整路面,扫除了砖头瓦砾,并挖好了植树的坑。校长也一同来和学生们抬土送石挖坑。这时突然有一个瘦高个子的人来到孩子们之中。

"你们好!"他说。

"您好!"孩子们齐声回答。

"请你们告诉我,校长在哪呢?"

基里柯夫向陌生人转过身去,并且擦拭着沾满泥的双手说:"我就是校长。"

"你晓得吧,妈妈,"卓娅笑着说,"校长浑身带着泥土拿着铁锹站在那里,好像他是和学生们一块栽树的人中的一分子!"

那个高个子的人原来是一位儿童读物作者兼《真理报》的记者。当他了解到这位身穿斜领衫的正在挖土栽树的员工正是二〇一学校的校长,首先是惊讶,然后便笑了起来。虽然不知道他是为了什么事前来,但是他后来却不肯从那个地方离开了。学生们亲手种下的果树幼苗的园子,茂密的覆盆子秧子,蔷薇花丛,他都仔细地观察了一遍。

"棒极了! 如果你是在中年级的时候亲自在校园里栽下一棵苹果树,那么它将同你一起长大,你可以常常抽空跑去看它,为它松松土,给它除除虫。这样在你毕业的时候,你就会发现你栽下的树已开花结果了……真棒!"作家寻思地说着。

"真棒!"卓娅也陷入沉思地重复说着,"真棒!"

"我现在是九年级,今天种下一棵菩提树。它将和我一起长大……我栽的是第三棵。妈妈你记好,第四棵菩提树是卡嘉·安德列娃种的。"

过了几天,《真理报》上刊登了一篇关于二〇一学校九年级全校师生绿化校园的故事。这篇故事的末尾是这样写的:

青年学生们马上就要结束他们的学校生活。青年们在这里得到了最圆满的培育,已苗壮地成长起来,经得起天寒地冻和雨雪的严酷试炼。现在他们将要毕业离校,奔赴广阔的天地,去学习、去工作、或去为红军服务……

> 徐徐东风吹树梢,
> 青年们如绿树般喧闹,
> 这风声、这喧闹,
> 代表着春天已经来到!……

晚会　爱情

十年级毕业庆典在 6 月 21 日举行。九年级"甲"班计划全体参加。

舒拉说:"因为我们都十分喜欢我们的毕业班同学,他们都特别好,单单一个瓦尼亚·别雷赫就十分了不起了呀! 这是其一……"

没等他说完,卡嘉就继续补充了上来:"其二,是我们要瞧瞧他们到底如何办晚会,明年我们好举办得比他们的更好!"

确实,他们不单是作为客人、作为典礼参与者参加这个晚会的,并且准备和他们较量一下,计划一年之后,开出一个比以往任何一届都要灿烂无比的舞会。

他们使学校焕然一新。美术老师尼柯莱·伊凡诺维奇将他的特长发挥得淋漓尽致。他有着二〇一学校最引人注意和令人景仰的一双巧手。他一定会把学校装饰得典雅简朴,并且每逢新年、"五一"、十月革命节等这些重大节日之前,他定能构思出新颖独特、出类拔萃的格局来,孩子们也一直是他的指令的热心、高兴的执行者。

"我敢保证他这次的创意将比之前任何一次的都棒!"舒拉说。

那天晚上,天气清爽,气温适宜。我到家已经很晚了,将近十点钟,没来得及跟孩子们一起去,他们已去了晚会。稍微歇息了一会儿我走出了屋子,独自一人悄悄地坐在台阶上,对着幽静而安逸的环境和弥漫着芳香的树丛观赏了很长时间。之后我便站起身缓缓地朝着学校走去,我想去观赏一下,哪怕只能从远处瞧一瞧,尼柯莱·伊凡诺维奇怎样使"制作比之前任何一回都好",孩子们是如何欢呼雀跃的……可我自己也不了解我到底想去干什么,大概就是散散步而已吧。

这时我听见一个妇女的声音在悄悄说着:"你不晓得二〇一学校怎么走吗?"

还没有赶上回顾,我就听见有个人用雄厚的男低音回答了她:"是基里柯夫的学校吗? 一直向前,您瞅见了吧,就在那边的那所房子那里,到前面拐个弯儿就到。您听听,这不就是从那里传过来的音乐吗?"

是啊,确实听到音乐了,也远远看到那照耀着学校的光芒了。在那边每一扇窗户都敞着呢。

我安静地靠近学校,环视四周,缓缓地登上阶梯。对啊,尼柯莱·伊凡诺维奇确实把学校装饰得焕然一新,最好、最精髓的地方是他让夏天进入了校园,到处都是夏季才会出现的花花草草,瓶中、桶里、地上、墙上,以至于每一个窗台、每一个边边角角,每向前走一步,双眼所及之处,全部都是一束束的玫瑰花,一串串长长的翠绿色的松树枝,一簇簇绽放的丁香花,精工巧构地勾连起来的桦木枝条,到处都是除了花,还是花,无边无际的花……

我向着音乐声、欢笑声、喧闹声的源头走去,直至四开大敞的大堂门前,我就目不暇接停住了脚步,闪烁着那么多漂亮的灯光,那么多年轻俊俏的脸庞,那么多和谐的笑脸,那么多闪闪发亮的双眼……我从人群当中看到了瓦尼亚——就是令舒拉景仰倾慕的提到过无数次的那个青年:他是学生会主席,优秀的共青团员,以及三好学生,一个油漆工人的孩子,他自己的油漆技巧也很精湛,精明强干……我也看到了瓦洛嘉·尤里耶夫——那个在初级班给卓娅和舒拉上过课的丽基雅·尼柯莱夫娜的孩子,这个男孩长得眉清目秀,天庭饱满,但令人感到古怪的是他的脸上的表情向来十分庄重。可如今又令人惊异了,他竟然完全像个孩子一般地天真无邪地笑着,向那些朝他跳过来的一对对舞者的头上洒着满捧满捧的五颜六色的纸屑……后来我的眼睛捕捉到了舒拉:他靠墙站着;一位浅色头发的女孩笑着走过去邀请他跳一支华尔兹舞,可他只是腼腆地微笑,同时时不时地摇了摇头……

这时候,我终于看到了我的女儿。她身穿一件红底黑点的服装,就是用舒拉之前的赠款买下的那一件,她穿上这件衣服十分得体且优美,当初舒拉头一次见这件衣裳时就相当欣慰地说:"这件衣服实在是太适合你啦。"

卓娅在和一个青年交谈,这位我不知其名的男孩,肤色黝黑,身材高大。卓娅说着,眼含着笑意,双颊绯红……

一支华尔兹奏完,一对又一对的舞伴分散开来,紧接着一阵愉悦的欢呼声响起:

"围圈圈!围圈圈!大家来围成一个大圈圈!"

姑娘的天蓝、桃红、雪白的五彩斑斓的服装再一次在我眼前闪烁,还有那一张张高兴的、带着笑意的、热红了的面孔……

我悄悄地离开了舞场。

在学校门外我停顿了一会儿。从舞场爆发出来的欢畅的笑声传到我的耳朵里。我缓缓地向前走着,深深地呼吸着夜空下清新的空气。这时,我想到了头一次把年幼的卓娅和舒拉送去上学的情景。"如今他们都已经长大成人了……要是父亲可以活到今天瞧瞧他们那该有多好啊!"我这么想着。

莫斯科的夏夜很短暂,夜晚的宁静时间也很短。行人的脚步时不时地在马路上大声地踏过,不知由来的汽车飞快地从身边掠过。克里姆林宫的钟声在幽静的莫斯科上空回响……

6月的夜晚,是如此的不平静,说话的声音,欢乐的声音,还有轻快的脚步声和美妙的歌唱声,一会儿从这儿,一会儿从那儿传来,此起彼伏。深夜被惊醒的人们,从窗户探出头来,始而惊异,继而微笑,非常理解。没有一个人去追究这一夜为何有这么多神采飞扬的青年人出现在大街上,为何会有十个一群八个一伙的男女青年手牵手兴奋地走在路上,为何他们脸上总是带着愉悦的神色,为何他们不能抑制住要放声高唱。不必刨根问底,人们都很了解:这是莫斯科青年的毕业典礼。

夜确实很深了,我回家躺下睡着了。一觉醒来发现窗外的天空已经露出了鱼肚白,6 月 22 日的夜晚是多么短暂……

舒拉站在自己的床前,或许是他过于小心翼翼的脚步声吵醒了我。

"卓娅呢?"我问他。

"她和伊娜散步去了。"

"晚会开得怎么样,舒拉?"

"很不错! 很不错! 但我们提前一些离开了会场,唯独毕业班同学和教师留在了那里。这是出于礼貌,不去打搅他们道别,妈妈,你懂得吧。"

舒拉随即也躺下了,我们都没有说话。忽然窗外传来细微的说话的声音。

"这是卓娅和伊娜……"舒拉说道。

两个女孩子恰恰停步在我们窗外,正激烈地讨论着什么。

是伊娜的话传了过来:"……这时候,你变成了世界上最幸福的人呀!"

"确实不错,但我还仍然搞不明白,爱怎么可以爱一个自己所不钦佩的人呢?"卓娅反问道。

"你怎么可以这么想呀!"伊娜感慨地说,"你不是读过不少书么?"

"正因为我读过不少书,我才这么说的。我知道,如果我不敬重那个人,我就不会爱那个人。"

"可书中关于爱情的记叙并不是这样。在书中,爱情就是幸福的……爱情是一种十分特别的感情……"

"是的,本来,可是……"

悄悄话的声音越来越小了。

"送伊娜回去了,"舒拉小声嘀咕着,"她以后的生活不会特别顺利的,她对所有事物的观点都带有她自己的个性的特点。"他再一次像一位关怀他人的长者在发表看法。

"没关系的,"我说,"她依旧在一天一天地长大哩。未来等她成熟起来了肯定都会好的! 舒拉。"

马上从楼道上传来了卓娅战战兢兢的脚步声,她慢慢地推开了房门。

"你们都睡了吗?"卓娅小声地问道。

我们都没出声。卓娅独自无言地走到窗台前，面对着窗户站着，凝望着破晓的清空很久很久。

点评：

女主人公卓娅已经在渐渐成长为一个大人了，她积极加入组织，希望能更多地帮助别人。卓娅爱憎分明，品行不好的朋友绝不勉强交往；卓娅还诚实坦率，对自己的要求很高；在面对病魔的时候，卓娅也非常坚强镇定，而此时的舒拉，在对姐姐的关心上已经渐渐开始变成熟了。

难忘的一天

6月22日，这一天的每分每秒我都记得十分清楚呀！

这天是周日，我按照计划去军校进行最后阶段的考试。天气晴朗的早晨，卓娅一直陪伴着我到电车站。

我们肩并肩走着。卓娅已完全长成了一个姿态优美、身材窈窕、两颊红润的大姑娘了，她笑起来非常好看。很显然，她在面对太阳微笑，面对鲜艳的风景微笑，面对怒放着芳香鲜花的菩提树微笑。

我乘上电车后，卓娅对我挥手道别，在电车站待了一会儿才转身回去。

从家到学校，坐车需要将近一个钟头。平常我都是在电车里读读书报，但因今天天气非常好，我便走到车厢外的驾驶台边，希望路途上能够多多呼吸些这清晨清新而舒爽的气息。晨风竟毫不理会行车法规，在电车行驶旅程中窜入车内，弄乱了车内人们的头发。与我旅程相同的同伴们不停地更换着，大学生们在齐米列捷夫研究院站均纷纷下车去往各自的学院，在忙碌的考试期间，每个人都是顾不上周日的。在艳丽的花坛中间，在齐米列捷夫纪念像前，在条凳上，三三两两地集中着不少男女青年。他们当中一部分人在复习，多少有些紧迫；一部分人则是刚刚考完，弥漫着幸福。在之后的一站，车内外全站满了穿着节日服装、系着红领巾的小学生。一位年纪不大的女老师在带他们,她戴着一副眼镜,显得很严肃,她不让学生们喧闹,不让他们站在车外的踏板上,而且禁止他们把头伸出去。

"玛丽亚·瓦希列夫娜,"一个身材高大的男孩子对着她说,"在教室里不让吵,为什么在这里也不让说话……现在已经放假啦!解放啦!"

女老师一句话也没驳斥他,只是看了他一眼,结果那男孩子的嚣张气焰就随即蔫了下去,安静地低下了头。车中瞬间得到了短暂的安静。过了一会儿,一个长着火红头发,一双顽皮的双眼和满脸雀斑的女孩子,用肘部顶了一下她的女友,彼此说了一会悄悄话。之后车内便唧喳起来,笑了起来,一下子响起了蜂巢般的嗡嗡声。

下了电车之后,离考试还有三十分钟。我在宽敞的街上缓缓地走着,两眼盯着书店的橱窗。这里摆放着十年级需要用到的书和地图,应该告诉舒拉来这儿购买。提前做准备吧,今后所要面临的是最后的也是最关键的一年……啊,这里还有美术展览会,那么过几天我们全家一起到这儿来吧……

到了学校,上了二楼,为何这里如此冷清空荡,很少可以看到几个人,到哪儿都不像个考试的模样。在教员休息室,我碰到了校长。

"今天不能考试啦,柳鲍娃·奇莫菲耶夫娜。学生们都没来,一时间还弄不清楚到底是什么原因。"他对我说。

尽管此时我还没了解到底出了什么事情,但是在我心里却涌出一种莫名其妙的凄凉:这里的学生大多是军人,都应该是守时的标兵呀。到底是什么原因阻挡他们前来考试的呢。究竟发生了什么事啊?……一时间谁也捉摸不透。

当我再次回到街上,我感觉天气很闷,一种紧张和浮躁的情感浮现在人们的脸上。爽朗的早晨,逍遥自在的莫斯科人的欢闹谈笑早已消失得无影无踪。好像都在等待着什么,一种等待暴风雨前的躁动笼罩在每个人的心头。

从眼前驶过的电车上全部都挤满了人,回去的路途我基本上是以步当车。在快到家时才乘上电车,因此我没赶上听到莫洛托夫同志的报告。

到家之后听到孩子们说出的第一句话,就如同雷雨倾盆而下,这场难忘的雷雨将人们整个早晨的烦恼冲刷得干干净净。

我一进家门，孩子们就一起向我冲过来说："打仗啦！打仗啦！妈妈，你晓得吧，打仗啦！德国鬼子袭击了我们！他们并没有向我们宣战，就越过边境袭击了我们！"

愤怒，一直在卓娅的脸上聚集着。她讲话时，情绪慷慨不已，一点儿也不避讳自己的愤慨。而舒拉那冷静的样子也似乎是故意装出来的。

"这个情况早就应该想到的呀，"他沉思着，"难道我们还不明白什么叫德国法西斯吗？"

大家都默不吱声。

"是呀，从今天起，今后所有生活内容都要发生大大的变化了。"卓娅小声地喃喃自语，那声音似乎是通过齿缝挤出来的。

"可能，你会想去打仗吧？"舒拉忽然转身对卓娅说。

"是的！"卓娅回答道，说话之间基本都是包含着一种咬牙切齿的愤恨，说完她便马上转身到户外去了。

大家都明白，战争就象征着死亡，它将会吞噬掉千百万人的生命。我们也明白，战争就是痛苦、破坏和灾难。但是在那已经逝去已久的头一天，我们并没有将灾难与战争相互联系起来。我们还不知道什么叫空袭，什么是防空壕，防空洞又是什么样。可局势强迫着我们不得不很快适应这一切。我们从没听到过炸弹的啸音和爆炸声，我们还不了解，因为爆炸引起的空气冲击波，会将窗上的玻璃震得粉碎，它会把紧闭的门板冲得离框飞出来。我们还不了解什么是撤退，不知道敌人会从飞机上那么凶残地有组织地射击那挤满了孩子们的列车的可耻行为。我们还没听说过敌人如何彻底地轰炸城镇、焚烧村舍的种种丧尽天良的坏事，我们还不了解敌人用那万人坑、绞架、酷刑——无情地掩埋了我们数万妇女、老弱病人还有那些还在母亲怀抱中吃着母乳的婴儿的坑——来残害我们无辜公民的种种罪行。我们还不清楚敌人把无数受尽酷刑的人们投到火炉中把他们生生烧死的罪行。我们还不了解世界上有利用头发织成的"麻布"和使用人皮做成的书皮……还有许许多多鲜为人知的事，我们并不了解。我们向来主张人道主义，尊重人性，尊敬老人，爱护幼童，并把他们当做祖国的未来希望。我们还不知道这些披着人皮的野兽会把那些还在吸食母乳的孩子丢入火中。我们更不了解这场战争将在什么时候结束……

的确，世上有不少事情在那个时候是还不被我们所了解的。

战　争

尤拉·伊萨耶夫是头一位从我们那栋房子里被送出征的青年。我看过他是如何从街前走上前线的：他和他的妻子肩并肩地走着，他母亲在他的身后，一会儿用围裙，一会儿用手帕擦拭着眼泪，没走太远，尤拉便会回头张望一次。想必每家人都和我们一样，人们站在敞开的窗前望着他离去的身影。尤拉好像感觉这座掩映在绿色中的二层楼房和其他居住在这儿的每一个人都是那么和蔼可亲，当他瞧见我和卓娅朝窗外望着他，就对我们笑了笑，并挥着帽子打了个招呼：

"祝你们居家美满！"他喊着说。

"愿你可以早日归来！"卓娅回答道。

尤拉又屡屡回了几次头，好像要把他马上就要告别这一切，像亲人的面孔一样，在心中留下最深刻的印象，房屋的样子，敞开的窗户，周围翠绿的树林……

过了不久，谢尔基·尼宽林也应征入伍了。他是独自一人离开的，在工厂工作的妻子因为工作繁重没有来送行。谢尔基也如同尤拉那样，走不多远就回一次首。他们两个不同家庭、生性都不同，相互之间在外表上也一点相似之处也没有，可我认为在这离别的一刻他们的神情却完全一致，他们两人在这一刻都想用这一顾一盼来深深怀抱眼前的一切，这一瞬的顾盼中包含了多少怜爱和无限的焦虑！

生活完全改变了，我们需要正视严峻和动荡。莫斯科的外貌也变了模样，每一扇窗户的玻璃上都张贴着纸条：其中一些玻璃上的纸条被贴成"十"字交叉形，一些则粘成了各种不甚工巧的图案。商店内的橱窗全部钉上胶合板，堆起了沙袋。全城的房屋似乎都愁眉不展，满面愁容地好像在渴望着什么。

我们的院子里也刨了防空壕。人们纷纷在防空壕里安置了从储藏室运送来的木板铺。本院子的住户中有一个男子,他用比谁都高的嗓门向人们演说:为了人民的事业,我们都可以不吝惜任何一样东西。但不知为何他却没有打开自己的储藏室搬木板出来,而突然对着在院子里两个正在玩耍的小孩子大发脾气。这两个孩子的父亲都已经上了前线,母亲在工厂工作。这个男子大声训斥孩子们,要他们立刻把木板拿出来。卓娅走到他面前,十分镇定地一板三眼地对他说:

"我看这么办好了:请您立刻打开您自己的储藏室,把木板搬出来。我们尽量先干起来,一会儿待他们的母亲从工厂回来,她自然也会做应做的事。对小孩们大喊大叫,算是什么本事呢!"

战争打响不久,我的侄子斯拉瓦就跑来向我们告别。那时,他穿着空军制服,袖上带有"翅膀"的标志。

他一看到我就说:"我要去打仗啦!"他的脸显得很兴奋,似乎是要去参加一个什么庆典一样,"以前我若有什么对不起大家的地方请见谅!"

我们使劲地抱了抱他,他在我们家待了不到三十分钟就匆匆地离去了。

"太糟糕了,部队里不征收女兵!"卓娅看着他渐渐远去的身影悻悻地说,这话里承载了多少酸楚、多少意志和力量!舒拉都没敢和她开开玩笑或争论一番,像往常习惯做的那样。

每天,听完情报局的广播我们才会去睡觉。可是在最开始的几周里播出的全部都是不好的报道。卓娅总是皱着双眉,愤愤不已地听着,然后安静地离开收音机。可是有一次她不由自主地说:

"他们所残害的是怎样的土地呀!"

这是我在卓娅一辈子当中所听过的头一次也是唯一一次表明痛苦的呼声。

"军人"的秘密

7月1日的傍晚,有陌生人来敲我们的家门。

"可以让我见见舒拉吗?"来人在门口问道。

"是别佳·西蒙诺夫么?"卓娅站了起来,半开着门有点惊讶地问道,"找舒拉有事吗?"

"有事。"别佳有点支支吾吾地回答。

就在这时,舒拉自己出面了,他与别佳两人相互点了下头就默不吭声地一块出去了。我们伸出头去向着窗外望去,楼下还有几个半大不大的伙伴们和他的同学在等待着他们。他们悄悄地商量了一会儿之后,便一窝蜂一样地走了。

"去学校了,"卓娅沉思着喃喃自语道,"他们一定有什么秘密吧?"

舒拉回来得很晚,他和那之前别佳的表情一模一样,相当严肃,似乎在焦虑着什么。

"出什么事啦?"卓娅奇怪地问,"为什么搞得这么神秘兮兮的呀? 他们找你是去干什么的呀?"

"这些都不能告诉你。"舒拉的回答果敢而坚毅。

卓娅的肩膀稍稍颤动了一下。但没有继续说什么。

第二天一早,天刚蒙蒙亮她就去了学校,但是回家后很明显她很着急。

她对我说:"男孩子们要高飞远扬,去哪里,去干些什么,他们全都闭口不谈,而且还不带女孩子去。你不晓得我费了多少口舌劝说他们也带着我去! 我也会开枪呢,我也很有力气。但不管我说什么都不行! 他们说:'只需要男孩子。'"

从她的神情看上去,我便晓得卓娅进行了什么样热情而无力的劝说工作。

舒拉回来得很晚,像是说一件最普通不过的事情那样非常镇定地说:"妈妈,请你为我预备一套衣服,还有一些路上吃的食物,不要太多。"他是否了解将把他们送去什么地方,我们始终都没有问出来。

"如果起初我就随便透露，那我还当个什么军人呀？"

卓娅沉默地转过头去。

准备工作顺利而简单。卓娅买回了面包给舒拉，并且还买了糖果和腊肠，这是准备给他路上吃的食物。我为他准备好了衬衣，并把这些行李打包成一个小小的包袱。那天午后，我们一起去给舒拉送行。

各校的学生早已集合在齐米列捷夫公园，起初他们都是混合在一起，后来才逐渐地按照学校的划分聚成团。来送行的母亲们和姊妹们都站在旁边，手里拎着包袱、背囊、行李箱。马上开拔的人基本上都是身材魁梧的青年人，可他们的脸却如同小孩一样欢欣。他们全都做出一种满不在乎的样子，似乎离开家和亲人，对于他们来说是习以为常的事一样。有的人还利用这临走前的一段时间跑到池中泡上一回澡，另一些人则在吃冰糕，谈天说地。但他们全不由自主地不时地瞧一瞧表。每位母亲和姊妹在周围的青年们都感觉非常难为情。我们都是去干大事业的啊！哪能还像个小孩子一样，和妈妈、姐妹在一起呢。我了解舒拉和我们在一块肯定羞愧得很，所以我和卓娅就故意躲到旁边，在树阴下的长椅上坐着。

突然，不少空着的电车行驶到环轨上来了，看了看表，已经接近四点钟了。于是孩子们全都开始匆忙地和亲人告别，在喧嚣声里开始上车，给伙伴占座位。此时无论是哪个孩子的母亲落泪了，那么谁的脸部表情就必定愁云满面、惆怅凄惶。我不愿意在这相聚的最后一小会儿把不快带给舒拉，所以我一直强忍着没哭出来。我只是用力地抱了他，用力地握了握他的手，舒拉很激动，但他努力掩饰自己。

"不用等到我们出发，回去吧！卓娅，好好照顾妈妈！"说着说着，舒拉便跳上了电车，之后又从窗户里继续向我们挥着手，并且打着手势说让我们不要再等了，马上回去。

我们没有那种意志力和勇敢，不等到舒拉上路就回去。我们站在一个稍远的地方，呆呆地看着电车开了起来，一辆接着一辆，叮叮当当地向前驶去，直至最后一辆也消失了在我们面前，我们才缓过来。

刚刚还是人头攒动、热闹不已的公园，这时候却一下子变得十分冷清了。巨大的橡树下的那张长凳上，已变得空无一人。清澈的池水，荡漾着微波，却已经无人在池子里边游泳。交流声、欢乐声、坚实有力的脚步声，全部都消失了。幽静，真幽静啊……

我们慢慢地沿着小路走去，阳光从头上茂密的树叶间十分费力地射过来。

我们无心间都走到水池边的长凳上并且同时坐下。

卓娅突然说："妈妈，你看多好看哪，你晓得吗，舒拉常来这儿写生哩。那边那个小桥儿，你瞧见了吗？他原来画过它。"

虽然她对我说这些话，但声音却不大，像是在喃喃自语，说得也慢，话语中似乎夹杂着无尽的感慨。

"池子很宽阔。舒拉在这里游过很多次泳了。"卓娅大声回想道，"这是好久之前的事啦，你晓得吗？那时舒拉大概只有十二岁。照惯例他比任何一个人都早地来到这儿开始游泳。水不算浅，突然他的一只脚抽筋了，可距离岸边还有很长一段距离。就在那个时候他一条腿已彻底麻木，只能用另一条腿勉强游，好不容易才回到岸边来。他曾一而再再而三要求我不要向你提起这件事，那会儿我就没告诉你，如今可以说了。"

"那第二天他也肯定又来游了吧？"我说。

"那是必须，他从早游到晚，无论什么天气也阻挡不了他，几乎一直坚持游到冬季。就在靠近树丛那边，冬天来临后总有一个冰窟窿。我们就在那冰窟窿里捉小鱼儿。妈妈，你还有印象吗？还记得我们请你吃煎鱼的事吗？那鱼儿并不是我们用小罐头盒子提回来的，就是后来用捕虫网提来的呢。"

"我的好孩子！"我说，并轻抚了她晒黑了的手。

一瞬间她那纤细的手指在我手上握成了个有力的拳头。

"这算哪门子好孩子呀！"卓娅突然站了起来。我了解她一直在怨恨自己，"同学们一个接一个走了，或许都上了前线，若是只有我留下来，那我还算是什么好孩子！可是我如今就留在家里了，我怎么可以无事可做啊？！"

捍卫苏维埃的每一寸土地

"醒醒,快醒醒！妈妈！"

我睁开双眼。卓娅光着脚丫,肩上披着一条毛巾站在我面前。

她见我惊奇地看着她,便急忙说:"妈妈,没出事,没有出什么事。广播电台马上就要对斯大林同志的演讲进行现场直播了,你听,立刻就要开始了……"

我们打开广播,收音机里传来了沙沙的响声。屋子里十分宁静。我们都竖着耳朵,集中注意力。过了一会儿广播里面便传来了斯大林强劲有力的声音:

"同志们！公民们！我的兄弟姐妹们！我们红军和海军战士们！我的朋友们！我要向你们讲如下的话！……"

我抛弃所有思绪,平心静气地听着。卓娅坐直了起来,紧握着双拳,眼睛眨也不眨地一直凝视着收音机,就好像能通过扩音喇叭看到充满了激情、爱与信赖,压抑着痛苦,带着强烈的力量和满腔怒火的领袖斯大林同志一样。

"……我们正在与最阴险毒辣的敌人、德国法西斯主义进行殊死的搏斗……敌人是很惨无人道和卑鄙无耻的……"

斯大林同志向大家阐述了敌人的阴谋,告知国民,敌人想侵占我们国家的领土,掠夺我们的财富,恢复地主的权力,把苏维埃联盟的自由的人民沦为德国的奴隶。

他说:"……因此,我们目前的战斗,关系到苏联各族人民和祖国的生死存亡,关系到苏联各族人民或保持自由,或成为奴隶的生活。苏维埃人不得不清楚地意识到这一点……我们应该立刻在战时轨道上变更我们的全部工作,把所有力量都发动起来去适合和遵从战争的利益……红军、红海军和苏联各族公民,都应该保卫苏联的每一方土地,应该为保卫我国城镇和乡村洒尽最后一滴血……"

他还说应该在敌人已经占领的区域内组织游击队,随机应变地打击敌人,让我们的每一方土地在敌人的脚下爆炸、燃烧。

冷静的声音传达到了每一个人的心坎里,在它之中响彻着对于我们,对于整个民族的人民和每一个苏联人的深情和信赖。他说过这并不是两国之间的普通战争。他提醒过我们说，我们不仅仅应当歼灭那些在我们头上恐吓我们的敌人，同时我们还应该帮助一切在德国法西斯枷锁下受难的欧洲人民。

"要聚集各族人民的所有力量去歼灭敌人！奋勇前进，赢取最后的胜利！"

扩音器安静下来。但是我们都没有活动，也没有人说话，如同怕淡化了刚才我们受到的重大感动一样。

刚才和我们讲话的人，是我们最信赖的人，我们信赖他，就像信赖我们自己，信赖自己的良心。他是我们的领袖，同时也是我们的良师益友。我们在所有的问题上都十分地信任他，我们晓得他刚刚说的话是关乎国家兴亡的首要大事，他确实是对我们所有人说的。他帮助我们彻彻底底地明白到祖国的安危是多么重大，如何打退敌人，他帮助我们再一次地结识了我们无穷的力量——挚爱和平和团结一心的人民的全部力量。

我说："不晓得舒拉听到没有……"

卓娅很有信心地说："听得到，一定听得到，全国各族人民都听到了。"

她又细声地、情绪激动地喃喃自语地重复着回味说："我的朋友们，我要向你们讲如下的话！"

炸弹落在了学校

我和卓娅坐在桌前。桌子上摆放着绿色的粗布；我们用这种绿色的粗布给红军做背囊，做纽襻。虽说这是既简单又不费力的事，但这些事都是为了祖国，为了前线，我们为保卫祖国的勇士缝纽襻，贡献自己的微薄之力。背囊都是勇士们用的：他们把随身物品放在里边，这个粗布背囊在行军中给战士们提供了不小的方便……

我安静地不断地忙活着。每当放下手中的活计，稍稍活动下筋骨——感到腰有些酸痛。我再瞧瞧卓娅，她那晒黑了的五指正灵巧地紧张地忙活着，不晓得什么叫累，如今她认为她也是在为战争奉献自己的力量。虽然这一点认识还没有完完全全除掉卓娅内心对自己的怨恨，但多少也让她在精神上获得一点儿慰藉。她这些天看上去也精神多了：眼睛不再是那么愁闷的了，脸上也常常绽放出笑容……

有一天我们正聚精会神地缝着纽绊，一下子门开了，舒拉回来了，表情十分镇定，如同刚放学回来一样，从肩上取下行囊后才跟我们问好。

我们虽说早就知道了他在劳动战线上做工。但是他这个时候仍然和出发的时候一样，一直对我们保密。

我们几次打算试探着他的话，他却毫不犹豫地说："最关键是我们又能在一起了。我跟你们说点什么呢？一句话，我干了不少活。"他又淘气地挤眉弄眼说："我这次是特地回家过生日的。你们对7月27日这个日子肯定还有印象吧？不管怎么说，我也已经十六岁啦。"

舒拉洗漱完便坐在桌边，他对卓娅说：

"我给咱俩找了一份好工作，咱俩能去'战士'工厂去学当车床，你感觉如何？"

卓娅马上放下了手中的工作，看了看舒拉。过后，她依然一边忙活，一边说：

"好，这倒是一件很值得做的事。"

舒拉是7月22日到家的，就在当天午后莫斯科的上空头一次出现德国法西斯的敌机，敌人的炮弹头一回破坏了首都的宁静。舒拉以镇定的态度，充满自信地指挥所有事物，他坚决号召让妇女和儿童们都优先躲入防空洞。他带有埋怨地说："就是没办法让自己家的妇女躲起来。"但是他自己基本上所有空袭的时间都在接头，在为保护居民安全的工作中忙碌着，卓娅始终形影不离地跟着他。

那一个晚上我们每个人都不敢睡觉。在第二天天刚刚亮的时候我们院子里传出一条消息：昨晚有一颗炸弹落在了学校。

"是落在我们的学校么？落在二〇一学校么？"卓娅和舒拉不约而同叫起来。

我还没赶得上问一句，他们俩就已经飞快地朝着学校的方向跑去了。我没有他们走得快，但是要让我留在家里这根本不可能。我们默默地迈着步子，直到远远地看见学校的房屋，才稍稍松了一口气：学校依旧完整地屹立着，没有什么被破坏了的样子。

但这似乎只是一个假象。仅仅只是从远处看好像是完整的。待我们靠近些，就彻彻底底地看清楚了：炸弹落在了学校的前面，爆炸的冲击波把学校里每一扇窗户的玻璃都震碎了。不管你往哪里看，周围全是玻璃，玻璃，玻璃……它到处凄惨残破地闪烁着，在脚下嘎吱嘎吱地作响。那些闪亮的明珠一去不复返了，学校立刻变成了"盲人"。这座向来幽静的大楼现出了悲凉的样子：就像一个年富力强的人一下子失去了视觉。我们不觉地停下了脚步，缓缓地走上台阶。我顺着走廊走着，这就是之前一个月，学校举办毕业庆典的那个晚上我曾经走过的那条走廊。那个晚上，这里充满了音乐声和欢笑声，到处都弥漫着青春的光彩和喜悦的活力。可如今门窗都被震掉了，脚底下全是震碎的玻璃和墙壁上脱落下来的灰土皮子……

我们又碰见高级班的几个同学，舒拉跟他们一块去了什么地方（似乎是地窖）。我没留心地跟着卓娅走，过了一会儿我们便来到图书馆门前了。走进图书馆内，我们环视着四面立着一无所有的书架子：依然是那爆炸的冲击波，如同一只恶狼的大爪子，把书一本不留地从书架上扫荡下来，十分凌乱地抛掷到桌上和地下。满地都是杂乱的书本：在杂乱的书堆中我一下子看到了《普希金全集》的浅黄色书皮，还看见蓝色书皮的《契诃夫全集》。我差一点踩着一卷皱褶着的屠格涅夫的书，我弯腰正要拾起它，又发现了一本被一层灰尘遮掩着的席勒的书。在这乱堆书中又有一本打开着的大书，里面的唐·吉诃德像惊讶地望着我。在这杂乱无章的书堆里，有个中年女人正坐在地板上哭泣。

"玛丽亚·格里果列夫娜，别哭了！起来吧。"卓娅弯下腰去，双唇已经没有一丝血色地对她说。

我了解了这个女人就是这所学校的图书馆的管理员玛丽亚·格里果列夫娜。这个女人非常了解书、爱惜书，把自己的一辈子都奉献给了书。每当卓娅带着妙不可言的新书回家时，总要向我提起她。可如今她仅仅坐在那边啼泣，面临这一摊撕破的、凌乱地抛着的、揉皱的烂书。而这所有的书，她以前搬弄时都是小心谨慎、体贴入微，生怕它被碰坏的呀！

卓娅搀着玛丽亚·格里果列夫娜站了起来，同时反复果断地说："我们来把这里收拾好，我们一定都可以把它收拾好！"

"妈妈，你看！"我突然听到卓娅在叫我。

我吃惊地抬头向前,看到了玛丽亚·格里果列夫娜泪流满面地朝着我们走过来,颇为诡异的卓娅的声音,好像是一曲胜利之歌的乐章,卓娅递给了我一本《普希金》,装订得很好看。

"你们看!"卓娅依旧那么欣喜,不停地用一种成功的声音在说。

她飞快地拂去那些字行上的尘土,于是我循着那行清晰的诗句读起来:

> 你发光吧,神圣的太阳!
> 就像这盏油灯,
> 它多么黯淡!
> 对照着旭日的灿烂光芒!
> 骗人的把戏在智慧永生的太阳前面,
> 也将这样黯淡一样。
> 太阳永存,
> 黑暗消亡!

一张招贴画

那一天,7月27日是舒拉十六岁的生日,舒拉告诉我说:

"现在你已经是两个车床工人的妈妈了!"

他们每天在天空刚刚蒙蒙亮的时候便起床,夜深之后才下班回家,但是向来没听他们说过辛苦,每次下夜班到家,他们都要把室内整理得干干净净,才去睡觉,每当我到家时,他们两个都已经睡着了。

莫斯科在持续受到空袭,每天夜晚我能听到广播员冷静的声音:

"……公民们,空袭警报!"

报警器拼命地咆哮着,列车的汽笛也都令人吃惊地接着与它相呼应。

卓娅和舒拉一次进防空洞的经历都没有,他们的同班同学格列布·耶尔莫什金,瓦尼亚·斯柯罗杜莫夫,瓦尼亚·谢罗夫等,也常常过来找他们,这三个孩子好像都精心挑选过似的,都长得身材魁梧。他们五个孩子常常在空袭时值班:在房子附近巡逻,在房顶上面放哨。不管是孩子还是成人,都被入侵我们生活中威胁到祖国人民的凶恶敌人打乱了我们的心灵,我们不可以再考虑别的什么事了。

秋天一到,卓娅和高级班的同学们一块,前往劳动最前沿:因为国营农场的土豆需要在受冻之前马上收藏。

现在已经进入隆冬了,天寒地冻,这样冷的天,这很让我担心卓娅的身体。但她却相当高兴地走了,随身仅仅带了几本书和一个空白的日记本,还有一些路上必备的用来更换的衬衣。

没过多久,我收到了她的来信,不久之后又得到了一封,信中提到:"我们正忙着帮助农场抢收土豆,规定每天每人要收取一百公斤,10 月 2 日我只收了八十公斤。少了一些,我必须要完成定额。

我常常想你,你还好吗?我真的很想你,忙完收土豆我就回家。

请你原谅我吧,妈妈,干这种活又脏又累,胶皮靴都被我撕坏了。但是你放心吧,我肯定会安安全全回来的。

我感受到,自己不少地方不如你,你是如此有涵养,如此完美! 这些日子我总在想你。吻你。卓娅"

我拿着这封信思索了很久,尤其是信中最后几行。她是对于哪方面说的呢? 她为何要这么自责,说自己缺乏涵养呢? 这其中一定是有原因的吧。

舒拉在这天晚上阅读了信,他颇为自信地说:

"看来相当清楚不过了,她和同学吵了架。她经常提到说自己的修养很差,待人没有什么耐心,你知道吗? 卓娅曾说:'应该学会如何待人接物,不应该动辄就乱发脾气,但我并不是今后改变不了的。'"

不久后卓娅又寄来了一张明信片,她在上面写着:"如今我正与尼娜做朋友,这个姑娘我之前曾经对您提起过的。"忽然,我想了起来:"原来如此,薇拉·谢尔盖叶夫娜说得不错呀。"

10 月月末的一天,我比平时下班早一些,进家一望,我的心跳立刻就怦怦地快了起来:卓娅、舒拉围坐在桌前呢。终于我又能跟孩子们团圆了,我们一家终究又聚在一起了!

卓娅一看到我,飞快地冲到门口一下子抱住了我。

"又团聚啦!"舒拉似乎听到了我的心声,说出了我们三个人的心里话。

全家围在桌前喝茶,卓娅回忆着国营农场收获的种种情形。还没来得及等我问及,她就喋喋不休地描述了她信中令我感到费解的一些字句:

"做这种工作确实不简单,而且又脏又累,阴雨天,特别深的烂泥裹住了我的套鞋,磨得双脚特别痛。我察觉到,他们每个人似乎都干得比我快:我刨一个地方总是会花费很长时间,可为何他们会进展那么快。我决定寻根追底其真正原因。于是我与他们分开来干活,我很认真地刨我的那一块地。他们很不乐意我这么做,他们不乐意了,就说我是'独立主义者'。我也丝毫不客气地回答道:'似乎是独立主义者。可是你们对工作的责任心太差了……'妈妈,你晓得是什么原因吗?他们都刨得不深,只讲究效率,不要质量,更深的土里还有更多更好更大的马铃薯呀。我刨得很仔细,把最深处的马铃薯一个不剩地挖了出来。所以我就说他们对待工作的责任心太差。他们抱怨我说:'你为何现在才说呢。那你为什么要一个人分开干呢?'我解释道:'我就是想看看我怎么干得比你们慢那么多。'同学们说:'你要充分相信我们,立刻就通知我们……'尼娜也说:'你不该这样。'总之,为这事我们争辩了很长时间。妈妈,你信吗?那段时间我想明白了,即使我有道理,但我也不该这么做。应该和同学们先打声招呼,跟同学们说清楚具体原因。这样,我们就可以很高兴地在一块工作啦。"

舒拉盯着我,我看得出他的神情似乎在对我说:"我说得没错吧?"

莫斯科的局面一天天地显得严峻起来,每个人的神经也绷得紧紧的,随时随地都准备着跟敌人厮杀似的。房子全部都伪装了起来,街头天天都有武装队伍驶过。他们的神情真是让人感觉十分严肃!他们紧闭着双唇,紧锁的双眉之下两只锐利的眼睛盯着前方……凝聚着满腔的愤怒和坚定不移的信念与毅力。所有这一切全在他们这些认真的脸上、尖锐的眼光里衬托出来。

在街上飞奔的救护车,碾压过去的坦克发出轰隆隆的声音。

夜深了,街头并没有路灯,街道两边的楼房的窗户里也露不出一丝灯光,也不见闪烁的汽车灯光来划破这黑幕般的暗夜。人们在大街上只有小心谨慎地摸索着并且快步前行,就算是挨身擦过,在这样的黑夜中也无法识别出对方的面目,仅仅只有门前值班像平常一样进行,或时不时地传来空袭警报那令人担忧的尖叫。远处的天空中被探照灯的光线划破,炮弹的爆炸声似乎要把天空撕碎了……

就在这困难的时刻,敌人已接近了莫斯科。

有一天,我和卓娅从街头走过,忽然看到墙上贴着的一张海报,画上呈现的那位战士正用十分严肃的面孔看着我们,似乎正向我们发着问。

看那战士的双眼,简直生动得像活着一样注视着我们,画的下边印有一行响彻云霄的字眼,好像是来自这位战士严肃的发问一般:"你用什么来支援前线?"

卓娅转过头。

她愤怒地说:"我坚决不要再这样逍遥自在地从这张海报面前走过去了。"

"你仅仅只是一个女孩子呀,况且你也早已进入了劳动战线,这也是为祖国、为人民、为前线作贡献呀。"

"这些都微不足道。"卓娅固执地回答我。

我们安静地走了一会儿后,卓娅忽然很喜悦地,果敢地说:

"我幸福:我无论打算做什么,都可以心想事成!"

"你又打算做什么啦?"我刚想这么问,可是我并没有开口。只是我的心被揪般地疼痛,慢慢地缩紧了。

告　别

卓娅说:"妈妈,我已经决定去护士班参加实训。"

"工厂会让你走吗?"

"这一切都是为了保卫国家作奉献,工厂一定会让我去的。"

卓娅仅仅花费两天时间就把所有需要知道的事情打听明白了。她现在高兴得像每次处理掉了一个重大难题一般轻松愉快了。

我和卓娅如今还是缝背囊、手套、军帽。她依旧在空袭到来的时候到屋顶上值班。她相当羡慕舒拉独自在工厂里就已经扑灭了数颗燃烧弹。

卓娅去上护士班的之前一天,她出去得很早,直至深夜还没到家。我和舒拉两人吃着午饭。舒拉这段时间都是夜班,他如今一边清理东西去上班,一边给我说着什么,可是他说的话我一句也没听进去。突然一种不祥的预感紧紧地围绕着我。

"你在想什么呢!妈妈。"舒拉有点责怪意味地问。

"原谅我吧,舒拉。这是由于最近我十分担心卓娅会不会出什么事。"

舒拉上班去了,我检查了窗户上的那些遮光设备后,就无力地靠着桌子坐下来,也没有任何心思做事,迫切想知道卓娅的消息。

终于,卓娅两颊通红地回来了。她很高兴地奔过来,拥抱我,紧盯着我的两只眼睛说:

"妈妈,我告诉你一个天大的秘密:我要去前线了,去敌人后方。这件事不许让任何人知道,当然也不许告诉舒拉。你就和他说我去乡下了,到外祖父那去了。"

我不敢出声,因为我害怕我会一下子哭出来。看到她用高兴的、焦躁的、愉悦的、满怀期待着回答的眼睛凝视着我,需要我做出回答。

我终于开口了:"这项工作你能胜任吗?你毕竟是一个女孩子呀。"

她渐渐靠近书架,仍然盯视着我。

"凭什么非得让你去?"我勉勉强强地继续说,"要是征你入伍,那就是另外一码事了……"

卓娅靠了过来,轻轻握起我的手:"妈妈,听我说,要是你像我这般年轻,像我这般健康,我打赌你也会像我一样的。我不可以留下来。绝对不可以!"她反复说道。之后她又慢慢地补充说:"你对我说过,人生应该活得诚恳、勇敢而坚定。现在敌人已侵犯了我们的领土,那我该如何是好呢?倘若有一天他们到达了这里,我也是活不下去的。妈妈,您最了解我,我不得不这样做。"

我刚打算回应她,但她又接着直言不讳地说了下去:

"两天之后我就要走了。请你帮我搜寻到红军的背囊和我们俩做的那个布袋,还要一身衬衣、毛巾、肥皂、牙刷、铅笔和纸。其余的用品我会自己准备好的。"

卓娅躺下之后,我无法入睡,也没什么心思看书,只好一个人安静地坐在桌前。我知道这一切已经发生并且无法挽回,谁也无法改变卓娅的想法,毕竟她还是个小女孩呀……

我和自己的孩子们历来很好沟通，相互之间很容易了解。可是如今我感觉好似有好高的一面无形墙壁阻挡在我们之间。唉，如果阿纳托利·彼得洛维奇现在还活着的话该有多好呀！……

　　不管我说什么都已经没用了。我劝服不了卓娅，即使是卓娅的爸爸活着也是拦不住的，已经没有人可以阻止卓娅了……

　　那天舒拉上了一周的夜班后，在他第二周转早班的头一天，下班后十分疲倦的他回到家中，脸上看上去很不高兴，闷声地勉勉强强吃了些东西。

　　"卓娅已经决定去白杨村了吗?"他问。

　　"决定了。"我简略地回应了他。

　　"唉，她去那也蛮好。"舒拉深思熟虑地说，"现在女孩子还是离开莫斯科最好不过了……"

　　舒拉的声音有些犹豫。

　　停顿片刻他又进一步说:"你也一起去? 在那比这儿要安全得多。"

　　我静静地摇摇头。舒拉叹息了一下，忽然从桌前站了起来说:

　　"今天我好累。妈妈，我要去休息了。"

　　我用报纸挡住了那夺目的灯光。舒拉安静地躺在床上，双眼瞪得大大的，好像在思索着什么。过了一会儿他转过身子面对着墙，马上就睡着了。

　　卓娅直到深夜才回来。

　　"我晓得你在等我。"她悄悄地说。然后她又用只有我才可以听见的声音说:"明天我就得出发了。"说完就轻轻地握着我的手，似乎能给我心灵以少许的安慰。

　　卓娅迫不及待地很认真察看了随身携带的行李，然后把东西十分整齐地放到了旅行袋里。我安静地帮她整理路上需要带的东西，我们设法让每件东西节约空间，把肥皂、毛线袜子往空角里放，这样打理着行囊似乎与平常的日子一样，没有感觉到我们立刻就要分开……可是，这就是我们最后一次的团聚，仅仅只有屈指可数的几分钟时间。我们不知何时才可以见面呢? 各种的危险，有些连男子、战士都很难承受的事，那么多的艰难的事情在等待着卓娅! 我已经没有一丁点力气说话了，我晓得我并没有哭出来的权利，我的喉咙似乎被什么东西堵得死死的。

"好啦,基本打包好了。"卓娅说。

她又打开了自己的箱子,从里面拿出了日记本,计划也装进旅行袋里。

"没有那个必要。"我勉强说了一句话出来。

"对,的确。"

还没赶上我制止她,她已经一步迈到火炉的旁边,把本子投到火中去了。然后她便坐在不高的小凳子上,细声地,如同像儿时那样要求我说:

"我们一块坐会儿吧。"

她靠着我坐了下来,我们一起看着熊熊的火苗,如同卓娅还不大的时候和我坐在一块那样。可是那个时候我总要给他们讲点故事才可以,烤红了脸的卓娅和舒拉两个人都很专注地聆听着,如今我却默默无语,我晓得我一句话都说不出来。

卓娅回头看了看熟睡的舒拉,又轻轻地捏了捏我的手悄悄地说:

"我把之前发生了的经过全告诉你。但你对任何一个人都不要提起,就算是舒拉也不行。我向共青团区委上交了志愿奔赴前线的申请书。你晓得在那出现的申请书有多少吗?几千张呢。我去请求领导答复,但是他们却对我说:'你去找青年团莫斯科市委书记吧。'

"我来到青年团莫斯科市委。推门进去,市委书记尤其注意着我的脸。之后我们便开始谈话了,他总是很在意我的手。因为我一直不自然地用手拧扣子,之后便把手放在了膝盖上,之后就不敢再动弹,以免让他瞧出我心神不宁。他一开始问我的简单履历:哪里地方人? 父母都是谁? 去过什么地方? 熟知哪些地区? 晓得哪些语言? 我回答:德语。之后他又问腿、心脏、神经有没有生病的地方;又提了地理上的问题,他问我指南针是什么,如何按照指南针找方向,可不可以按照星辰的位置辨别方向。我全部回答了他。之后他又问:'你会开枪吗?''会。''练习过射击吗?''练习过。''会游泳吗?''会。''从跳板上跳到水里会不会害怕?''不会害怕。''从降落伞的高架上向下跳不害怕吗?''不害怕。''你有坚强不屈的意志吗?'我回答:'精神是强劲有力的。''那好吧,'他说,'战争进行之中,正需要像你这样的同志。''如果让你上前线你愿意吗?''非常愿意!''但是,可不是坐在这里纸上谈兵呀……我还要问你,上一次空袭时你在哪里?''空袭的时候我在房顶上放哨。我不惧怕警报。更不惧怕空袭。

总之我什么都不害怕。'一会儿他说:'好吧,你到走廊稍等一会儿,我先去和其他的同志谈谈。然后咱们再去图什诺机场,试试你的胆量;让你从飞机上跳下去。'"

"我来到走廊上。边走边寻思,我可以跳吗? 真担心自己会出丑。过后他又问我:'你准备好了吗?''准备好了。'这时候他便开始吓唬我了:(卓娅用力地握着我的手)他说条件是如何如何的困难……又说什么样的情况可能都会遇到……'你回去考虑一下。过几天再来。'我了解了,从飞机上向下跳这种事,他只是用来考验我才说的。两天之后我找到他,他说:'我们研究决定不录取你。'我马上就要哭出来了,我一下子大声喊着问:'你们为什么就不录取我呢? 为什么不录取我?'"

"他笑了起来,说:'坐下吧。派你深入敌军的后方。'我这才了解,原来他们仍然在考验我。妈妈,你要了解,我敢确定:如果那天他瞧见我对这件事无关轻重地嘘一口气,或者做出其他的什么动作,他无论如何都不会录取我了……基本上事情的经过就是这样的。头一次的考核算及格了……"

卓娅默然了,木柴在火炉里吱吱嘎嘎地爆响着,温暖的火光在卓娅的脸上闪烁,屋里被火红的光映红了,我们就这么安静地坐在火炉前面望着火很久很久。

"可惜谢尔盖舅舅不在莫斯科。"卓娅深思地说,"他在这极其困难的时候肯定可以照顾你,起码可以给你出一些主意……"

之后卓娅便关闭了炉门,铺好了被子立刻就躺下了。没过多久我也睡下了。我总在想卓娅何时才可以再回来和我们团聚,在她自己的床上躺下了,现在她睡着了吗? 我悄悄地走过去,她立刻动弹起来。

"你还没睡?"从声音里听出她很兴奋,很高兴。

"我来给你定好闹钟,避免明天一早睡过头了。"我回答说,"快睡吧,睡吧。"

我之后再躺了下来,但是已经无法入眠。我想再靠近卓娅,问问她,或许现在可以让她改变主意? 我们便能够一块撤到后方去,人们已经向我们建议过很多次了。我心中的忧郁总让我喘不过气来,心里非常憋屈……这是我们团聚的最后一个夜晚,在这最末的一瞬间我还能挽留住她吗? 明天,我们就要分离了……

我再一次起来静静地靠近卓娅，看着她的脸：黎明的朦胧的曙光照耀在她安详熟睡的、童真的脸上，流露着不可动摇的顽强，紧锁的双唇显得那么坚毅，我太清楚卓娅了：一定不会的，她绝不会改变主意的。

很早，舒拉便起床准备着去上班了。

"舒拉，再见了。"卓娅在他穿好外套戴好帽子准备离家的时候说。

他们有力地握了握手。

舒拉说："代替我拥抱一下姥爷、姥姥。祝你一帆风顺！你走了以后，我和妈妈都会很想你的。你在白杨村要比莫斯科安全得多，我很欣慰。"

卓娅莞尔而笑，她深情地凝视着舒拉，并且紧紧地拥抱了他。

舒拉去上班了，屋里只剩下了我和卓娅，我们吃完早餐之后，卓娅便开始穿外套了。我将我唯一的绿色黑边毛线手套和毛衣送给了她。

"不，不，这我不能要！严寒的冬天你不可以没有这些衣服呀！"卓娅毅然决然地抗议说。

我低声说："收下吧。"她默默地接受，不再反抗。

那天一早天空阴沉沉的，刺骨的寒风刮在脸上。我送卓娅到了外面。

我说："来，我来给你提着口袋。"

卓娅停住了，她怔怔地望着我。

"妈妈，你看着我……你怎么啦？你为何会这样？不要用泪水来送我。你应当为我高兴的呀，再看看我，妈妈。"

我用这最后的几分钟认真地打量着卓娅：她的脸是快乐的、幸福的。

我勉勉强强对她流露出了一点微笑。

"好，这样就好。不要哭泣……"

她深深地拥抱了我，并且吻了我，然后便跳上电车出发了。

点评：

战争开始了，卓娅和舒拉都希望能为国家出一份力，他们先后去了劳动前线，但是被爱国主义情怀所深深笼罩的卓娅始终不能忍受坐以待毙的现状，自告奋勇，通过共青团获取了加入游击队的资格，将要深入敌人后方对敌人进行打击。坚强和勇敢的卓娅丝毫没有逃避自己保卫国土的责任。

日 记 本

家里的每一件东西都留下了卓娅温暖的痕迹。她读过的书,现在仍然是摆放成那个样子:柜里的衣物,桌子上的书本全都是由她亲手布置的;为了抵御寒气,仔细封好的窗户,细长的玻璃瓶里那株小植物枯萎的树叶全在思念着她,这些无不令人想念她。

约摸十来天之后,我收到一张卡片,上面写着:

"亲爱的妈妈!我现在活得很健康,精神也很好。您好吗?"

舒拉把这张卡片拿在手里反反复复看了好久好久,琢磨了很久,并且很仔细地看了战地邮局的编码,似乎要把它牢记在心里。

但是他突然用惊诧而恼怨的声音叫道:"妈妈! 你们为什么要瞒着我?"

要强而固执的个性让他不愿意向我追问什么。卓娅在临走前也没有和他交心,对他是一个字也没有透露,这使他非常诧异、痛心和不解。

我回答道:"但是7月你走的时候也什么都没告诉卓娅啊。那时候你没有权利说,卓娅也一样啊。"

他用我从来没有听过、也没想到的话回答了我:

"我和卓娅想的是一样的。"他沉思了一会儿,又用更有力的话语补充道:"我应该和卓娅一块儿走!"

以后,我们再也没有谈论过这件事。

卓娅走之后的日子,我做什么都力不从心。每天缝军衣直到深夜,每一天的每一分钟心里都在轻轻地呼唤着她:"你现在在什么地方啊? 你好吗? 想念我们吗? ……"

有一天我挤出几分钟时间来收拾了一下桌子下面的抽屉,我想腾出一点地方来放卓娅的本子,以免落灰。

我首先看到的是她写得很细密的几页纸。我看完它,才知道这是"伊里亚·木罗米次"的命题作文的草稿,文章是这样写的:

"俄罗斯是一个土地肥沃,辽阔美丽的国家。有三位勇士保卫着它:中间骑着骏马的是伊里亚·木罗米次,他手握长矛正要刺杀敌人;其他两位是他最忠实的朋友,左边是眼神机智的阿辽沙·波波维奇,右边是健壮的多布雷尼亚。"

我想起来了,卓娅曾经很用功地收集有关伊里亚的民歌,又把瓦斯聂错夫名画的复制品拿回家,每天都要对着名画沉思几分钟。卓娅的文章就是从描绘这幅名画开始的。

另一张上写着:"人民都热爱他,人民在他受伤的时候很亲切地称呼他为'伊连喀'或'伊留申喀'(均为伊里亚的爱称)。'伊连喀受伤了。'在凶残的侵略者刺伤他的时候,俄罗斯的山河给他注入强大的力量:'在养伤的时候,伊里亚的力量增长了三倍。'"

纸的背面写道:

"百年之后,人民实现了自己的愿望:拥有了自己的土地,拥有了来自人民的卫士——光荣的红军。正如在歌中唱的:'我们生来就要把梦想实现。'我们要把奇异的童话变为事实,人民就像歌颂伊里亚·木罗米次一样,衷心地歌颂自己热爱的英雄。"

我把这些稿纸小心地夹在卓娅的本子里,我又看到卓娅的本子里记叙有关伊里亚·木罗米次的文章,但已经是修改完成并重新誊写过的了。老师薇拉·谢尔盖叶夫娜在作文后面清楚地写了批语:"非常好。"

我再往抽屉里放本子的时候,发现最里面的角落放着一个小小的日记本,我把它取出来,小心翼翼地打开。

日记本的前几张记录了作品的名称和作家的姓名,很多读过了的作品都标着十字记号:有茹柯夫斯基、卡拉木金、普希金、莱蒙托夫、托尔斯泰、狄更斯、拜伦、莫里哀、莎士比亚……后面的几张是模糊不清的铅笔字,再往后翻是卓娅用钢笔记录的名人格言:

"人的内心和外表应该都是美丽的:面容、服装、心灵、思想。"(契诃夫)

"一个共产党员——应该是大胆,多思,希望,果敢。"(马雅柯夫斯基)

后面还有一张用铅笔潦草地写着:"在《奥赛罗》里,人类为了崇高的理想和绝对的真理,纯洁的美德和真诚的精神而斗争。《奥赛罗》的主题,是人类的真正感情的伟大胜利!"

还有:"莎士比亚作品里主角的悲剧,都总是伴随着一种高尚道德的胜利而高扬。"

我阅读着这已经被磨破的小本子,仿佛听到了卓娅的心声,眼前浮现出她那害羞的微笑,而她锐利、严肃的双眼似乎就在我眼前。

还有关于《安娜·卡列尼娜》里面有关谢辽日的一节:"他还是个孩子,只有九岁;但是他知道爱护自己的心灵,像爱护双眼一样爱护它,如果没有爱的钥匙,他是绝对不会允许入侵者随意进入他的内心的。"

我感觉到这几句话是由卓娅对着我说的,卓娅似乎一直在每一个文字中凝视着我。

"马雅柯夫斯基是一个满腔热血,胸怀坦荡而且性格爽直的男子汉。人们在他的诗里创造了新的人生,他是人民的诗人,也是一位出色的诗人演说家。"

萨勤:"劳动的时候,生活是美丽的!被迫劳动的时候,生活是悲惨的!"

"……真理是什么? 人,就是真理!"

"……虚伪,是奴隶和奴隶主的宗教……真理是向往美好人生的上帝。人,是一个很美丽的名字,这个名字应该是骄傲的! 人应当受到尊重! 不要怜悯他,不要用怜悯糟践了他的人格,应该尊重他! 我一向痛恨一生为了自己去算计别人的人。这个不是最要紧的! 人应当有高出这些的伟大精神! 人应当有超出温饱的高尚追求!"(高尔基:《底层》)

还有几张是最近写的:

"塞万提斯。'奇妙的空想家唐·吉诃德。'唐·吉诃德是意志,是自我献身,是大智若愚。"

"书也许是人类在走向希望和强大的道路上创造出来的众多奇迹当中最复杂最伟大的奇迹。"(高尔基)

"初读好书,如获知心良友。重温好书如再会老友,读罢好书如告别良友,不知能否再相逢。"(中国哲言)

"行路人能够战胜途中的各种艰难险阻。"

"不管是个性、仪表、风度还是一切任何其他行为,最大的魅力来自于纯朴。"(朗斐洛)

今天我又像那天翻读卓娅的日记本一样,我感觉我手中似乎捧着一颗跳动的心,一颗饱含着爱和信念的心。

我反复地翻阅了卓娅留下的小本子,思考着每一个字的含义,这时候我似乎又感觉到卓娅就站在我面前,我们又在一起了。

剩下最后的几张了。别忘了:1941 年 10 月。

"莫斯科市委书记是个谦逊、纯朴的人。

他讲话简练清晰。他的电话:KO—27—00 分机 l—14。"

后面是从《浮士德》里边摘录的句子和整个歌颂艾弗里昂的合唱歌词:

> 我在这一瞬间的誓言是:
>
> 决战,进行胜利的咆哮。
>
> 让我展开翅膀。
>
> 飞向那里!
>
> 飞往硝烟弥漫的战场,
>
> 飞向战区的心脏!

"俄罗斯让我爱得心疼,我无法想象自己离开俄罗斯,去别的地方能够生活度日。"(萨尔蒂科夫·谢德林)

最后的一页,仿佛晴天霹雳打在我头上——《哈姆莱特》里面的话:

"再见了,再见了,记着我吧!"

"丹娘"

写这本书的时光,既让我愉快,也让我感到痛苦,回想起往事,我好像又重新过着以前的日子,手扶着摇篮摇着幼小的卓娅,怀抱着三岁的舒拉,我好像又重新看见了我的孩子们,看见他们姐弟俩在一起活泼可爱地健康成长,生活充满了希望。

以后需要叙述的事情愈少,我就愈加痛苦,当越来越接近不可避免的结局的时候,我就更难找到适当的语言来叙述……

卓娅走之后的每一天,哪怕是很细节的事,我都记得清清楚楚。

她走之后的每一天我和舒拉都在期待中生活着。卓娅刚离开家的几天时间里,舒拉回到家中看不见姐姐的时候,总是问:"卓娅在哪里?"现在他每天下班回家之后的第一句话就是:"她来信没有?"虽然此后他再也不把这句话挂在嘴边,可是我能从他的眼神里看得见这句话。

有一天,舒拉兴奋地跑进屋子里来,而且紧紧地拥抱了我,这是以前没有过的。

"有信啦?"我马上就猜到了。

"岂止是有信,快来听听这是什么样的信呀?"舒拉兴奋地大喊,"'亲爱的妈妈! 您现在好么! 身体健康吗? 生活过得好吗? 妈妈,如果有时间,就是给我写几个字也好啊。我完成任务之后,一定会回家陪你。你的卓娅。'"

我急着问:"落款日期是哪一天呀?"

"11 月 17 日。也就是说,我们就好好等着卓娅回来吧!"

漫长的等待又开始了,不过我们现在不像以前那样忧心忡忡了,而是抱着愉快的希望期待着,不管是白天黑夜我们都期待着,分分秒秒地盼望着,时刻准备听到卓娅的敲门声,只要一听到敲门声我们就会跑着去迎接她,我们时刻都准备成为世界上最幸福的人。

但是满怀憧憬的希望化为了泡影,11 月过去了,12 月过去了,已经快到 1 月底了……我再也没有收到卓娅的信和其他的消息。

我和舒拉都在上班,家中一切家务他都一起承担了起来,我理解他,他想在一切事情上都代替卓娅的位置。他先回到家的时候,总是会为我热好汤菜;或者常常在深夜起来帮我加被,因为那时候已经很难得到木柴,我们尽量地节省能源。

有一天——也就是 1 月底的某一天——我很晚才下班回到家。这是常有的事,每次疲倦地走回家,都会无意地听到一些路人的谈话。那天晚上,街上到处都可以听到人们在谈论:

"您读今天的《真理报》了吗?"

"里多夫的那篇文章您读了吗?"

电车上有一位大眼睛的姑娘,眼里带着忧伤,面容憔悴地对自己的同伴说:

"多么动人的一篇报道啊! 多么高尚的姑娘啊! ……"

我猜想今天的报纸上一定刊登了什么不同寻常的事迹。

回到家里,我问舒拉:"你读了今天的《真理报》吗? 据说上面刊登了一篇非常动人的报道。"

舒拉并不看我,简单地回答道:"读了。"

"是一篇怎样的事迹呢?"

"关于一个年轻的女游击队员丹娘的事迹,她被德国人绞死了。"

屋里很冷,即使我们已经习惯了,可是当时我感觉我的五脏六腑都凉透了,心里被揪得紧紧的。我想:这是谁家的女孩呢?家里人一定也在急切地盼望着她的消息,一定也在为她担忧呢……

一会儿,无线电广播准时开始报告一些关于战场上的形势和劳动战线上的消息。突然,广播员说道:

"我现在报告今天(1月27日)的《真理报》上里多夫的一篇通讯。"

于是他以悲愤激扬的声音开始叙说:12月上旬,在彼得里斜沃村,女游击队员青年团员丹娘如何被德国人杀害了。

舒拉突然对我说:"妈妈,我想把它关了,行不行? 明天我还得早起上班呢。"

我感到有点惊讶:舒拉从来睡得很沉,高声的谈话或者广播的声音完全不影响他睡觉。

本来我很想听听这篇动人的报道,但是最终我还是把扩音器给关掉了,对他说:"好吧,去睡吧……"

第二天我到青年团区委去了,我想,也许我能在那里能打听到有关卓娅的一些情况。

区委书记对我说:"任务是保密的,而且已经有很长时间没有消息了。"

难熬的日子又过了几天,2月27日,我永远都忘不了这一天。晚上,我下班回到家之后看见桌上有一张纸条:妈妈,青年团区委请你到那儿去一趟。我想:这回可真的等到啦! 肯定卓娅托谁捎带的消息,也许是她的信。

我飞快地向青年团区委跑去,那天晚上天很黑,还刮着寒风,街上没有电车,我差不多是跑着去的,路很滑,跌倒了我又爬起来继续跑,这时候,我的脑子里一点儿也没有想到会是悲惨的事情。我没有预想到会是什么坏消息,只是想知道:到底什么时候我才能看到我的卓娅? 她能很快回家吗?

到了区委后,区委书记对我说:"你快回家去吧,莫斯科团市委的人到你家里去了,你们肯定是在路上错过啦。"

"我必须快一点,我要马上知道卓娅的消息!"我不是在走,而是再次飞奔跑回了家。

推开门的瞬间我就愣在门槛上了。屋子里的两个人离开桌子起身向我迎了过来:齐米列捷夫区文教局局长和另一个我不认识的、表情严肃并且略微紧张的青年人。他们的嘴里呵出了热气,屋里很冷,他们都没有脱下外衣。

舒拉靠着窗站着。我看了看他的眼睛,我们的目光相遇的时候,从他的目光中我突然明白了什么……他朝我扑了过来,还碰倒了什么东西,但是这时候我的脚仿佛被钉在了地板上,丝毫不能动弹,身体也没有任何知觉。

这时我听见有人说:"柳鲍娃·奇莫菲耶夫娜同志,你读了 1 月 27 日《真理报》上关于丹娘的那篇通讯报道吗? 丹娘就是卓娅,您的卓娅……先前我们到过彼得里斜沃村。"

我一头倒在他们送过来的椅子上,没有眼泪,没有呼吸,也没有思想。我只希望屋子里最好只剩下我一个人,我的脑海中总是跳动着同一句话:"她牺牲了……她牺牲了……"

舒拉扶我坐到床上,在床边陪伴了我整个通宵。他没有哭,他的眼睛里没有眼泪,只是向前方凝视着,双手紧紧地握着我的手。

"舒拉……现在我们该如何是好?"费了好大的力气我才挤出这么一句话来。

舒拉一向能控制自己的情绪,可在这个时候他再也无法控制自己。倒在床上号啕大哭起来。

"我早就知道……我全知道。"他呜咽着说,"那天《真理报》上刊登了照片呀! 她的脖子上拴着绳子……虽然报纸上用的是化名……但是我心里十分清楚,就是她……我知道是卓娅……我不愿告诉你。我怕你承受不了,但我又希望我认错了……我希望这不是她。我不敢相信,可是我不能……我不能……我知道……"

"你拿给我看看。"我说。

他抽泣着答道:"不!"

我说:"舒拉,我很想见她呀。在我面前还有很多事情。我求你……"

舒拉从上衣的里袋内掏出自己的日记本：在一张洁白的纸上粘着从《真理报》上剪下的纸片。这时候我看见我的卓娅，和我的血肉相连却受尽折磨、我亲爱的孩子那坚强不屈的脸。

舒拉还对我说了些什么话，我都没有听见，可我突然听见他的某一句话：

"妈妈，你知道卓娅为什么会化名为丹娘么？你还记不记得丹娘·索罗玛哈？"

我慢慢想起来了，而且很快就明白了这一切。是的，没错，这是卓娅敬佩的一位很久以前为祖国而献身的女孩，所以卓娅将自己的名字化为丹娘……

在卓娅的墓地

几天之后，我要去彼得里斜沃村了。现在我已经记不清我当时是如何去了的，我只记得柏油公路没有通到彼得里斜沃村，汽车走了将近五公里的土路，几乎是拖过去的，我们到达彼得里斜沃村时几乎已经冻成了冰人。人们带我来到一所农舍里，但是我无论如何都没有办法暖和过来！我的心里好冷。过后我们来到了卓娅的墓地，卓娅已被人们从土里掘出来了，我终于看到她了……

她躺在地上，双臂垂直，不屈地昂着头，绳子还套在她的脖子上。她脸上的表情依然坚强而镇定，我看到她的脸上已经没有了一块完整的皮肤。左边的脸上，留下了许多被打伤的淤青，全身上下都被刺刀给捅破了，胸脯上还有许多已经冻结了的血。

我在她身边跪了下来，仔细地观察她的脸……我掀开她苍白的额上的一小绺头发，我又一次很惊讶地看到了她那被严重毁伤了的脸上留下的永恒的镇定的表情。我不能离开她，我要把她留在我的眼睛和脑海里。

这时，一位穿着红军战士军装的姑娘走了过来，她温和地，但是有力地搀着我的胳膊把我扶起来。

"去屋里坐吧。"她温柔地说。

"不。"

"请您进去吧。卓娅曾经和我在同一个游击队里,我说给您听……"

她扶我进入一间农舍,坐在我身边,就开始讲述卓娅牺牲的经过。我勉强地,像在梦幻中一般朦胧,又像在云雾中一样迷迷糊糊地听着。大部分的情况我已经从报纸上的新闻知道了。我听到她说,卓娅他们一组游击队员是如何穿越了战线,来到德国人占领地区的树林里住了两星期的时间。夜间他们出来完成队长派发给的任务,白天他们就在冰天雪地里睡觉、烤火。他们仅带了五天的干粮,可大家一起分用了两个礼拜,卓娅曾跟同志们一起分吃了最后的一块干粮、最后的一口水……

这位姑娘叫克拉娃,她边哭边说道:

"……执行完任务,我们返回根据地的时候,卓娅总觉得自己事情做得不够多,她请求队长再交给她任务,请求潜入彼得里斜沃村里去。

她潜进彼得里斜沃村,放火烧了德国人占据的农舍和军队的马厩。一天之后,她来到村子边缘的另一间马厩,里面有两百多匹马。她从背囊里取出了盛满汽油的瓶子,把汽油洒在敌人的马厩里,正要弯腰点火柴,就在这关键的时刻,一个德国兵出其不意地从她后面反扣住了她。卓娅拼命地反击,她把德国兵推开,并迅速掏出了手枪,但是还没来得及扣动扳机。她手中的枪就被德国兵打落了,随后敌人鸣响了警笛……"

克拉娃说到这里忽然沉默了。大家都看着火炉中跳动的火焰沉默了,农舍的女主人突然说:

"如果你们愿意的话……我可以告诉你们以后发生的情况……"

她的叙述我也全都记在了心里。但在这里我们还是先读读彼得·里多夫的通讯好了,他是第一个记录了卓娅事迹的人,他最先来到彼得里斜沃村,追寻着烈士生前奋斗留下的踪迹,调查了解,并问清楚了德军曾经如何用酷刑企图摧残她的坚毅,彻底失败后又怎样摧残她的肉体以及她是如何光荣就义的……

"就是要消灭你们"

卓娅被德军带了进来,他们让她坐在板铺上。她对面的桌子上放着电话机、打字机、收音机,以及摊开着的司令部的文件。

军官们陆续走进来,他们喝令房屋的主人沃罗宁退出室外。老太太动作稍微有些迟缓,便被军官们大骂着推了出去:"老婆子,滚出去!"

留得列尔中校是德军 197 师 332 步兵团团长,他曾经亲自审讯过卓娅。

沃罗宁坐在厨房里,屋内的审讯他基本上都能听得到。在审讯室里,卓娅毫不犹豫地、高声地报上了丹娘的名字。

中校问道:"你是什么人?"

卓娅坚定地回答:"你没必要知道。"

"是不是你放火烧了马厩?"

"是的。"

"你的目的是什么?"

"就是要消灭你们。"

审讯屋里沉默了一段时间。

"你是什么时候通过战线过来的?"

"星期五。"

"你来得真快呀。"

"这有什么好犹豫的呢?"

法西斯的军官又逼她交出同伴所在的地点,问是谁派她们来的。卓娅的回答都是"我不知道""你们别做梦,我绝不会告诉你们的"。一无所获的军官们看软的不行,就动用了酷刑,几分钟后,审讯房内就传来皮带呼啸的声音和皮鞭抽打在身上的沉闷声响。惨无人道的刑讯把一个年轻的小军官吓得从屋里逃出来,他两手抱着头,紧紧闭着眼睛,捂住耳朵,在厨房坐着直到刑讯结束,就连法西斯的神经都扛不住了……

·四个身强体壮的士兵解下皮带轮流抽打卓娅。据房屋主人沃罗宁估算,他们足足打了两百下才肯停手,但是卓娅始终没有发出一声疼痛的叫喊声,以后她的回答依然是"不""不知道",只是她的声音比以前嘶哑了,

音量降低了······

据一个被俘的士兵、曾经参与审讯卓娅的卡尔·鲍尔连在他写下的口供中回忆道：

"你们的英雄女儿卓娅的意志非常坚强，她不知道什么是背叛······她冻得浑身发紫，伤口一直在淌血，但是她始终什么都没吐露。"

军官们在沃罗宁的家里审讯了两个小时，然后剥去了她所穿的衣服，让她在雪地里赤脚走着，由卫兵押解到瓦西里·库里克的农舍里。

卓娅被带进库里克的农舍的时候，双手一直被反绑着，此时的她已经满身伤痕，前额上有一大块青紫色的创伤特别明显。她一直端着粗气，蓬乱的黑发一绺绺地被汗水打湿，紧紧地贴在她的高额上，受刑时自己咬破的嘴唇也红肿得很高。

在瓦西里·库里克的农舍里，她坐在凳子上，门口有德军的卫兵把守着。在她饥渴难耐要求要喝水的时候，瓦西里·库里克来到水桶边，想喂卓娅喝一口水，但是残忍的卫兵早就抢了上去，拿起桌上的煤油灯想要用煤油去灌她。库里克不顾一切为卓娅求情，卫兵开始无动于衷，经过长时间的请求，最后才勉强同意给卓娅水喝，于是她贪婪地喝了两大杯水。

农舍里还驻守着一群下流的德国士兵，他们将卓娅团团包围住，用各种方法去折磨她羞辱她，他们用拳头去触碰她，有的甚至用燃着的火柴去烧她的下巴，还有的用锯子去刺她的背。

兵士们取笑够了，折磨够了，就去睡觉了。但是守门的卫兵又端着步枪进来摧残卓娅，他端着刺刀对着她，命令她站起来，还让她走到外面去。他的刺刀几乎已经抵住了卓娅的背，逼她在雪地里来回走动："开步走！""向后转！"此时，可怜的卓娅身上只有一件衬衣蔽体，一双赤裸的脚在雪地上走着，被冻得红肿了，直到那个法西斯歹徒自己冻得哆哆嗦嗦支撑不住，想回屋里取暖的时候，才回到屋子里去。

这个卫兵从晚上十点钟看守卓娅到凌晨两点钟，这段时间他每隔一小时就要让卓娅到室外去冻十五到二十分钟。

凌晨两点钟，一个新的卫兵来换岗，他允许卓娅在凳子上躺下。

库里克的妻子悄悄走进来问卓娅：

"你是谁家的孩子呀？"

卓娅警惕地望着她："您为什么要问这个？""你的出生地在哪儿呀？"

库里克的妻子又问。"我是莫斯科人。""你有父母吗?"卓娅没有回答她。长时间的酷刑以及冻烂的双脚折磨着她,但是她并没有发出痛苦的呻吟,也没有说什么话,纹丝不动,一直躺到天亮。

早晨,德国兵士们开始装置绞架。

库里克的妻子又悄悄和卓娅说话:

"前天,是你放火烧了马厩吗?"

"是我干的,德国鬼子被烧死了吗?"

"没有。"

"可惜。那他们损失了什么东西呀?"

"马匹,听说,也烧毁了一些兵器……"

十点钟的时候,军官们进来了,其中一个军官又问卓娅:

"你告诉我,你是谁?"

卓娅没理他。

"你告诉我,斯大林在哪里?"

卓娅回答说:"斯大林在他的岗位上。"

这次审讯,德国士兵把房主人库里克和他的妻子从屋里都赶了出去,审讯结束之后才允许他们回去。

卓娅背包中的帽子、皮上衣、毛绒上衣和皮靴早就被无耻的士兵们瓜分了,军官厨房里的厨子手上还戴着卓娅的手套。现在她的背包里面除了火柴和盐之外,只有一件短袄、裤子和袜子。

德国匪兵们把卓娅现有的衣裳拿来,让她穿上。房屋主人帮卓娅往伤痕累累、冻得发黑的腿上套上袜子。他们在一块木牌上写着"纵火犯",然后把它连同没收来的卓娅曾经使用的汽油瓶子一起挂在卓娅的胸前,就把她带到刑场上去了。

刑场上,卓娅被十多名手握刺刀的骑兵、一百多个步兵和几个军官围在中间。

德军命令当地的居民来刑场集合,可是到场的人并不多,有的居民不忍目睹这血腥的场面,只在刑场上站一会儿很快就离开了。

绳子从绞架上放了下来,下面是重叠着的两只木箱。他们把卓娅抱起来放在木箱上,用绳子拴住她的脖子,其中一个军官开始打开他的柯达照相机朝着绞架对光。这时,警卫司令向刽子手做一个手势,暗示他,等一会儿。

卓娅用这仅有的最后几分钟时间向集合在刑场上的男女老少们大声地响亮地开始了她具有号召力的讲话。

"喂,同志们! 你们不要愁苦着脸看着我。你们应该打起精神来,壮起你们的胆量,努力奋斗,对抗法西斯,放火烧呀,用毒药毒呀!"

站在旁边的德国兵愤怒地拿起手,不知是要堵住卓娅的嘴,还是要去打她,但是卓娅不顾一切地推开他的手继续说道:

"同志们! 死亡算得了什么! 为自己人民的自由而死,是光荣,是幸福啊!"

但是摄影师又在调焦,他由远处、近处,从各个角度对准绞架抢着拍照,并打算从侧面拍一张。这时,刽子手们已经迫不及待地望着警卫司令,警卫司令命令摄影师:

"快点,快点!"

卓娅又转过身对着警卫司令和德国兵士高声喊道:

"你们现在绞死我,但是你们不可能绞两亿人民,我们的部队马上就要来了,我的同志们会替我报仇。德国鬼子! 趁现在还不迟,赶快缴枪投降吧,胜利最终会是我们的!"

刽子手将绞绳拉紧了,绳套深深地勒紧卓娅的咽喉。卓娅双手挣扎着用力拽着绳套,踮着脚尖,挺身站着,用最后的力气高声喊道:

"乡亲们,永别了! 奋斗下去,不要害怕。跟着斯大林走! 斯大林一定会到来! ……"

冷酷的刽子手用他那钉着马掌的皮鞋一脚踢掉了上面的木箱。"咚"的一声,木箱滚落在了雪地上。

围观的人群一下子闪开了。有人惊恐地吼叫了一声,但是很快又安静下来,接着,树林的那边立刻传出一声长长的回音……

克拉娃的一封长信

亲爱的柳鲍娃·奇莫菲耶夫娜同志！

我是克拉娃，您的女儿卓娅曾和我在同一个游击队里。我和您在彼得里斜沃村相遇的时候，我非常理解您当时很难有心思听我讲述。与此同时，我也理解您迫切想要知道卓娅离开您以后所过的每一分钟的心情。对于您来说，这比任何一件事都更加重要。我想，读信的话，您会冷静很多，所以，我尽力将卓娅离开您以后的事情，我所知道和所记得的所经历的每一件事情，都在这封信里仔仔细细地告诉您。

那年的 10 月中旬，我怀着和其他青年们一样的献身精神，来到青年团莫斯科市委的走廊里等待着市委书记的接见。我的心和其他的青年一样，非常渴望能被派到敌人的后方去。在这一大群青年当中，有一位肤色微黑蓝色瞳孔的姑娘引起了我的注意，她穿着一件镶着皮领和皮下摆的咖啡色的大衣，她没和周围的任何人交谈，可见她当时并不认识周围的人。当她被书记接见之后走出办公室的那一刻，我看到她蓝色的眼睛里释放出喜悦的光芒，她朝等待在门口的每个人微笑着。人们都用美慕的目光送走她离去的背影，很显然，她被录取了。

10 月 31 日，我永远记得这一天，我和其他青年一样被录取了。那天下着小雨，街上又冷又湿。我来到柯里杰电影院，因为会有一大批莫斯科的青年团员从这里被分配到部队里去。

在柯里杰电影院的大门口，我又遇到了那位蓝眼睛的姑娘。我友好地问她："您也是看电影吧？"她温柔地微笑着回答我说："是的。"后面又陆陆续续进来一大群青年男女。我们问这群血气方刚的青年："你们看电影吗？"大家都异口同声回答："是啊！"青年们你看看我，我看看你，可是当电影院的售票口打开的时候，没有一个人过去买票。这时，大家不约而同地开心地笑了。那时，我问蓝眼睛的姑娘："怎么称呼您？"她回答说："我叫卓娅。"

卓娅微笑着对大家说道："以后我们就都是好朋友了，免得看电影寂寞。"她和一位叫卡佳的女孩一起，拿出杏仁分给大家吃。不久，汽车就开过来了，我们登上了汽车，穿过莫斯科市区，飞奔着向莫札伊斯克公路驶去。一路上大家兴奋地高歌：

> 命令来了：他向西，
> 她奔赴另一方，
> 共青团的团员们，
> 奔向血与火的战场……

莫斯科的楼房渐渐远离我们的视线，汽车行驶在莫札伊斯克公路上。公路的两旁，我们看到一幅幅激动人心的画面：许多妇女和青少年正为了保卫自己的家园——莫斯科，正在修筑防御工事。全车的伙伴们一定和我想的一样：你看，所有的莫斯科人，无论男女老少，都下定决心要守卫它，任何侵略者都别想踏进我们的莫斯科半步！

到达部队驻地的时候已经将近下午六点钟了。部队驻扎在孔采夫后边。晚饭后大家马上又投入了学习当中；我们主要是研究自卫武器：七星手枪、毛瑟手枪、巴拉别留姆连发手枪。我们先把手枪拆卸开再安装起来，接着，就互相检查，主要是要弄清楚里面各个零件的构造和每个零件所起的作用。卓娅很聪明，她很快就掌握了知识，还能熟悉地给大家进行分析和讲解，她还高兴地对我说："我弟弟对枪支很有研究，他有一双灵巧的手，就算是很复杂的机件他都能在眨眼间拆开了又安装上，而且他还能将它的结构装置解释得非常清楚。如果舒拉在这里就好了。"

卓娅的机灵以及她对每个人友好负责的态度很快就赢得了大家的心，因此在选班长的时候，我们房间里十几个女孩在彼此连名字都记不太清楚的情况下，居然异口同声地喊出了"卓娅！"的名字。

部队规定是早晨七点开始学习，可是早晨六点钟我们的新任班长就来叫我们起床了，她走到我的床前调皮地开玩笑说："懒丫头，要不要来个清凉的冷水浴呀！快起来吧。"另外有一个女孩动作略微迟缓了些，卓娅就对她说："听到起床号令，就应该立即起床！你看你像个士兵吗？"吃饭的时候她也总是催促我们。当时有位女孩有些抱怨地对她说："你怎么总是发号施令呀？"我想，卓娅一定会用毫不示弱的话进行反击，但是卓娅只是望着那个女孩子的眼睛说道："是你们推选我的呀。既然你们信任我，就服从我吧。"

以后，我很多次听到战友们对卓娅的议论："卓娅从来不骂人，但是她的眼睛只要看你一眼总能征服你……"

那个时候，树林里是我们的课堂，而非教室的舒服凳子。我们都刻苦锻炼，几乎没有休息过。我们学会了用指南针辨别方向和寻找目的地，练习射击。教员曾拿着盛有炸药的箱子让我们学习如何进行爆破。那些日子我们苦练本领从未间断。

有一天，斯普罗基斯少校把姑娘们分别叫到他的办公室，再次问我们："你们马上就要投入到战争中了，可能要流血甚至牺牲，你们不害怕吗？如果你们胆怯或者犹豫，现在还可以退出。这可是最后的机会了，以后再也不会有了。"卓娅是第一个走进斯普罗基斯少校办公室的，她对少校的提问回答得非常干脆又坚决。所以，几乎是眨眼的工夫就走了出来。

这之后，大家就被分成了几个小组，每个人都配备了自卫的武器。

11 月 4 日这天，我们开始投入到战斗当中。我们来到沃洛柯拉木斯克附近，我们的任务就是将地雷埋在沃洛柯拉木斯克的公路上。这样，我们就必须在那里穿过敌人的封锁线，潜入敌人的后方。在向沃洛柯拉木斯克进发的途中，我们小组与康斯坦丁小组要往不同的方向前进。在分别的时候，康斯坦丁小组的两个女孩淑拉和叶娘对大家说："姑娘们，我们一定要像个英雄一样好好完成这次任务。"卓娅回答说："不这样还行吗？"大家都立下誓言："无论是生还是死，都要做名英雄，随时准备为祖国献出自己宝贵的生命。"

夜深了，我们屏住呼吸，悄悄地、顺利地越过了战线。卓娅和我被派去侦察敌情。我们欣然接受命令，兴奋地往前走，我俩都想快速地完成任务。刚走不远，突然不知道什么地方来了两辆机器脚踏车，擦着我们飞也似的开了过去。我们马上警惕起来，千万小心。我们约好，如果不幸被敌人发现，宁可牺牲也不能被活捉，之后我们就决定爬上去。夜里，周围安静得只能听到落叶的瑟瑟声响，连这么细小的声音也显得那么刺耳。卓娅好像很轻松地就爬了上去，非常敏捷轻快，差不多没有一点儿动静。

我们顺利地沿公路爬行了三公里，一路上没有发现什么情况，便返回树林前边报告等待接应我们的人;路上没有阻碍。因为公路上埋地雷需要两个一起埋,于是,男孩子们就马上一对一对地散开挖坑埋地雷去了。我们四个姑娘帮他们放哨。男孩子们正得意地干着活,还没完成工作的时候,就听见远处传来了轰隆的汽车马达声,声音由远及近、越来越响亮。我们发出警告,大家一起撤退,于是大家都弯着腰麻利地钻进树林深处遮掩起来。喘息还未平息下来,就听到一声巨响,一道亮光划破天空。之后树林子里马上又是死一般地寂静,连风的声音都没有,好像万物都已经冬眠了,片刻的寂静之后又传来第二次爆炸声,第三次爆炸声,喊叫声、枪声交织在一起……

第一次战斗宣告胜利,大家都感到开心。我们躲进树林子的最深处,天亮时分,我们就宣布休息,大家相互祝贺,那天正是 11 月 7 日。

中午的时候,我和卓娅将很多铁蒺藜抛撒在汽车通行的大道上。敌人的汽车从这儿经过的时候,它们就能刺破汽车的轮胎,破坏敌人的运输工作。这个办法很好。我更加佩服卓娅,什么事都能办得很准确,她具有一般女孩所缺少的勇敢、冷静和自信。和卓娅在一起做什么事都不会感到害怕,我们的同志都愿意和她一起出去探察。

当天晚上,我们又回到了部队这个“家”。我们各自汇报了执行任务的情况,又一起洗了个澡,沐浴后的卓娅脸色绯红。我们坐在床上,第一次谈到自己的情况。她双手抱着膝盖,这时的卓娅在我眼中就是一个可爱的小女孩。她突然对我说:

“我问你,你在参加部队之前做的是什么工作?”

“教员。”我回答她。

“那我不是得用‘您’来称呼你了,而且还要称呼名字和父名!”卓娅满脸稚气地说道。

告诉您吧,卓娅和男们谈话的时候彼此用“您”来称呼对方,和女孩子们谈话的时候则全用“你”。可卓娅的这番话直令我想笑,我突然一下子才觉察出来,她那副可爱的傻样子,今年才刚满十八岁,从学校就直接来到了前线,实际上也还只是一个小女孩啊。

“你真是个小女孩,仅仅小我三岁,怎么想到要用‘您’来称呼我呢?”我问她。

她想了一会儿问我:

“你是共青团员吗?”

"是的。"

"那么,我还是用'你'吧。你家里有什么人?"

"有父母、姐姐。"

卓娅说:"我有妈妈和弟弟,我十岁的时候,父亲就去世了。妈妈一个人辛苦地把我和弟弟养大。妈妈很疼爱我们,妈妈一定也会喜欢你们的。我和你们是分不开的,我一定会和你们一起战斗到最后,胜利的那一天,我要把全组带到莫斯科去,带到妈妈那里去。"

我们第一次这样倾心地交谈。第二天,上边来了命令,小组里的人员会产生一些变动,鲍里斯成为了我们的新队长。鲍里斯很有修养,处事镇静,对战士要求非常严格。但他很反感骂人的行为,他最喜欢说的一句话是:"辱骂既不能使自己聪明,也不能使别人聪明。"调整后,女孩子的队伍依然没变:卓娅,丽达·布雷基娜,蔚拉·沃罗施娜和我。

我们带着装满汽油的瓶子和手榴弹向敌人的后方进发。这一次我们是在交战的情况下闯过去的,没有任何人员伤亡。第二天我们领受了真正的战斗的洗礼:敌人的交叉火力像梭子一样从四面八方向我们扫射过来。

蔚拉喊道:"卧倒,战友们!"

随着蔚拉的喊声,我们都紧贴着地卧倒了。枪炮声过去之后,大家继续向前爬行了大约八百米的时候才发现有三名队员不见了。

卓娅对队长说:"请允许我回去看看有没有受伤的队员。"

鲍里斯问:"您要带谁去?"

"我一个人去。"

"慢点,先让德国鬼子冷静冷静。"

"不行,那时就太晚了。"

"去吧。"鲍里斯批准卓娅。

卓娅匍匐着爬回去了。我们等着她回来的消息。可是一个小时过去了,两个小时过去了,三个小时过去了……依然不见卓娅出现,我们怀着沉重的心情等着她。我们无法理解为什么这么久时间还不见她回来:我的心一阵狂跳,不由得从心里传出一个声音:卓娅她一定是牺牲了。但是出人意料的是,在拂晓时分她脸色苍白地回来了。她满手鲜血,全身上下挂满了武器。

她强忍住眼泪说："三个同志都牺牲了。他们浑身鲜血,我从蔚拉的口袋里取出她妈妈的照片和小日记本,还有柯利亚身上的书信。"

这一年入冬之后就没下过一场雪,因而也没有地方取水。疲倦的我们又渴又冷,又不敢点大堆的火,只能在林子的深处用纤细的树枝点起了一小撮营火,以温暖一下冻僵的手,热一热罐头。

有一次我被派去侦察敌情。我刚趴在低矮的松树丛中准备仔细观察一下敌情的时候,几个德国歹徒就走过来了,停在我藏身的松树前面。他们一边谈论着什么,一边发出淫荡的笑声。我屏住呼吸一动也不敢动地趴在那儿,不知不觉一个多小时过去了,我的脚冻麻木了,嘴唇也干裂了,好不容易等到德国歹徒晃悠悠地转身走了,我才赶忙爬起,一无所获地回到部队。卓娅看到我就迎了上来,她把我拉到火堆边上让我坐下,还扯下自己的围巾,帮我围在脖子上,一句话没问就走开了。一会儿她拿着一只杯子对我说:

"这一点冰棍儿是给你留的,现在化了一点儿水,你快喝吧。"望着卓娅,我感激地说:

"我永远也忘不了你。"

卓娅忙说:

"别说那么多了,快喝水吧。"

我们的队伍紧接着向前方进发。我和卓娅走在距离队伍一百米的前面担任侦察工作,后面的战士彼此距离也就一米半左右,我们缓缓前行,卓娅突然发现前面的地上倒着一个已经牺牲的红军战士。她马上停下,给队伍发出了停止前进的手势。我们查看了这位红军战士,子弹穿过他的鬓角和两腿,在他的衣袋里我们发现了一封入党申请书:"坦克驱逐营中尉罗基昂诺夫具。请追认我为共产党员。"卓娅把这张申请书折起来放在自己衣服的最里层的口袋里了。这个时候,我看到她的面部表情异常严峻,紧锁着的双眉下面两只蓝色的大眼睛冒出复仇的火焰。看得出她肯定要毫不留情地向敌人讨回血债。

我们继续向彼得里斜沃村前进,在那里驻扎着一大批的法西斯歹徒。一路上我们切断敌人的电线,晚上我们就来到彼得里斜沃村附近,这里树林非常茂密,我们钻入了树林的最深处,烧起了较大的营火。一位男同志出去为我们放哨,我们围绕火堆坐着。雪已经下了好几天，高大茂密的罗汉松在我们周围挺拔地耸立着，圆圆的、暗淡的月亮升起在树梢上。

“骑兵的教练场有这样高大的罗汉松该多好啊！”丽达说。

卓娅接过话头说道：“是应该有这样的装饰！”

鲍里斯把剩下的最后一点干粮分给了大家，每人分得了半块面包干、一小块鱼干和一块糖。我们女孩子为了能够尝尝食物的味道，都是一点一点细细嚼着，慢慢品味着。男孩子们就不一样，他们一口就吞到肚子里去了，卓娅瞧了瞧挨她坐着的男孩，她把糖块和面包干递给他说：

“这些给你吃吧！我已经吃饱了，吃不下了。”

男孩子知道卓娅是自己忍着饥饿，要把干粮送给他，他坚决不要，但是最终犟不过卓娅，还是接受了。

“活着真好！”丽达·布雷基娜说。

这句话表现出了大家对未来生活的向往，对革命胜利的信心，也包含大家为了祖国有可能随时牺牲性命而对一切美好事物的眷念。大家相信前途是光明的。这时，卓娅开始朗诵马雅可夫斯基的诗，以前我从未听她朗诵诗歌。这是一个不同寻常的夜晚：雪花纷纷扬扬地在空中飞舞，树林的枝叶上全都压着厚厚的一层雪，营火在噼噼啪啪地烧着，卓娅背诵着诗，声音细小，却十分清脆，声调中洋溢着激情，美妙而动人：

天空
　　乌云飞渡，
雨
　　将薄暮压缩。
破车下面
　　是工人们的床铺。
上下的水
　　听到了自豪的耳语：
“四年之后
　　这里定然有座
　　　　花园城市般的建筑！”

马雅柯夫斯基也是我很喜欢的诗人，这首诗我也能熟练地背出，可这时我却像是第一次听到似的。

> 潮湿痉挛了他们的手足，
> 泥水中的舒适
> 　　　　不太好对付。
> 工人们
> 　　　　坐在黑暗里，
> 水泡的面包
> 　　　　是他们甜美的食物。
> 但耳语声
> 　　　　过饥肠辘辘——
> 　　　　它咒骂着雨：
> "四年之后
> 　　　　这里定然有座
> 　　　　花园城市般的建筑！"

我环顾四周，人们全都一动也不动地坐着，全神贯注地看着卓娅。她脸上微微泛起红光，朗诵的声调越来越高：

> 我肯定——
> 　　　　将来
> 　　　　　　会耸起城市一座，
> 我知道——
> 　　　　花园里
> 　　　　　　将怒放着花朵，
> 因为苏维埃国家
> 　　　　那样的人
> 　　　　　　有很多。

当她朗诵完毕，大家异口同声地喊道："再来一首！"于是，卓娅就接连不断地朗诵着她所能背诵的马雅柯夫斯基的作品。的确，她知道的很多。我还很清楚地记得当时她是用一种什么样的感情朗诵着《大声疾呼》那首叙事诗的片断的：

    我要像
        举起布尔什维克的党证那样，
    举起我那
        一百部小书
            让它都放射出党性的光芒！

　　这一夜就这样在我们的脑海中留下了深刻的烙印：雪花，营火，卓娅，马雅柯夫斯基的那些诗……

　　鲍里斯问道："马雅柯夫斯基是你非常敬仰、欣赏的人吧？"

　　卓娅回答道："是的，我最崇拜的诗人就是马雅柯夫斯基。我喜欢他这样独特的创作风格，诗歌里蕴藏着巨大的力量和对美好未来的向往。"

　　彼得里斜沃村的地形和基本情况，我们都已经侦察清楚了，我曾听到鲍里斯在给卓娅分配任务的时候他们之间的简单谈话：

　　鲍里斯说："您留下值班吧！"

　　"不，我请求队长派我去执行任务。"

　　"执行任务是男孩子的事。"

　　"我请求您派我去，战争是不分男和女的。我们应该共同战斗。"

　　鲍里斯见卓娅的态度如此诚恳，就批准她到彼得里斜沃村去执行任务。我的任务是侦探敌情，临行时卓娅将我的普通七星手枪拿了去，将她自己的自动七星手枪送给我，并对我说：我俩换着使用吧，我的枪要好些，但是我用你的和用自己的手感和效率都完全一样。这支手枪是图洛工厂 1935 年的产品，号码为 12719，战斗中我就从未和它分开过。现在，这支枪仍然在我手里。

　　卓娅这次去彼得里斜沃村放火焚烧了敌人的马厩和住房，她希望一次就能消灭掉希特勒的全部歹徒。她微黑赤红的两颊洋溢着胜利完成任务的喜悦之情。

　　她激动地告诉我说："参加部队战斗的这么多日子以来，今天才觉得真正为战争做了一点贡献。"

"你出去侦察过,割过电线……你难道还以为自己以前什么事都没做吗?"

卓娅打断我的话说:"这次可是完全不同,以前的那一点点事太少了啊!"

卓娅还是觉得自己做得不够,她再一次请求鲍里斯派她潜入彼得里斜沃村。征得队长的同意之后,她第二次去了彼得里斜沃村,但是她再也没能回来。三天后,我们得到她不幸被捕的消息。这之后的事情您都知道了。

我和卓娅在一起相处的时间虽然只有短短的一个月,但是她的好学上进、不怕困难、坚强不屈、英勇献身的精神给我和队友们都留下了深刻的印象,她是我们所认识的人当中心地最光明、品格最高尚的人之一。她曾经告诉我:"我的家是一个温暖幸福的家,我们一家人相处得很融洽,长这么大我从来没远离过妈妈和弟弟。"我相信这对您来说一定是非常宝贵的。

您到彼得里斜沃村来的时候,我曾看见卓娅的弟弟舒拉,他扶着您站在卓娅的坟前。卓娅曾对我讲过:"我和弟弟彼此都不像,我们有着完全不同的个性。"但是我看到舒拉之后,就觉得他们肯定有着相似的个性。给您写信的现在,我好像又看见了舒拉,他站在卓娅坟前紧咬着嘴唇,没有流一滴眼泪。

我不知道说什么话来安慰您,因为也不可能有那样的话能够安慰您所受的伤害。我深知在您极度悲伤的时候世界上几乎找不出能安慰您的话。但是我愿意告诉您:卓娅没有死,她会永远活在人们心中。她的精神将会激励无数的人起来反抗,她崇高的思想和英勇的行为就像熊熊燃烧的火炬将为我们照亮奋斗的征程之路。亲爱的柳鲍娃·奇莫菲耶夫娜,我们都是您的儿女,我们在祖国的四面八方将永远拥抱着您。

克拉娃

我去彼得里斜沃村的几天之后,广播里播放了国家追认卓娅为"苏联英雄"的消息。

3月初的一天早晨,我去克里姆林宫领取卓娅的证书。温暖的春风迎面吹来,在路上我就想到:"卓娅是那样喜欢春天,喜欢红场,热爱着生活,可是现在她再也感受不到春天的温暖了,再也不能走过红场了,永远不能了。"每次,无论我和舒拉想到什么,我们就会向前迈出一步,我们都会思念卓娅,而且已经习惯了这样的哀思。

来到克里姆林宫之后,很快我就被领到一间大厅里。我突然意识恍惚,不知自己身在何处。慢慢地,我看清了周围,看到一个人在桌子后面站了起来。

"是加里宁……米海尔·伊凡诺维奇……"我很快就清醒了过来。

没错,是加里宁。他向我走过来,他的长相我在照片上已经看得很熟悉了,在列宁墓上的主席台上我也曾见到他,他慈善的、微微眯缝的眼睛,永远是微笑着的脸颊。但是他现在是严肃而悲痛的,他显得十分疲惫,他已经完全是个白发苍苍的老人的样子了。他紧握着我的双手,非常亲切而轻声地祝愿我坚强和健康。接着他双手捧着证书递给我。

我听到他说:"纪念您的女儿卓娅的伟大功绩!"

一个月以后,人们将卓娅的遗体运回莫斯科埋葬在诺伏捷维奇公墓。在她的坟墓上,竖立着一块黑色的大理石墓碑,这黑色的大理石纪念碑上刻着尼古拉·奥斯特洛夫斯基的名言,也是卓娅生前最喜欢的格言,她把这段话作为座右铭写在自己的日记本上,并用自己短暂的一生证明了自己的信仰:"人最宝贵的是生命。每个人的生命只有一次。人的一生应当是这样度过的:当他回首往事时,不会因虚度年华而悔恨,也不会因碌碌无为而愧疚。这样,在临死的时候,他就能够说:我已把自己的整个生命和全部精力都献给了世界上最壮丽的事业——为人类解放而奋斗。"

舒拉和他的伙伴

不幸开始降临在我和舒拉两人的生活里,我们不再等待了,我们知道等待已经没有用了。以前我们的生活充满了阳光和希望——我们渴望团聚,深深相信我们能再看到和拥抱我们的卓娅。每次路过信箱的时候,心中总是抱着无限的希望走近它,或许信箱中正装着一些关于卓娅的消息。但是现在我们从信箱跟前路过的时候已经再也不看它了,因为我们知道,我们不可能再收到卓娅的任何信件,也不会再有什么快乐了。

卓娅的遭遇对她的外公是一个很严重的打击。我收到父亲从白杨村寄来的一封信。他在信中非常悲痛地写道:"这到底是为什么? 我真的不知道,怎么会发生这种事情呢? 我一个老头子都还活着,但她却没了……"伤痛和悲愤的话语之间包含了多少对战争的痛恨,和对毫无人性的法西斯歹徒的罪恶的憎恶。信上有些字由于被眼泪浸湿而无法辨认。

舒拉看完信之后,低声地说道:"可怜的老人啊……"

现在我最大的精神支柱就是舒拉,只要他能健康地活着。过去,为了表现他那男子汉的阳刚之气,这孩子对温情的表现很是反感。现在他对我却非常温柔,尽可能多地陪伴我,而且自从他五岁之后就再没叫过我"好妈妈",现在他又开始用这三个字来称呼我了。我因为太思念卓娅开始吸烟,他马上就注意到了,看到我吸烟,他只能站得远远地落泪,我一开始找烟,他就说:

"好妈妈,你怎么啦? 我求求你不要这样。你要爱惜自己的身体,请你不要这样……"

夜里,我辗转难眠的时候,他便立刻就会感觉到。舒拉悄声进入我的房间,静静地坐在我的床边,轻抚着我的双手。他离开之后,我觉得舒拉长大了,可以作为一家之长了。于是我不由得产生了一种没有依靠,被抛弃的感觉。

学校又恢复上课了,舒拉继续回到学校念书。放学之后,他总是以最快的速度赶回家。如没有空袭警报,他就在家里好好看书,他在看书的时候不忘时不时地喊我两声。有时候他很小声地招呼:

"妈妈!"

"哦,舒拉……"

于是,他又继续专心看书。但是隔了一小会儿他又喊我:

"妈妈,你睡了吗? 这一段写得多棒啊。妈妈,我读给你听……"他总是把他特别欣赏的那一段朗读给我听。

有一次,他在读克拉姆斯基书信的时候说:

"妈妈,你看,这些话多好:'美术家的最宝贵的品质是心。'是的,我也是这样认为的:艺术家不但要会看而且还需要理解和表达……"他突然又兴奋地喊道:"唉,妈妈! 战争结束以后我不知道还要学习什么呀! ……"

有一天晚上,舒拉问我:"妈妈,你没睡吗? 广播台好像在放音乐。我可以打开广播吗?"

室内响起了卓娅最喜欢听的柴可夫斯基的第五交响乐中的华尔兹片段。

这件事也不例外地让我伤心。同样的事物常常让我想起一桩又一桩伤心的往事来。我们不敢大声悲叹,默默地欣赏着,我们害怕空袭警报打断音乐,让我们不能听完这曲子……

终曲奏完,舒拉充满信心地对我说:

"等到胜利的那天,我一定要用第五交响乐的终曲来庆祝胜利。你说好吗? 妈妈。"

日子过得很快。德军大势已去,只能做垂死挣扎。德军匪徒已被我军打出了莫斯科,可是他们还在拼命地抵抗。他们依然占据着乌克兰的大部分,占据着白俄罗斯,包围了列宁格勒,转而向斯大林格勒进攻。他们每到一个地方就要把那里的一切都毁灭殆尽,他们残酷地折磨我们的同志,拷打、火烧、绞刑,以前我们所了解的凶暴残忍的暴行,和我们在这次战争中所亲眼见到的比起来根本就是小巫见大巫。我们的心和手被报纸上的新闻烤得焦痛,广播中播出的消息常常让人们惊讶得瞠目结舌。

舒拉每次听到苏联情报局报道有关德军暴行消息的时候,就会紧锁眉头,咬牙切齿,紧握着双拳在屋子里来回踱步。这段时间,他的伙伴——瘦瘦高高的瓦洛嘉·尤里耶夫(他是卓娅读四年级时候的任课教师丽基亚·尼柯莱夫娜的儿子)、尤拉·布娄多、沃洛嘉·奇托夫和一个姓聂杰里柯的男孩,开始到我家找舒拉。后来他们常常一起过来,但是每次我一回到家,他们就都不说话,匆忙地走了。

"为什么我一回家孩子们就都走了呢?"

舒拉含含糊糊地说:"他们不想打扰你。"

一次团会

有一天我打开信箱,准备拿报纸,有几封信落在我的脚上,我捡起来,并打开了最上面的一封。这封信没贴邮票,在折叠的地方有一个稍微磨损了的前线三角印的记号,信的开头是这样的:"亲爱的妈妈……"我看到这句就已经泪流满面。

这些信是我不认识的黑海舰队的战士们写来的,他们为了减轻我失去亲人的痛苦,都把卓娅当做妹妹,并且发誓为卓娅报仇。

此后,我每天都会收到邮局送来的来自全国各地的许多信件。人们从各条战线,从四面八方给我和舒拉送来了温暖、安慰,那么多颗善良的心都在鼓励着我们。我收到了许多在战争中失去儿女的父母,或者被法西斯杀害了父母的孩子以及现在在战场上与敌人拼搏的士官们给我写的信。不管是大人还是小孩,他们都想为我分担一部分痛苦和悲哀。

虽然无论什么药也医治不了我和舒拉的伤痛,我们所承受的打击太重了,可是,每封洋溢着热情和关怀的信件却让我们感受到了失去亲人之后的温暖和爱。我们遇到的灾难里有那么多人用自己亲切的语言来抚慰我们受伤的心灵,的确减轻了我们失去卓娅的痛苦,对我来说,没有比这更珍贵的了,没有比这更能让我们感动的了。我们真的不知道应该用什么语言来表达我的感激之情。

有一天,我在家里看信,门外传来了很轻,似乎有点害怕的敲门声,然后就走进来一位陌生的姑娘。她个子较高,留着齐耳的短发,微黑稍瘦的脸上长着两只蓝色的大眼睛。她站在我面前,非常羞涩,手很不自然地揉搓着头巾。看到她,我又想起卓娅。

她长长的睫毛下面的眼睛看着我,害羞地说道:“我是军需工厂的工人。我……我们青年团员们……我们全体来邀请您!请求您前来参加我们的团员大会……并且给我们发表演讲。我们恳求您,我们知道这对您来说是一件很不容易的事情,可是我们……”

我对她说:“我一定会来参加你们的团员大会,但是我不发表演讲。”

军需工厂设在莫斯科郊区。第二天的傍晚我来到这里,看到四周的许多建筑都遭到了袭击。向导似乎猜到我心中的疑惑就简单地回答道:“刚才落下一枚炸弹。这儿起了火。”

我们来到工厂俱乐部的时候,第一个映入我眼帘的便是主席台后边的墙上高高悬挂着的卓娅的照片,她的眼睛正注视着我。大会已经在进行之中了,我在旁边悄悄地坐下来听他们的讲话。

讲话的是一位青年,还是个半大孩子,他很气愤、激动地说:工厂已经有两个月不能完成计划了。随后一位年龄稍大一点的青年说道,车间里的熟练工人一天天在减少,现在的希望全部都寄托在了学徒们身上。

"可是车间跟冰窖一样!手和铁都能粘在一起,太冷了!"台下有人高声喊道。

我的向导突然站起身来冲他喊道:"你说这话可真不感到羞愧!摸摸自己的良心吧!"

我站起来了,连我自己都没有想到,并请求让我讲话。我走上讲坛的时候,我感觉到照片上卓娅的眼睛始终注视着我,我面对听众的时候,卓娅的像就转到了我背后,她好像就在我的身后看着我。不过我没有讲卓娅的故事。

我心中充满痛楚地说道:"你们的父母,你们的兄弟姐妹就在前线,每天,每小时,每分每秒都在牺牲自己的生命,列宁格勒忍受着饥饿和寒冷……我们的很多同志都在敌人的炮弹下死去……"

我已经不记得当时自己所说的话,但我知道我所说的正是他们需要的话,从一双双注视着我的年轻的充满热情的眼睛中,我的猜想可以得到证实。

第一个在台上讲话的工人简单而坚定地回答我说:"我们一定要更加努力地工作。"

"以后我们这个小组改叫卓娅组。"另一个工人抢着说。

一个月之后,我接到军需工厂打来的电话,电话里说:"柳鲍娃·奇莫菲耶夫娜同志,我们已经超额完成计划了。"

这时我才真正知道,自己不能屈服于痛苦,不能倒下,更不能死,我没有权利绝望。如果让痛苦打败了自己,那就是辱没了卓娅的精神,我要坚强地活下去,要为了自己的人民,为了将来的幸福好好活下去。

要我面对众多的群众发表讲话,确实是一件很不容易的事,可是这样的请求渐渐多起来。当他们邀请我去的时候,我不能拒绝,而且也不敢拒绝,因为我知道:只要我的话能够传达到人们的心里,能够传达到青年们的内心深处,只要能够对人们有帮助,只要我在跟强大的敌人所作的斗争里能贡献出自己微小的力量,那么,我一定会全力以赴。

走向复仇

"舒拉,你到哪儿去了啊?怎么回来得这么晚呀?"

"对不起,妈妈。不能更早了。"

舒拉回家的时间一天比一天晚。他常常聚精会神地在思考着什么事情,他到底是在沉迷什么呢?为什么不告诉我呢?我从来不会逼问他的事情,我们一家人都没有相互追问盘查的习惯,除非他自己主动说出心事来。可是这好几天来他似乎都在瞒着我,到底发生了什么事?他为什么要隐瞒呢?是我们这里发生了什么事?还是他收到白杨村寄来的信了?老人病了?……我心中冒出一连串的疑问。舒拉今天回来之后,我决定要好好问问他了,到底是发生了什么事?

我收拾桌子的时候,无意中把一张纸弄到了地下。我弯腰捡起来,看了一下,原来是舒拉所抄写的一位坦克驾驶员的诗,那是一位像加斯泰洛上尉一样的坦克驾驶员,他驾驶着被烈火焚烧的坦克向敌军阵营冲去,赌上最后的性命与敌人同归于尽了:

> 看他勇猛冲锋所向披靡,
> 翻过了陡峭深险的壕沟。
> 浓烟随风腾旋着,
> 就在他的身后。
> 他出现在这儿,出现在那儿,
> 如同前来复仇的人在仇人群中穿梭。
> 他四处追歼逃亡者,
> 灰飞烟灭在那狭窄的十字路口。
> 辎重车在坦克的齿轮之下,
> 发出破碎的巨响,
> 他飞快地掠过大片的土,
> 射向敌群的炮弹在声声怒吼中爆炸。
> 他依然紧追不舍……
> 火焰中闪现着他愤怒的双眸。

你可凭着光荣的颜色，

和那肩甲上闪亮的五角星，

从硝烟中辨认出他的雄姿。

我读完这首诗，忽然间就明白过来了，舒拉是决定要去做我从来不敢想的事情：他要上前线。可是他一句话也没告诉我，他什么都没说，虽然他还没到十七周岁，但是我知道，如果是他的决定，无论什么都阻拦不住他的。

我想的没错。一天下午，我走在回家的走廊上，就听见家里有喧哗的声音，推开门我就看见舒拉和瓦洛嘉·尤里耶夫、沃洛嘉·奇托夫、聂杰里柯、尤拉·布娄多五个人坐在一起，他们每个人嘴上都叼着一根纸烟，房间里烟雾袅袅。舒拉以前可是不抽烟的。

"你这是干什么呀？"我问。

舒拉很快就非常自然地好像早就准备好了答案似的回答我："将军还亲自给我们发烟抽呢。妈妈，你知道吗？ 我们……我们马上就要去乌里扬诺夫斯克坦克学校培训了。我们已经被录取了。"

我无力地瘫坐在椅子上……

晚上，舒拉坐在我的床边说："亲爱的好妈妈，你想想，你想想那些跟我们完全没有任何关系的人都在信中说：'我们一定要为卓娅报仇。'卓娅的事迹感染了那么多人走向战场，而我，是卓娅的亲弟弟，我还有什么理由窝在家里呢？ 我还有脸见大家吗？"

面对舒拉我还能说些什么呢？ 卓娅走的时候我没有办法阻拦她，舒拉和卓娅一样，我又如何能找到阻拦他的理由呢？ ……

舒拉走的那天，是 1942 年 5 月 1 日。

他说："妈妈，不要送我，我的战友们都没要家人送，你来送我的话，他们心里会很难受的。妈妈，再见啦，你就祝我一路顺风吧。"

舒拉这样离开我，我的心里在默默地流泪，说不出一句话来，只是无言地点了点头。舒拉又紧紧地拥抱了我，深情地吻了我，然后就迈着大步地从屋里走出去了。房门砰的一声关上了，于是，整个家里就只剩下我一个人了。

几天之后，我收到父亲从白杨村寄来的信，父亲在信中悲伤地写道：

"你母亲去世了。卓娅的不幸对她的打击太重了,她承受不了,就先走了。"

军校来信

　　舒拉和他的朋友一起被编在同一个班里。他几乎每天给我写信。他戏称他们班为"莫斯科第二〇一校第十年级乌里扬诺夫斯克分班"。

　　第一封信中他写道:"唉,妈妈,我什么都不会!连规矩的正步我都不会,今天我又踩了别人的脚后跟,给队长敬礼也不会。这样下去我就会没有成绩了。"

　　时光飞逝。舒拉在另一封信中说道:"我每天像野兽一般地工作着,非常疲倦,觉也睡不好。但是我已经非常熟练地掌握了步枪、手榴弹、七星手枪的使用方法,还很积极地到射击场练习驾驶坦克,并从坦克里射击目标,我目前的各项成绩都还能合格:从坦克里用炮、机枪射击四百米和五百米距离的目标,我的成绩是'优良'。而且,我现在能够很好地给队长们敬礼了,正步也走得很标准了。你现在肯定会认不出我的。"

　　在临近考试之前,舒拉来信恳求我:"妈妈,你能给我一条宽皮带吗?如果有可能,再帮我找一条武装带。"几天之后我又收到他的来信,依然是:"妈妈,你仔细找找!你想啊,如果没有一条像样的皮带,我哪里像个军官呢?"看到这些话我仿佛又看到了小时候的舒拉,孩童时期的舒拉,他想要得到的东西,他就像现在一样用这些话来哄我、请求我。

　　我保存着舒拉的上百封信。现在,我从第一封信读到最后的一封信,我看见了孩子是如何成长的,如何一步步走向革命战场的。

　　有一天,我收到舒拉这样一封来信:

　　"妈妈,11 月 1 日是我们开始考试的日子,我的学习生活就要结束了。这几天,我睡得很少,很疲倦,但是我依然努力地学习着,因为别人在这里的时间至少都比我多出一半。

　　这次考试是我一生中最关键的考试。因为国家需要的是一个技术高超的坦克少尉,少尉不是准尉,也不是上士。所以我要尽量发挥我的才能才行。妈妈,请你理解我,我不是为了虚荣,而是我认为必须尽我最大的力量去做我能做的一切,为国家多作贡献,成为更加有用的人。我无法忘记惨无人道的法西斯歹徒们焚烧我们的城市和农村,残杀我们的妇女和儿童。我更不能忘记卓娅的惨死,我要练好本事,马上上前线为死去的同志们报仇。”

另外的一封信中写道:

“考试终于结束了,妈妈,你应该替我高兴,我的成绩很理想,技术、射击、战术和军事地形学得分全是‘优良’……”

他又在这封喜庆又骄傲的信的下面写道:

“收到外祖父的信,他现在孤身一人,而且抱恙在身。”

在一个温暖的下午,我将一大堆需要答复的信拿出来放在窗台上,天空晴朗碧蓝,我坐下来望着窗外万里无云的长空。突然,我的眼睛被一双宽大而温暖有力的手掌蒙住了。

我心中的感觉让我叫了出来:“舒拉!”

他笑着说:“妈妈,我在门口站着看了你好久,你一直一动不动地坐着!似乎没听见敲门声,也没听见他们为我开门的声音,你什么都没感觉到!”他又用一只手遮住我的眼睛(他似乎认为这样让我听了他的话,就会感到轻松)说道:“明天我就上前线了。”

舒拉成熟了,强壮了,肩膀也更宽了,可是他那双蓝色的眼睛依然闪耀着孩童般的欢乐和开朗的笑意。

这天晚上,又是我痛苦煎熬的一夜。我一次又一次地起来看舒拉,他把一只手放在颊下,睡得很深。我总觉得看不够,而且想到这一夜很快就要过去,心里很是害怕。但是我们不可能违背自然规律,天很快就亮了,舒拉从床上跳起来,飞快地洗好脸,穿好衣服,马马虎虎地吃完早饭,走到我身边来,用已经习惯了的语气对我说道:

“妈妈,不要送我。好好保重。不要为我担心。”

我勉强答道:“你要忠诚……坚强……常来信……多保重。……”

彼得·里多夫

舒拉上前线有一个月的时间了,我一直都没收到过他的信件。这些日子是我最痛苦、最难熬的日子之一。我不敢走近信箱,我害怕在里边有可怖的消息在等待我。以前,我没有这样难过地等待过卓娅的消息。因为在那时候我还不知道失去孩子的痛苦,而现在,我是已经真切体会过了。

一种恐惧的猜想紧紧地缠绕着我,我拼命地想躲开这种恐惧,就像真的能逃避自己的灵魂和我本人似的……我想用睡眠来安慰自己恐惧的心。我在街上快步地走着,想尽力使自己疲惫,但是这种办法对我几乎没有效用:无论我走过多少条街,走完多少里路,晚上依然是睁着眼睛在床上直到天亮。

我常常步行到卓娅的坟地诺伏捷维奇公墓。有一天,在我走到卓娅坟墓的时候,我看见一位大概三十五岁,面容开朗,神情机智,身材魁梧的军人也站在卓娅的坟前,他看见我走近,就立刻转过身来,一副欲言又止的样子。我看着他,等他说话,但是他最终没有开口就走开了。当我离开诺伏捷维奇公墓,在回去的一条小路的转角处又碰到了这名军人,这次他向我走了过来。

他迟疑地问道:"你是柳鲍娃·奇莫菲耶夫娜同志吗?"

"是的。"我很不理解地回答他。

"我是里多夫。"他自我介绍道。

我记得这个名字:是他冒着生命危险去彼得里斜沃村将游击队员丹娘壮烈牺牲的英勇事迹写了出来,并且发表在《真理报》上。

我和里多夫握了手,沿着小道向出口处慢慢走过去。

我诚恳地说道:"很高兴认识你,老早我就想见见你……"

我们就像多年的老朋友那样开始聊天了。他向我谈起了他在莫札伊斯克附近一个被毁坏了一半的小农舍里过夜的时候,他说:"那天晚上,农舍里的人们基本上全部睡着了的时候,一位老人从外面进来取暖,他就在我身边躺下来。

"我听见,老人并没有睡着。他总是叹息、呻吟,似乎是很难受的样子。我好心地问：'老大爷,你怎么? 你要去什么地方吗?' "

"老人告诉我,他听说彼得里斜沃村有一位姑娘被希特勒的歹徒绞死了。他不知道其他的详细情况。他只是反复地说道：'她马上就要被绞死了,可是她还发表演讲……' "

"我立刻起身赶到彼得里斜沃村。从这天夜里开始,我就用了十天的时间连续不断地调查有关这位姑娘的一切详情,没人知道她的真实姓名,人们都用她自报的名字'丹娘'来称呼她。我仅仅采用了我所知道的事实进行记叙报道,因为我深信事实的力量一定比记者本人的话更强大。"

我问："您为什么从来不打算去我们家呢?"

他率直地回答："我不想给您增加苦恼。"

"你在前线当记者的时间一定很长了吧?"

"战争开始的第一分钟我就奔向前线了。"他说,"莫斯科人那时候还不知道我们正和德军交战! 6 月 22 日我在明斯克,我是唯一驻扎在那里的《真理报》记者……这是一件很有趣的事。"他深思着补充道,又微笑地谈起在疯狂的空袭中他如何躲避敌人的炮弹,躲进了电报局的地下室,那个时候那里的人们还递给他一份前一天从莫斯科给他发来的一封电报。

"这是一封不带一点儿战争气息的电报,编辑部要求我写一篇关于准备收获运动的报道。我将电报收在口袋里,坐着汽车奔向自己的部队。当时,部队正在为战斗做防守准备。此时的明斯克,每条街上都被火光映得通红,空袭一直没有停过。"

当天,他就给《真理报》发去了一篇通讯稿,但是谈到的只有战争。

里多夫用既简洁又明了的语言叙述了他在战场上所了解的一切情况。我一边走,一边听着他说话,心想:真正的朋友不需要时间的长短,有些朋友虽然相识多年,也许还不能真正了解他。但是现在,我和里多夫在一起不到一小时,他的其他情况我一概不知,但是我了解了他很多,最主要是他的坦率、忠诚、坚强、镇定。他能把握住自己,任何情况下都不会慌乱。我相信他能在艰苦的战争环境中不用华丽的语言,而是用事实,用自己的一切行动感染着周围的人们,和他一样坚强和镇定起来。

分别的时候他对我说："今天我又要上前线了。战争结束之后,我一定要写一本很厚的书,一本记叙卓娅的书。"

卓娅是胜利者

1943 年 11 月 24 日，又是一个难忘的日子，它给我带来了新的痛楚。在斯摩棱斯克附近的波塔波夫村子的外郊，从一个被苏军打死的德国军官身上找到了五张照片。当天，这五张照片就全部登在了报纸上。卓娅被摧残的情景和她生命最后的时刻都被德国人拍成了照片。我目睹了风雪中的绞架，目睹了我的女儿，她被德国军官团团围住，胸前挂着那块写着"纵火犯"的木牌……我也看见了那些残害她的畜生。

从我知道我女儿遇害的时候起，我总是日夜不停地想着这样一件事：就是当她走上刑场，面对死亡，在这人生最后的时刻，她会想到什么呢？她会感觉到什么呢？她是否回忆了什么……一种无法摆脱的郁闷和烦躁的心情紧紧地抓住了我：在她最需要我的时刻，我却没有出现，没能和她在一起，我不能用语言甚至用目光去安慰她，哪怕能减轻一点她在人生最后几分钟的痛苦。这五张照片做向导，使我了解到卓娅是如何面对绞架、走向死亡的最后历程的。现在，我仿佛亲眼目睹她怎样被刽子手们绞死，我独自一人跑到刑场，但是太晚了，一切都太晚了……似乎这些照片在对我大喊着："你看啊，他们就是这样杀害了她！你就默默无语地看看她英勇就义的情形吧。你再度感受一下她的也是你的深刻的痛苦吧……"

你看！她已经被迫害得体无完肤，被解下了武器，独自一人地朝着我们走过来了，她在想什么？她在做死亡的准备么？还是回顾着自己短暂而光明的一生？她那低垂的头颅里、沉思的表情中，蕴含了多少坚毅和倔强！在这个时候，她已经无视了周围的这些刽子手们。……

我已经没有办法再接着叙述这些事了……有机会的话，就让阅读此书的人们自己去看看德军拍下的那些照片，看看卓娅的样子吧。他们一定能看得出：卓娅才是胜利者！在她的面前，那些杀害她的人是渺小和微不足道的。她拥有世界上最崇高的一切：美丽、神圣和人道主义，她拥有全部的真理和最无瑕的纯洁。她的灵魂是不死的，是永垂不朽的。可是渺小的他们呢？他们是什么？他们不是人，甚至连禽兽都不如，他们是法西斯的走狗，是吃人的魔鬼，是毫无思想的行尸走肉，没有一点人性。

今天,明天,千百年之后,他们的名字将永远被刻在历史的耻辱柱上,连着他们的坟墓一起,会成为全人类最憎恨、最厌恶的土堆。

"我一定回来"

有段时间,我没能听到舒拉的任何消息。几天之后,我拿起《真理报》,忽然,第三版上一条惊喜的消息映入了我的眼帘:

"前方军报,10 月 27 日电。在激烈的战斗中,我军某部正在全力清扫德军第 197 步兵师的最后残敌,这个师的德军就是在 1941 年 11 月于彼得里斜沃村杀害了勇敢的游击队女战士卓娅的凶手。《真理报》刊登的五幅德军残杀卓娅的照片,立刻点燃了我军官兵胸中的怒火。女烈士卓娅的弟弟,共青团员,坦克手,近卫军少尉舒拉正在勇猛战斗,立志为姐姐报仇。在最后的战斗中,舒拉同志指挥的'卡威'坦克一马当先冲入敌阵,击毙和碾死多名法西斯歹徒。少校维尔什宁。"

舒拉还活着!

他要为姐姐报仇!

我又能时常接到舒拉的信了,这些信都来自最前线的血与火的战场,不再是和平的乌里扬诺夫斯克。

1944 年元旦,一阵清脆的门铃声把我从睡梦中惊醒。

我感到有点儿奇怪,"会是谁呢?"打开门,意外的惊喜竟使我愣在了原地——舒拉出现在我的眼前。

他已经成为一个真正的巨人了,看上去是那么英俊、健壮。高大的身材,宽阔的肩膀,穿着一件军大衣,凝结在眉毛和睫毛上的雪花正在慢慢融解,由于寒风凛冽,行走急切,他的脸膛通红,两只大眼睛闪耀着愉悦的光。

"妈妈,你怎么这样看我呀,难道我长坏了吗?"舒拉笑了。

"我看这是伊里亚·木罗米次(俄国民间传说中的大勇士)来了吧。"我回答道。

这真是我最宝贵的、令人喜出望外的新年礼物。

舒拉也非常高兴。不管我走到哪里,他都跟到哪里,有时候需要上街买烟或者去散步,他会像个孩子那样央求我:

"妈妈,我们一起去吧!"

同样的话他每天都要说好多次。

"妈妈,我们不在的时候,你过得好吗?"

"我不是都在信上告诉你了……"

"信上的太少了,你讲给我听听吧。有人给你写信吗?我能看看信吗?……我来帮你写回信吧……"

这正是我希望他帮我做的,依然有数不清的信件像雪片似的从四面八方飞来,有直接寄给我的,有寄给卓娅的母校的,有寄给报馆的,还有寄给共青团区委会的。

女兵敖克加布里娜·斯米尔诺娃,她是卓娅的同学,她从斯大林格勒郊外给我写信说道:"每当我站岗的时候,我就觉得卓娅的灵魂正和我并肩地站在一起。"

一位莫斯科姑娘,也是卓娅的同学,她在请求青年团塔冈区委派她上前线的申请书中这样写道:"我决意全心全意为人民服务,我发誓,我一定要做一个像卓娅那样的人。"

在巴什基里亚教书的一位青年女教师给我来信说:"我希望把我所教的学生们都培养成卓娅那样的人,让他们都像您女儿那样英勇,那样优秀,那样忠于祖国。"

一个还在读书的新西伯利亚的学生写道:"我们非常哀痛,人民也非常哀痛。"

信仍然络绎不绝地交到我手里,西伯利亚、波罗的海地区、乌拉尔、第比利斯……还有从印度、澳洲、美洲……寄来的信。

舒拉一一地读了这些信,并将一封从英国寄来的信反复念起,这封信写道:

亲爱的柳鲍娃·奇莫菲耶夫娜同志!

　　我与妻子住在伦敦郊外的一所小房子里。我们刚读完有关您可爱女儿英勇事迹的报道。她牺牲前的演说让我们黯然泪下,这位年轻的姑娘是多么英勇和坚强啊!明年年初,我们的第一个孩子将会来到人世间,如果是个女孩,我们就用您女儿——世界上第一个社会主义国家伟大人民的女儿的名字作为她的名字。

我们还知道了许多关于你们的消息,对你们所进行的艰苦卓绝的伟大斗争表示无比敬佩。但我们不会仅仅停留在感情上的敬佩的程度,我们会与你们并肩作战。我们非常清楚,现在能起到作用的不是同情,而是行动。我们坚信,我们和你们共同的敌人,凶残的法西斯灭亡的日子已经将要来临了。伟大的苏联人民以自己果敢而坚忍的意志,开辟了战胜法西斯的道路,你们显赫的功绩将永会被载入史册。英国人民深深知道他们欠下了苏联人民一笔难偿的债务,这里的人们常常说道:"要是没有俄国人,我们将会遭遇怎样的大难呀!"

每当斯大林的身影出现在影院银幕上的时候,整个电影院里都会立即爆发出热烈的掌声和"万岁"的欢呼声。在结束这封信的时候,让我们衷心祝愿世界反法西斯战争能够迅速取得最后的胜利,祝愿我们两国人民不管在战争与和平当中都保持着永恒的友谊!

苏联人民和她光荣的红军万岁!

致以

兄弟般的敬礼

麦布尔、大卫·里兹夫妇

舒拉问我:"你给他们回信了没有? 这是一封令人感到欣慰的信件。我想他们在信里说的都是心里话,是吧? 可见他们很理解我们目前的斗争,我们不仅是在为苏联而战,而且是在为所有爱好世界和平的人民而战。希望他们永远能记住这一点!"

我哥哥谢尔盖傍晚来到我家里,舒拉为他的到来感到高兴,他们对坐在桌子的两边,倾心交谈,直到深夜。我因忙于做饭,只听到他们交谈的某些内容:

"……你曾来信说你脱离了队伍,冲到敌人的后方去了,干吗这么做呀? 这是个人英雄主义,绝不是什么勇敢。我们需要真正的勇士,你这样乱来是为了啥啊?"这是谢尔盖的声音。

"要是只想着个人的安全,那就得抛弃勇敢?"又听到舒拉在激烈地反驳。

"作为队长,你难道不应该对你麾下每一个士兵的生命负责吗?……"

一会儿,又传来谢尔盖的问话:

"你不要生气呀,告诉我,你对待部下到底咋样?年轻人的队长有时在士兵面前总喜欢装出一副高级首长的神气……"

"不,我对他们就像朋友一样,你不知道他们有多好哇!……"舒拉深情地说。

然后,我又听见我哥哥的声音:

"关于勇敢……你再去读一遍托尔斯泰的《袭击》吧。关于这个问题,《袭击》说得既简要又明确……"

相比之下,舒拉的话不多,我觉得他比过去慎重多了,似乎说出来的每句话都是经过认真思考的。我觉得他这次回来明显有些变化,但我又很难用语言来描述他的这种变化。也许是我错了,可我依然有这样的感觉:一个人哪怕只参加过一次战斗,只经历过一次出生入死的险境,他就很难对讲述战争、经历险境、生死存亡这类事情表现出多大的兴趣了。我想着舒拉现在已是见多识广,体验过不少战争的事情了,所以他变得老练、稳重、严谨起来,但同时也比以前显得更加温厚了。

舒拉第二天就到医院去看望他负伤的战友去了。回家来的时候,他的表情大变,变得叫我都几乎认不出来了,和昨天兴高采烈凯旋的壮士简直判若两人。他惨白而憔悴的面容令我感到惊讶,我端详着那张一向活泼且年轻的脸庞:脸上的颧骨和上下颚骨清晰地突显出来,有了棱角,双眉紧锁,上下唇紧紧地闭着。

"法西斯把人都给毁啦!"他愤愤地说,"他是我最要好的朋友,你知道他过去生活非常不幸,一直都过得很艰辛,不到一周岁就失去了父母,他能长大成人已经是非常不易了!军校毕了业,先是在列宁格勒反封锁战斗中负了伤,被评为二等残废军人,但他却不顾自己的伤残,又上了前线。可是在不久前的一次战斗中,他的心脏、肺部都被弹片穿透了,手臂、腹部也受了重伤,加上摔倒所致的创伤,到现在还不能说话,也听不见声音,身子不能翻动,他几乎付出了自己全部的生命。他叫柯利亚·罗波哈。你知道当他看见我的时候,他有多么高兴!……"

舒拉朝窗前走去,没有向着我,忽然间,他以一种热烈的情绪,斩钉截铁地,如同赌咒发誓一般的语气说道:

"我一定要回来！即使断了腿，没了手，瞎了眼，我也要活下去！活下去，我一定要活下去！"

回家后第三天他就对我说：

"妈妈，你别生我的气，我等不到探亲假到期就要提前回部队去，我无法在家里待下去了。一想到多少人在前线流血牺牲，可我却在这儿……我知道，我们一定要继续活下去……可我不愿意这样做。"

我说："多在家里待几天吧，亲爱的孩子！……这是你的法定假期呀。"

"我做不到啊！这对我来说并不是真正的休息。我整天都没有办法去想别的事情，只能想到前线……想到在前线浴血奋战的战友们。妈妈，可能的话，这次你送送我好吗？我希望多有一些时间和你在一起。"

我答应了他。

我把他送到白俄罗斯车站。那天晚上温度很低，车站很安静，纵目远望，路轨的上方，离地面不远的地方有一颗明星，在清澈发蓝的天空中闪烁着。就在这一瞬间，我想到我现在送儿子上前线，过不了多久那血与火的波浪就要又一次环绕在他周围，而眼下四周却是安详而静谧的，不知为何我似乎有一种奇怪的感觉……

软席车票买好之后，舒拉便将他的手提箱拿上车去，但是很快他又跳下车来，一副惊慌失措的样子。

"妈妈，妈妈，真是没想到，将军也在车上哎！……"他那手足无措的样子，简直就像一个小孩子。

"啊，看你还是个战士哪！还没上战场，就先被自己的将军吓成这副德行，这怎么行！"我和他开玩笑。

我们站在月台上说着话，直到列车缓缓驶动，舒拉站在车门的踏板上向我挥手，我跟着列车行进的方向朝前走，可是我越来越跟不上列车的速度，只好目送着儿子的身影渐渐离去。车轮的鸣笛声震耳欲聋，强劲的气流险些把我推倒在地，泪水模糊了我的双眼。列车飞驰过后，月台上一片冷清和寂静，可我仿佛觉得儿子的脸仍然在我的面前，仿佛他正挥手和我告别呢。

并不孤单

舒拉一走，家里又只剩下我一个人了。但我不再像过去那样觉得日子难挨了，也不再觉得生活充满了孤独感，因为我投入了工作当中，工作帮了我大忙。

在那些难忘的日子里，人们纷纷用书信寄来了他们的同情和关怀，他们衷心的关怀和热情时刻温暖着我的心，还有许多人到我家里来发出邀请："请您一定要到我们的工厂来，您应该多和我们共青团员们交谈。"我非常感谢所有这些一直关心我、爱护我、支持我的人们。

我深深地知道，处在极度痛苦之中的人，救助他的方法只有一种：那就是让他感觉到自己的价值，感觉到人们对他的需要，知道自己的生存对社会依然十分有益。当无法承受的灾难降临到我头上的时候，人们纷纷向我伸出了援助之手，他们让我感觉到，这个世界上，需要我的不仅仅是舒拉一个人，还有许多更多的人。舒拉走了之后，人们没让我一个人孤独地生活，尽管这件事让我有些为难，但是他们也救了我：使我成为人们所需要的人。

只要仔细考虑一下周围的环境，我就知道有许多工作正等着我们去做呢：万恶的战争使无数的儿童失去了家园，失去了父母，失去了生存的基本保障。在苏联，几乎已被人们遗忘的"孤儿"这个名词，现在又残酷地出现在了我们面前。怎样使那些因战争失去双亲的孩子们感到温暖，怎样为他们重新找回父母的关爱和家庭的温馨，他们多么需要人们一双爱抚的手和一颗真挚的心！于是，我开始工作了。

是的，如我所想，孩子们非常需要衣物和食物，更加需要爱心、温暖和关怀。于是，保育院在城市、工厂、农场一个接一个地建立起来了，设施完善、供应充足的保育院越多越好！富有责任感和爱心的保育员越多越好！关怀牺牲在战场上的烈士或者无辜死于战争的平民百姓的遗孤是我们活着的每一个人的职责，大家都希望能为他们做点什么。我毫不犹豫地投入到这项工作当中，并且深深感到这项工作意义的重大。

那个时候，到处都是孤儿，到处都有许多迫切需要人去解决的工作。我去过唐波夫、梁赞、库尔斯克、伊凡诺夫，去过白俄罗斯、乌克兰，也去过阿尔泰、托木斯克、新西伯利亚。我看到的孩子们多么需要一个全新的家，或者一间良好的保育院，所到之处，人们前来迎接我的眼神里，无不充满了信任和感谢。我只有不停地学习，不停地向周围的人们学习，才能使自己更加勇敢、更加坚强。

1944年底，红十字会曾经把我派往列宁格勒工作。

从前安置着一尊雕塑的脚台上，现在放着我种植鲜花的木箱，以避免不习惯的人们看着欠缺，会引起不快的回忆。还记得那尊雕塑是由青铜铸造，造型为克洛德骏马正咆哮着从一名青年骑手的手中挣脱。战争的痕迹尚未消去，墙上残留着警告的字样："炮击时此处较危险。"但是列宁格勒人在全国人民的关心和援助下，早就已经开始了医治战争创伤的工作：修建房屋、安装玻璃、填埋弹坑、铺柏油路。

我和一位年纪并不年轻的妇女同行，她是电厂的锻接工。她给我讲述她自己的故事：封锁时期形势非常严峻。她和她的丈夫日夜守在邻接的两台车床前。那个时候，他们早就精疲力竭了，仅仅是靠着不屈的决心和顽强的意志继续坚持工作着，克服难耐的疲惫。她偶一回头看到她丈夫的时候，发现他已经气绝倒地。她镇定地走过去，站了一会儿，又继续去做自己的工作。她不停地工作着，她知道丈夫就在自己的身边，他肯定是坚持到最后一口气才靠着车床倒下去的。她不能停止工作，停止工作就意味着对敌人让步，她是绝不愿让这样的事情发生的。

在列宁格勒，流传着一位建筑设计工程师的动人故事：在被封锁的最困难的日子里，他就设计好为了迎接战争胜利的凯旋门。我也曾经听到许多在列宁格勒保卫战中被战火夺去儿女的母亲们的事迹，这些英雄的母亲们曾经从饥饿的死亡线上，竭尽全力去拯救了别人的孩子。所有的这些事情，都给了我莫大的勇气和力量，我不止一次地告诉自己："我有什么权利放任自己悲伤下去？在这场空前的浩劫当中，许多人都承受了巨大的灾难和不幸。他们的痛苦和损失也都无比惨重，而他们竟如此顽强地依然在生活着、工作着，我有什么理由不好好活下去，更加努力地去工作呢！"

还有一件事令我感到欣慰，并且骄傲和自豪，那就是卓娅的名字日益为人们所敬仰。她的英名和事迹鼓舞了很多的人，包括她和我周围的人，纷纷受到感动奔赴战场、走进工厂、去往农场。她的事迹传到克拉斯诺顿之后，那里的一位少年奥列格·柯歇伏依和他的朋友们就将她的故事搬上了舞台，和卓娅一样，在伟大而亲切的苏维埃祖国怀抱中成长的青年们、少年们、儿童们，就像亲生兄弟姐妹一样，都在向她学习，向她看齐。

我明显地感觉到，卓娅不仅活在人们的记忆里，更活在人们的心目中。她不只是我一个人的亲生骨肉，她永远是人民心中永生的、英勇不屈的女儿，同时她也给了我继续活下去的坚定信念。

来自前方的信

斯拉瓦是我的侄儿，战争一开始他在前线，并常常从前线写信给我。

在卓娅的墓前，彼得·里多夫和我相识之后也给我写信，虽然他的信都是些表达自己敬意的话，但我都把这些话视若珍宝。每天我打开报纸的时候，我总是首先仔细地寻找里多夫写的前线通讯稿，他的杰出之处就在于他能够很简洁从容地叙述前线的事迹，而他这种简洁从容的文笔里蕴涵着一种巨大的力量，一种不可磨灭的意志。如果一段时间不能在《真理报》上看到他的名字，我就感到不安，就会像为亲人担忧一样，为他忧虑。

舒拉也每隔几天就会有信寄来。

"……我现在精神饱满，尤其是在最后一次进攻之后。这次战役很关键也很艰难，在这一役里，我有超过四十八小时没有驾坦克出战。烈火在周围熊熊燃烧着，接连不断的爆炸声震撼着我们的耳朵，这时的坦克就像一个小小的火柴盒，在炸弹的袭击下整个都在摇晃，我能活下来真是奇迹。总之，妈妈，我很好，你不要担心。"

"现在我正在接收新战士。我们又补充了一辆新的'卡威'战车，第一辆被打坏了，第二辆被烧坏了，我自己差点就没能从这辆车里跳出来，现在是第三辆了……我们战斗小组的成员中有一名叫做智基里斯的战士牺牲了，剩下的成员也都受了伤……我已经写信给外祖父，你也给他写信好吗？他孤零零的一个人，还病着呢。"

"……最近我受过一次伤，但是没有因此下战场。包扎了伤口之后，我又参加了战斗,现在我的伤口已经完全愈合了。值得一提的是,在一次战斗当中,我的上级指挥员因为重伤临时退出了战斗,由我接替了指挥的任务,我和我的部队一起冲进了敌人的阵地,一大清早我们就攻下了沃尔沙城。现在,我们小组的全体成员一个个都健壮得很……最近外祖父又写信来了,他总是想着卓娅和外祖母,心情很不好。我已经写了回信,尽量安慰了他一番。"

"当地人民前来迎接我们,他们非常热情,他们觉得什么都很新鲜、很不可思议。我在一个农舍里给他们看了关于卓娅事迹的材料,他们不断地询问我卓娅的事情,很长时间都不愿离去,最后还一再请求我把那本小册子留给他们。但是我告诉他们因为我手头只有这一本,所以很遗憾,暂时无法满足他们的要求。所以,我请求您,如果可能的话,将这本小册子寄给他们。地址是:沃尔沙市,比列斯阔波街69号。"

"白俄罗斯解放的时刻已经将要来临。前来迎接的人群给我们送上了鲜花和牛奶。老奶奶们尤其激动,当她们悲愤控诉自己所经历的种种耻辱的时候,个个泪如雨下。不过,这一切都将成为过去了。妈妈,我觉得空气特别清新,阳光特别明媚。妈妈,胜利已微笑着在向我们招手了!"

"……特别请您转达我对谢尔盖舅舅的问候,您告诉他,我一直都牢记他叮嘱我的话。外祖父近日给您来信了没有?我已经很久没有收到他的信了。"

"您问我现在的身份和职务,我就引用一位首长对我说过的话来告诉您吧:'不必看人的身份和职务,我们生来就不是为了身份和职务而活着的,而是为了正义去活着的!'"

"妈妈,我非常谢谢您向我的祝贺,我确实得到了卫国战争一级金质勋章。现在,我又接到了给我颁发红旗勋章的命令。不过,您别认为我有很大的改变。我依然和过去一样,保持着自己的个性。只不过,现在我更有力量、更坚强了。"

"……妈妈,妈妈,这是一件多么令人伤心的事情啊!彼得·里多夫牺牲了!在胜利的前夕牺牲了,真让人遗憾。他是在波尔塔瓦郊外飞机场牺牲的:他为了看清楚战士们如何反击敌机的袭击,就从掩护下边跑了出来。他准备写一篇关于战士们的纪实报道,所以一切事他都想亲身经历。他是一位真正的军事记者,也是一个真正的人……"

"……我们一边歼灭敌军一边向西方前进。我已经在战场与敌人连续拼搏半个月了,所以我没能给您回信。妈妈,您知道我收到你从家乡寄来的信有多高兴吗? 我简直太高兴了! 这个时候,我正在颠簸前进的坦克中给您回信,战场上弥漫着硝烟,土地被炸得到处都是坑坑洼洼的,四周充满了炮轰的隆隆声,再过几分钟,我们就要冲进敌人的领土了。"这封信他是用铅笔写的,字迹很潦草,笔画也很粗糙,这些都仿佛让我能看到舒拉在战场上与敌人拼搏的情景。

"……我最亲爱的妈妈,您好! 这一个多月的时间我都在进行激烈的战斗。您明白吗? 即使我收到您的信都没有时间读,更没时间给您回信了……夜里急行军、坦克战,在敌人的后方紧张地进行着,很多个夜晚都不能睡觉,从'斐迪南'里射出来呼啸着飞过的炮弹……和我邻近的全体坦克手连同坦克一起飞向空中,被炸成了碎片,眼看着自己的同志惨遭此劫,却不能去拯救他们,我只有默默地咬紧嘴唇。因为长时间的没能休息和过度劳累,战士们从坦克里出来的时候个个都像醉汉似的,可是同志们的心情全都飞起来了,可这是幸福、兴奋的时刻,因为我们已经踏上了法西斯德国的土地。我们的心里已经燃起了复仇的火焰,我们要为 1941 年复仇,为我们所忍受的痛苦和流出的眼泪复仇,为法西斯强加给我们的一切凶残的行径、屈辱还有羞耻复仇。

我们团聚在莫斯科的日子一天天临近了,莫斯科的一切在我们的心目中是多么熟悉、令人憧憬。"

"……我们在法西斯德军拼命的抵挡中不得不暂时停下来,在烦人的等待中打发日子。我焦急地盼望开战的命令,炸弹不分日夜地在我们周围爆炸,地面被炸成了一个个巨大的漏斗形,我们只好离开灰暗的柏油马路绕着弯道前行。沿途到处都是被炮弹炸毁的灰色楼房,现在我们正在德国人的房子里住着,不停的轰炸一直都在撼动着我们住的房子。恼羞成怒的法西斯歹徒现在开始用炮弹轰炸他们自己的土地和村庄,他们紧紧抓住自己的每一小寸土地不放,凶狠地拼命地做垂死的挣扎……在刚刚结束的一次战争中,我受了一点轻伤,到现在只是胸膛还有些疼,其他已无大碍了……"

"……雨不停地下。连绵不断的阴雨天让人心里闷得难受,我感觉似乎整个身体被陷进了冰冷的灰色海水里了,这地方惨淡而孤寂。妈妈,我想回到您身边,我热切盼望着这一天的到来,我相信我们很快就要团聚了。你要注意身体,加倍保重自己,不要为我操心,常给我写信。吻你。你唯一的儿子亚历山大。"

这封信件的地址和日期署着"1945 年 4 月 1 日""东普鲁士"。

这之后,我一直觉得会再收到舒拉的信,可是再也没有等到。我不敢揣测会有其他什么事情,我更加不敢推测他会遭遇到什么不幸。舒拉健康活泼,他热爱大自然,热爱生活,对未来有非常美好的憧憬,他太想活着。在我的眼里他还只是个还没长大的孩子,他曾充满信念地说:"我一定会活着回到您的身边!"

以身殉国

4 月 20 日那天,我终于收到一封从舒拉所在战场寄出的信件,邮政编码是舒拉那个地方的,但却不是舒拉的字迹。我只能呆呆地拿着这封信,一直这样愣了好久,我心里升起一种可怕的预感,我不敢拆开这封信,过了很长时间,我才回过神来,鼓起全身的勇气拆开了它。但是才读了几行,我只觉得眼前发黑,天旋地转。我没有勇气再看下去,我希望这一切都不是真的。虽然一种精神支持着我继续往下读,我仍无法接受这件事情的真实存在。后来,我用尽了所有的力量,咬紧牙关,才勉强读完了这封信。

1945 年 4 月 14 日。
亲爱的柳鲍娃·奇莫菲耶夫娜同志!
我怀着极其悲痛的心情地给您写这封信。我请求您能用您最坚强的毅力和最勇敢的精神顶住这一最残酷的打击:您的儿子,近卫军中尉亚历山大·阿纳托利维奇在反法西斯战争中英勇献身了。他为了祖国人民的独立和自由,奉献了自己年轻而宝贵的生命。

您为祖国培养了好儿女、好战士,您应该为他们感到自豪和骄傲。他们是祖国人民的英雄,他们把整个生命和全部的力量都奉献给了祖国的解放事业。舒拉是他姐姐的好弟弟。

而您，把仅有的最宝贵的一双儿女，都献给了祖国。

4月6日的哥尼斯堡郊外的战斗中，舒拉驾驶着坦克首先强渡过三十米宽的水渠，对敌人进行猛烈的攻击，炸毁了敌人的军需仓，消灭了敌人的炮兵队，击毙法西斯官兵六十余人。

两天后，舒拉再次驾驶坦克，最先闯进了克尼根·路易金堡垒，俘虏了三百五十个敌人，并缴获他们的枪支和九辆完整的坦克、两百辆汽车，占领了一处燃料仓库。由于他在战斗中表现得镇定、勇敢，非常出色，很快由战车指挥员升为中队指挥员。虽然他年轻，但是他在执行战斗任务时都从容镇定，并且从来不会出现误差，他的能力完全胜任中队指挥这个职位，完全称得上是士兵们的模范。

昨天，在攻打哥尼斯堡西方的非布鲁定克鲁格村落的战斗中，舒拉率领的队伍冲在最前面，他们冲进了那个村落，一举击毙法西斯歹徒四十多人，并炸毁了四门反坦克炮。但是，同时，爆炸的炮弹永远夺去了您的也是我们祖国的亲爱的好儿子舒拉年轻的生命。

非布鲁定克鲁格村落已被我军占领。

战争是离不开死亡的，但是牺牲在太阳升起在地平线的那一刹那，的确令人感到遗憾。

紧握您的手。希望您能坚强，珍重。

衷心敬仰和爱戴您的

近卫军中校列盖札

4月30日，我乘坐飞机来到了维尔纽斯，从那里坐汽车到达了哥尼斯堡，这里瓦砾无存，四周空荡荡的看不到一个人影，周围的一切房屋建筑都被炸弹毁掉了。之后，我看见了一群一群步行的德国人，他们推着独轮车或者四轮小车，载着他们的家产，低着头，不敢面对这残酷的现实……

紧接着，我们的人群的洪流出现了，他们欢呼着，脸上洋溢着幸福和愉悦的笑容。他们都是被迫离开故乡的人们，现在，他们终于可以回到故乡了，有的乘着马车，有的乘汽车，还有步行的。从这一切都可以看出，胜利离我们已经很近了，它不再是遥不可及的东西。它就像太阳升起之前的那一抹红霞，已经在我们眼前灿烂地闪耀着鲜艳的光芒。

以前，舒拉经常问我："妈妈，你说，胜利到来的那一刻是怎样的呀？你说，它是在什么时候？一定是在春天！是吧？如果是在冬天，那么，冰雪覆盖的大地上，一定孕育着一片更加美丽的花朵！"

现在，胜利就在眼前，幸福也在眼前。但是我却要坐在亲生骨肉的棺材旁边，他像睡着了一样躺着，面容冷静而安详，平和又明朗，我没有想到我们会以这样的方式团聚。这样的悲惨场面让人如何接受……

当我沉浸在莫大悲哀和痛苦当中的时候，泪眼蒙眬中我抬起头看到了另一个年轻人的脸庞。我认真地看他，似乎是在哪里见过，但却回忆不起来。那时候我的脑海当中一片空白。

年轻人温和而小声地说："我是沃洛嘉·奇托夫。"

终于，我想起来了，某一年4月的某一天下午，我回家推开门就看见舒拉和他的四个朋友在一起兴奋地讨论着什么，他还回答我说："将军还亲自分烟给我们呢……我们马上就要去乌里扬诺夫斯克坦克学校培训了……"舒拉的声音还在我的记忆当中响着。

"其他的伙伴呢？"我勉强打起精神问他。

沃洛嘉告诉我说，尤拉·布娄多和瓦洛嘉·尤里耶夫，他们都和舒拉一样，在胜利的前夕牺牲了……很多兄弟姐妹，很多好人都没能坚持到胜利的这一天……

恐怕我不能准确地，详细地把舒拉在哥尼斯堡两天激战中的情况叙述出来，但是我永远不会忘记人们用敬佩和热爱的语气谈论着舒拉。

我常常听见人们说："他勇敢、坚强、谦虚，他虽然年轻但是遇事很冷静，是一个真正的指挥员！多好的同志呀！我永远都会记得他！"

几天之后，舒拉所在部队的坦克射击手萨沙·斐基柯把我护送回家，一路上他无微不至地关照我，像儿子一样关心我；他非常细心，他都不需要问我就知道我需要什么。

5月5日，舒拉的遗体被送往诺伏捷维奇公墓，人们把他安葬在卓娅的坟墓对面，他们又和生前一样，依旧在一起。

这时，离德军投降仅有四天。

5月9日，天气晴朗，阳光灿烂！我站在窗户前看着人群来来往往川流不息，男女老少都欢呼着庆祝这个日子，人们像来自同一个大家庭的亲人一样，狂欢着、跳跃着，所有人脸上都绽开了幸福的笑容，我的心也随着人海的欢腾而欢腾着，久久不能平息……

我的孩子们永远不能再看见蓝天了，不能再看见鲜花了。我的孩子们为了别的孩子，为了人们的幸福和安宁，献出了自己年轻而宝贵的生命，迎来了最后的胜利和灿烂的春天。人民将永远记得他们，并永远怀念他们！

点评：

卓娅和舒拉先后为国捐躯，献出了自己年轻而宝贵的生命，他们并非被洗脑的普通的士兵，他们有血有肉，有着青春的憧憬，有着对美好事物的眷念，有着对亲人的依恋，但是他们懂得大义，他们不能自私地为自己而活，他们为了世界人民的和平和幸福而战，他们死得伟大。失去孩子的母亲的巨大悲痛在文中原原本本地表达出来了，母亲为自己的孩子感到痛心，同时也为了需要她的力量的人们而努力，这些精神让人万分感动，永远值得我们学习。